여행을 수놓다

# 여행을 수놓다

발행일    2021년 8월 30일

지은이    신명숙
펴낸이    손형국
펴낸곳    (주)북랩
편집인    선일영                    편집    정두철, 배진용, 김현아, 박준, 장하영
디자인    이현수, 한수희, 김윤주, 허지혜        제작    박기성, 황동현, 구성우, 권태련
마케팅    김회란, 박진관
출판등록  2004. 12. 1(제2012-000051호)
주소      서울특별시 금천구 가산디지털 1로 168, 우림라이온스밸리 B동 B113~114호, C동 B101호
홈페이지  www.book.co.kr
전화번호  (02)2026-5777              팩스    (02)2026-5747

ISBN      979-11-6539-918-4 03810 (종이책)        979-11-6539-919-1 05810 (전자책)

이 책은 성남시 문화예술발전기금을 일부 지원받아 간행하였습니다.

# 여행을
# 수놓다

신명숙 지음

배낭 하나 둘러메고 떠난 60대의
**시베리아 횡단열차·중동·발칸 여행**

북랩 book Lab

◉ 문득, 여행 시작은 언제부터일까? 아마 원시적 먹잇감을 사냥하러 먼 길을 떠난 것도 여행이었고, 자신의 소유물을 교환하기 위해 장터로 가던 길도 일종의 여행이었을 것 같다.

교환을 통해 욕구를 충족하고 그래도 부족하면 길을 떠났을 그 출발, 중국 실크로드의 혜초가 걸었던 길도 그와 유사했고, 콜럼버스의 아메리카 신대륙의 발견도, 중남미, 북부 탐험도 같은 맥락의 여행이었을 것 같다.

특별한 목적의 탐험이 아닌 작은 의미의 여행도 뜻하지 않은 인생 반전을 겪기도 한다. 지난해 이월 베트남에서 돌아와 '자가 격리'라는 초유의 경험을 시작으로 미래가 보이지 않는 것 같아 우울했다.

얼굴을 맞대면하던 흔한 일상도 일 년이 훌쩍 넘어가 마음은 다 타버렸다. 재가 되고도 남을 시간들, 커피콩을 볶듯이 달달 볶아내고 싶은 역병 끝이 어디인지. 아무리 세일을 해도 손님이 찾아오지 않는다는 대형백화점, 동굴처럼 빈 헬스장에서 운동기구만을 닦고 있는 조각근육 청년의 야심, 모두 같은 처지의 혼란에 빠져 휘청대는 현실이 속상하고 꽉 막힌 배수구 같다.

　역병의 공습이 언제쯤이면 끝나 모두는 행복해질까? 이제, 모든 것에 새로 적응해야 한다는 사실만이 머릿속을 온통 휘저어놓는다.

　그러나, 단 한 가지 분명한 것은 꿈은 자라고 있다는 것. 자연의 손에 맡겨두고, 일이 벌어지기 전처럼 역병이 일어난 게 아닌 것처럼 잔인하게 시치미 떼고 살아가야지. 지금까지 그래왔듯이 오갈 데 없어도 자연은 자동항법을 발휘해 우리를 이끌어 줄거라고 믿고 싶다.

　'언젠가는'이라는 가정으로 달콤한 사탕발림을 하고 싶다. 꿈은 한꺼번에 와르르 안겨주는 게 아니기에 한 번의 시련과 한 걸음의 기회로만 다가오는 것이라 생각하자.


　꿈이 크고 있는 동안이라고, 자조해본다.


2021년 7월

# 목차

## PART 2 》 발칸     67

### 루마니아     68

### 불가리아     80

**PART 3** 》 **중동**   **165**

## PART 01

시베리아 횡단열차

Have a Nice Day.

# 한 치 앞도 모르고

공항에서 기계로 셀프 발권을 시도했다. 이를 지켜보던 직원에게 "편도 티켓은 창구에서 발권해야 한다."라는 안내를 받고 대열에 섰다.

직원은 여권을 한 장씩 넘겨본다. 여권에 입출국 외에 필요 없는 도장이 세 개나 찍혔다며, 러시아는 입국이 아주 까다로운 나라라서 문제될 수 있으니 상세하게 알아본 후에 처리한다며 창구에서 장소를 옮긴다.

한참 후, 직원은 여권을 돌려 주며 "이 여권으로는 출국하기 어렵다. 다시 만들어야 한다."라고 했다. 날벼락이다.

지금껏 잦은 입출국을 여러 형태로 해왔고, 까다로운 체계의 나라에서도 여권에 문제는 없었는데 출국할 수 없다니.

두 시간이 남았다. "외교부 직원들이 공항에서 임시 여권을 만들어 준다."라고 말해준다. 정말 그랬다. 임시여권발급소가 있다.

임시창구에서 여권 발급을 의뢰했다. 땅이 꺼질 듯 한숨을 쉬고 부탁했다. 직원은 한참동안 고개를 갸웃하더니 난감한 표정으로 "몇 시까지 수속을 밟아야 되느냐? 다시 창구에 가서 알아오라" 했다.

달리기 선수처럼 뛰어 수속 창구로 갔다. "몇 시까지 수속이 끝나느냐"고 묻자 직원은 11시 55분까지 오라고 한다.

불안정한 상태로 서류를 본들 온통 까맣고 하얀 것뿐이다. 겨우, 서류 작성을 끝내고 무인촬영기에서 대충 사진을 찍어 혼이 나가도록 준비하고 나니 11시 32분이었다.

공항이 울리며 방송이 나온다. "□□손님은 11시 55분까지 수속을 끝내주시기 바랍니다." 마지막 손님이라는 멘트가 나온 후, 내 심장은 터지기 직전이었다.

남편은 외교부 창구 앞에, 나는 출국 수속대로 몇 번을 뛰어다니며 "조금만 더 기다려달라"고 애원했다. 사람 없는 텅 빈 창구 앞에 1여 분를 남기고 수속을 마친 뒤, 탑승구로 뛰었다. 쓰러지기 일보 직전 기내에 오르니 등에서는 식은땀이 비처럼 흘렀다.

그제야 한바탕 꿈을 꾼 듯 조금 전 일들이 되감긴다. 이런 일이 내게도 일어났다.

중남미 여행 때, 페루의 와이나픽추 트레킹을 끝내고 하나, 아르헨티나의 우수아이아에서 하나, 여권에 기념으로 받은 도장이 문제였다.

러시아는 개인 입국이 매우 까다로운 나라로서 여권에 불필요한 도장이 찍힌 여행자는 입국을 불허할 수 있다는 이유로 항공사에서도 까다롭게 여권을 보는 케이스에 내가 해당되었다.

우여곡절을 안고 블라디보스토크 입국장에 내렸다. 긴 행렬 속에서 여권을 내밀었다. 출국 때, 공항직원 말이 실감날 정도로 세심하게 여권을 몇 번인가 살피고 내 얼굴을 보며 긴장시킨 후, 여권에 도장을 찍었다.

공항 합승 택시로 1,000루블을 지불하고 호텔에 도착해 짐을 풀기도 전, 한국 여행객을 만났다. 이들은 공항에서 유심 칩을 사느라 온 신경을 쓰고 가방을 놓아둔 채, 택시만 타고 왔다. 호텔에 와서야 가방이 없음을 확인하고 망연자실하는 두 딸과 엄마를 만났다.

서로 탓을 하며 여행 시작을 다툼으로 출발하고 있었다. 게다가 가방을 찾으려고 공항으로 다시 간다고 한다. 나는 출발 전 사건으로 모녀들 상황이 남 일 같지 않아 함께 내려가 택시 타는 것을 보고, 늦은 저녁에야 호텔에 오니 "모녀들 가방은 찾지 못했다."고 주인이 전해준다.

두 딸과 엄마가 함께 나온 여행이 얼마나 큰 기대로 부푼 여행이었을까? 그 짐작만으로도 충분하다. 뜻깊은 여행이 자매는 왜 내 탓만 하느냐고 서운해하고 엄마도 곁에서 그런 두 자매를 보며 중재하느라 속상해한다.

인생도, 여행도 늘 한 치 앞을 모를 돌밭이며 때로는 투쟁이다. 그래도 그 투쟁의 가치를 높이기 위해 끊임없이 우리들은 떠나오는 것이다.

한 번도 없었던 그 일이 단 한 번에 내게도 올 수 있다는 버거운 하루를 오롯이 견디어 냈다.


## 열차 톺아보기

철로 옆 호텔에 머무는 동안, 내가 평생 볼 기차를 다 본 느낌이다. 이십 칸을 매단 열차와 컨테이너 박스 둥근 열차 등 종류도 다양하다.

철길을 지나면 다운타운. 시내 위치도 대략 눈여겨본다. 항구 해양공원, 아르바트 거리, 블라디보스토크 기차역과 전망대에 올라 시내를 조망한다. 잔뜩 흐린 풍경이 혼탁한 회색빛이다.

전망대에 세워진 동상은 러시아 알파벳을 만들어낸 키릴 형제를 기념하는 비다. 동상은 시내를 바라보고 있다. 그 옆에는 굳게 맹세한 사랑의 열쇠들이 다양한 형태로 쇠줄에 묶여있다.

한국에서 예약한 횡단열차표를 확인차 역으로 간다. 역사는 깔끔하다. 외견상 무뚝뚝한 사람들은 접해보면 상냥해서 무엇이든 도와주려는 사람들이 많다.

열차 탑승은 블라디보스토크부터다. 칠 일 동안을 열차에서 지내다 모스크바에 도착하는 여정이다. 열차강국답게 다양한 철길들이 거미줄처럼 연결되어 시내는 물론, 지방 지역을 관통한다. 철길을 건너다 마침, 모델들이 화보 촬영하는 현장과 만났다. 나는 그들에게 다가가 함께 사진 찍으며 포즈도 취해본다. 익살스런 표정을 짓는 모델들 모습에서 과거 사회주의 모습은 티끌만큼도 찾을 수 없다.

창문 열고 5층에서 내려다본 철길로 긴 꼬리를 문 열차가 지나간다. 칙칙폭폭 박자를 맞추며 지나가는 열차를 보면 자그마치 22칸을 물고 있다. 통 큰 거대 아나콘다의 움직임을 연상시킨다.

열차의 화물칸과 승객 칸 수를 합해 22량이다. 그 길이는 매우 길어서 한참을 보다 다시 확인할 때까지 철로를 지나는 진풍경을 나는 매번 확인하곤 했다.


## 사고는 틈에서

블라디보스토크역에 들어서면 모든 짐 검사를 한다. 검사대를 통과해야 기차에 실린다. 나도 검사대에 짐을 넣고 외투와 전자기기를 플라스틱 상자에 넣었다. 무사통과다. 하긴, 적발될 게 없으니 당연했다. 짐을 챙겨 상의를 입고 대합실 의자에 앉아 열차시간을 대기했다.

그때, 매의 눈을 닮은 검사원이 나를 노려본다. 무언가를 내민다. 그의 손에는 많이 보던 물건이 들려 있다. 순간, 머리에 총 한 방 맞고 뚫리는 느낌. 내 휴대폰이다. 그는 그의 언어로 말을 걸며 휴대폰을 건넸고 나도 나만의 언어로 동시에 고개를 끄덕여 "땡큐"라는 말만 그와의 사이에 동시로 오갔다.

나를 떠났던 휴대폰이 내게로 왔지만 휴대폰과 나 사이에 생소함이 끼어들고, 내 물건이 아닌 것처럼 서먹하다.

열차시간에 쫓겨 의자에 앉지 못하고 곧장 개찰구를 나갔다면 검사원은 대합실을 한 바퀴 돌다 포기하고 말았을 사물, 이쯤까지 생각에 미치니 머릿속이 쑤신다.

그가 휴대폰을 들고 내게 왔을 때는 눈빛이 강해 이유 없이 놀랐다. 폰이야 다시 구입한다지만 내 추억과 흔적들을 고스란히 잃을 수도 있었다.

여행 중 가끔씩 긴장을 풀 때가 있는데 사고는 그 틈새를 그대로 놓치지 않고, 그 사이를 파고 든다.

그는 20분 전에 휴대물품을 검사한 직원이었다. 소지품을 모두 박스에 담아 검색대를 통과 후, 다른 물건은 다 챙기고 휴대폰은 두고 나왔다. 역으로 오기 전, 철로와 열차를 카메라에 담으며 두 시간을 철로 곁에서 머문 그런 여유가 긴장의 끈을 놓았나보다.

살처럼 붙어있던 물건도 내 몸에서 분리되면 내 것이 아니다. 몸을 떠나면 그만이다. 이 갈리도록 손에 있던 휴대폰도 내 손을 떠나니 그랬다.

# 열차 탑승

블라디보스토크역

블라디보스토크에서 열차에 올랐다. 앞좌석에는 31살의 청년이 탔다. 싱글이라고 자신을 소개한 그는 머리가 반쯤이나 벗겨지고 수염이 덥수룩해 도저히 31살이라 느껴지지 않았다. 성격이 명랑하고, 적극적이다. 궁금한 게 많은지 계속 대화를 시도한다.

자신은 "내일 오후에 열차에서 내린다."고 했다. 가족모임에 간다는 그는 밤 열 시 무렵까지 "한국에도 이런 열차가 있느냐? 생일 때 무슨 선물을 부모에게 주느냐? 운전은 하느냐? 가족은 몇이냐? 자신의 직업은 I.T에 종사하는 프로그래머, 여자 친구는 아직 없다."고 한다.

얘기하다 열 시가 넘어간다. 나는 서둘러 칫솔을 들고 나왔다. 이제 자겠다는 무언의 대화 단절 의미다.

작은 공간에 계속 앉아 있으니 오금이 저린다. 열차에서 생활은 불편함이 많다. 아기 오줌처럼 나오는 물로 세수하기와 씻기는 수행이나 다름없다. 삼 일 동안 기차에서 숙식하면서 지내는 건 인내심 한계를 시험하는 행위다.

## 횡단열차에서

열차는 달리고 있다. 내가 눈떴을 때, 황금 햇살이 차창에 내리쬐었다. 위층 남자는 내렸고, 수다쟁이 청년은 자고 있다. 덩치 큰 사내도 자는 모습이 천진한 얼굴이다.

좁은 열차 통로는 움직일 때마다 서로 간에 몸이 스친다. 창밖으로 자작나무 숲이 쉼 없이 지나가고, 어느 때는 호수를 지나기도 한다. 봄의 초입에 살아나는 잎들이 제빛을 찾으려면 한 달은 더 필요한 시기에 나는 철마에 올랐다. 여행은 시기 선택도 중요하지만, 직업이 여행 아닌 이상 꼭 그럴 수는 없다.

차창 밖에는 자작자작 연둣빛 물을 빨아올리는 나무들이 도열해 있다. 들판에는 앉은뱅이 고슴도치 같은 풀들이 가득 차 있다.

밤을 새워 하바롭프스키까지 달려온 열차가 정차했다. 블라디보스토크와 하바롭스크는 사람들의 왕래가 잦은 도시로 많은 손님들이 오르고 또, 내린다.

열차도 멈추어 숨을 고른다. 나도 잠깐 내려 아침 공기를 마셔본다. 하차와 승차를 구분한 열차는 다시 출발한다.

블라디보스토크를 떠나 크고 작은 역들을 지나는 동안 열차마다 색깔이 다양다종으로 철로에서 쉬고 있다.

석탄과 목재를 가득 실은 열차, 기름을 잔뜩 담은 통 굵은 탱크 기차, 짐으로 보기에는 아름답기만 한 자작나무를 터지도록 실은 기차까지, 하얀 빛깔로 도드라진 무늬가 눈부시게 발광한다. 자작나무가 잘린 건 아름다워서일까?

모든 열차시간 기준은 모스크바다. 열차를 탑승할 때도 전광판에 나온 모든 시간이 맞지 않아 처음에는 몹시 당황했다. 열차 번호와 출발시간을 상시로 확인해야 했다. 열차편명은 있어도 출발시간이 없다.

창구에 문의해 모스크바로 나와 있는 시간을 확인하고야 안심할 수 있었다. 모스크바가 모든 기준점으로, 블라디보스토크와 간극은 7시간이며, 모든 표기를 모스크바 시간으로 안내했다.

열차 칸마다 직원이 다니며 객실 작동에 익숙하지 않은 승객들에게 안내해준다. 식수와 뜨거운 물은 항시 제공되지만, 삼 일을 씻지 못하므로 횡단열차 탑승은 수행의 연장선이다.

직원은 손님들의 최종 목적지를 체크하여 자고 있는 승객들을 깨워준다. 수다 떨던 청년도 아침잠이 많은지 일어나지 못한다. 직원이 들어와 자는 그의 어깨를 건드린다. 미동도 없다. 다시 툭툭 친다.

그는 토끼눈으로 직원을 쳐다보다 겨우 일어난다. 11시에 인사를 나누고 그는 내렸다. 나는 두 좌석을 오가며 편하게 지냈다. 겨울철 횡단열차는 승객이 많지 않다. 여름에는 꿈도 꾸지 못하는 여유다. 사람들은 이왕이면 성수기 풍경이 짙은 계절을 원한다.

역과 역 거리도 기본이 몇 시간이다. 거리가 멀수록 승객은 더 뜸하다. 탑승도 하차도 없는, 멀고도 먼 시베리아 벌판이다.

열차는 편도와 편도가 자주 만난다. 줄곧 달려온 열차는 지치지도 않는다. 뜨거운 열기도 식히지 못하고 여정은 열차를 놓아주지 않는다.

## 72시간의 여유

달리는 철마 안에서 할 수 있는 것이 무엇일까? 앉거나 누워 옛 시간을 곱씹고, 삼 일 후, 열차에서 내렸을 때, 바뀐 주변 풍경을 생각해본다. 어떤 이는 열차 난간에 서서 폭포수처럼 쏟아내는 '무슨 무슨 스키'로만 말한다. 그 요상하고도 쓰다 만 것 같은 키릴 문자를 생각하면 낯선 섬들만이 절벽을 만들어 버린다. 기적 소리와 쇠 등을 긁는 소리가 내 고막을 찢을 듯이 고통스럽게 열차의 절규를 듣는다. 달려야만 하는 72시간의 여유, 나조차 소리의 일부가 되어 절규를 자장가 삼아 잠들고, 레일 위를 스치는 쇳소리에 깨어나기도 한다.

이따금씩 몇 킬로 밖으로 번잡한 도시 풍경이 차창을 부딪치고 사라진다. 기차가 만들어가는 소리 외에는 모든 것이 차단된 곳에서 나는 도시의 소음을 듣지 않고 바이칼 호수를 생각한다. 가로등도, 불빛도 없는 들판만을 달리는 열차. 열차를 만나는 일 외에는 아무것도 보이지 않는다. 가는 길 오는 길이 뚜렷한 두 속도만이 밤 정적을 가른다. 두 열차가 마주보고 달려오다 못 본 듯 지나친다. 서로 가는 길을 시시콜콜 묻지 않는 건 열차나 여행자나 닮은꼴이다.

내가 탄 열차는 19칸을 달았다. 마지막 칸, 내 뒤로는 열차 꼬리만 달았다. 하루하고도 두 시간을 달려와서야 화사한 색으로 머리를 단다. 머리를 빨간색으로 바른 열차 한 대가 들어와 꼬리만을 물었다. 모두 이십칸, 진풍경이다.

열차가 직선으로 달릴 때는 모른다. 곡선으로 굽어지는 마지막 칸에서 앞쪽을 바라보느라 매번 창가에 머리를 부딪친다. 아름다운 자태는 열차도 호락호락 주지 않는다.

# 산불

끝도 없는 자작나무가 온 산을, 들을 하얗게 물들였다. 나무는 엉켜붙어 자란다. 번식력인가, 땅의 양분인가. 반쯤 타다 남은 나무들도 많아서 화마 속에 한 번은 뛰어들어야 비로소 자작이 되나보다.

드넓은 땅에 불이 붙으면 알아서 타다 남은 끈질긴 생명만이 살아남는다. 나무들이 타는 것도 살아남기 위해 제 몸을 태운다. 묘목이 자라는 걸 보면 한곳에 수십 개의 몸체가 붙어있다. 그중 몇 개는 베어내야 나무가 크게 자랄 수 있다. 하나의 희생이 밑거름이 되어 상생의 길을 가는 것은 나무만이 아닐 것이다.

열차가 달리는 동안도 들불이다. 벌판 불이다. 치열콥스키역을 지나며 벌판은 연기에 잠식당했다. 제 스스로를 감내하지 못해 지피고야 만 들불, 혼자서 일고, 알아서 태우고야 마는 들판에 피다 만 애꿎은 자작나무만 화마에 갇혔다.

타다가 재가 된 나무는 죽어서도 하얀 재로 남는다. 땅에 움츠린 고슴도치 같은 들풀이 새까만 모습으로 재가 되었다. 강한 나무 분별을 들불에게 맡겼다.

하루를 달리고도, 더 달려야 하는 땅덩이 하나쯤 화마 입으로 산화한다고 티끌만 한 표시가 날까. 타고 있어도 그만이다. 타고 남은 들판 그것뿐이다.

벌판에서는 불내가 나고 오고가는 까만 열차는 까만 불빛으로 길을 낸다.

어젯밤 못 본 하늘을 맘껏 바라본다. 녹빛이 있는 들판은 삭막하지 않다.

# 열차에서 본 풍경

마을도, 자작나무 숲도 굵기가 다르다. 눈 덮인 젖무덤 같은 산도, 얼음도, 계곡도 자주 보인다. 이틀 만에 풍경이 바뀌었다.

의자 시트도 교체하지 않고 버틴다. 밤을 새고 나면 이르쿠츠크역에 내린다. 머리는 기름이 끼어 반들거린다. 푸석했던 머리칼이 적당한 기름기로 가라앉았다.

열차는 힘을 내며 자작나무 숲을 헤치고 철길로 들어섰다. 잠시, 정차한 역에 내려 바람을 맞아본다. 차갑다.

열차도 쉬면서 그간 담아왔던 배설물들을 잔뜩 쏟아낸다. 긴 검정 호수로 이어진 수조에서 물을 들이키다가 사레 들린 물을 열차가 쏟아낸다. 검사원은 열차에 청진기를 대듯 호수를 군데군데 붙이고 갈증으로 타는 목에 물을 처방해준다.

어젯밤 별을 보지 못한 실망을 새벽에 풀었다. 내 방을 소등했을 때는 캄캄했고 별을 찾다가 잠들었다. 날은 청명한데 하늘에 별이 없었다. 그런데 새벽 2시 10분에 눈 떴을 때, 대낮처럼 밝았다. 백야 현상인가 싶었지만, 둥근 달이었다. 벌판을 밝히고도 남을 환한 밤, 낮은 산이며 가끔씩 스치는 하얀 눈이며 달빛으로도 주위의 모든 경치가 다 눈으로 들어왔다.

눈에 불을 켜고 마주 오는 열차가 굉음을 내며 밤의 정적을 깼다. 아직 녹지 않은 계곡의 얼음 조각들이 자작나무 숲을 간간이 떠돌고 있다. 그 조각들이 사색하는 사제처럼 가끔씩 마음을 긁어댔다.

쇳덩이가 쇠를 물고 선로 위를 달리는 소리에 감전되었다. 바퀴에서 탕탕거리는 쇳소리, 덜커덩거리는 둔탁한 소리에 귀가 먹먹하다. 그나마 자작나무 숲이 없었다면 어땠을까? 녹지 않은 눈이 자작나무 사이에 남아있다. 막, 겨울에서 나온 나무는 물기를 머금고 있다.

내가 본 것이라고는 자작나무와 거친 들판, 그리고 거미줄처럼 엮인 전깃줄이다. 철로를 이용해 거대한 물동량이 움직이는 시베리아 벌판, 인간의 흔적이라고는 자작나무 사이를 오간 동물과 그 사이를 지난 문명의 자국들뿐, 새나 바람만이 다닐 수 있는 길들만 보인다.

고독한 산중, 넓고 넓은 들판에서도 열차가 지나는 길목에는 누군가 꼭, 한 사람은 서서 긴 신호를 보내준다. 자신이 맡은 일을 철두철미하게 하는 이른바 산림청 직원이 아닐까 생각해본다.

철도직원들도 아침이 되면 청소를 하고 열차가 역에 닿을 무렵이면 정복으로 갈아입고 근엄한 복장의 역무원이 된다. 청소용역이 따로 있는 것도 아니다. 열차에서 앞치마를 두르면 청소원, 정복을 입으면 정식 공무원 모습을 갖춘다.


## 열차의 아름다움

열차를 타다 생각한다. 열차가 가장 아름다울 때는 언제일까? 그 진면목을 볼 때는 열차가 곡선을 돌 때다. 머리는 곡선을 그리며 달리고 있어도 한참 후에야 길게 휘어진 열차의 몸통을 꼬리에서 보는 진풍경이 압권이다.

곡선으로 굽어지는 장면을 확인하고도 한참은 지나야 열차의 몸통이 직선으로 펴진다. 한참 후에야 기차머리가 지나간 자리를 꼬리가 밟을 수 있다. 머리는 빨갛고 등은 회색 몸통으로 뒤에서 보면 누워 있는 거대한 아나콘다 몸통 같다.

시베리아 이등칸 열차는 아래위 둘이서 한 좌석을 사용한다. 이 층에서 무방비 상태로 커다란 엉덩이가 내려올 때는 당황하기도 한다. 타인의 엉덩이 살을 가깝게 보는 것이 민망해도 이들과의 간극을 좁히는 행위다. 내려오는 이는 미안해서 웃고, 뒤에서 지켜보는 눈은 멋쩍어서 웃어준다.

싫어도 맡아야 하는 그의 체취와 내 체취가 섞여야 하는 공간으로, 편한 복장을 갖추려 타자를 의식하지 않는 사람들의 탈의 습관에 따라 티셔츠 아래로 불룩 나온 배를 무방비로 봐야 하는 고충을 애교로 넘기는 공간이다.

너와 나는 같은 열차를 타고 너는 네 말을 하고 나는 내 말로 혼잣말을 하고 있다. 내가 너의 흉을 보고 있는 것처럼 너도 내 흠을 잡고 있다는 것을 서로는 모른 척 함께 웃고 있다.


## 잊고 산 시간들

첫날은 열차가 삭막한 들판을 달렸다. 자작나무도 우람하지 않았다. 마른 풀들이 온 들판을 덮고 있다. 몇 시간을 달리는 역과 역 사이는 수

백 ㎞가 넘는다. 마을을 잊도록 몇 시간을 보지 못했다. 그런데 주변이 달라지고, 정차도 잦다.

주위 풍경도 확연히 다르다. 그간 보지 못한 산맥과 터널을 지나고 자작나무의 숲도 방대하며 우람하다. 마을도, 사람도 자주 보인다. 나는 열차 탑승 후, 많은 것을 본다. 학창 시절 열차로 통학했던 이후 관심도 없던 철도에 박사가 된 기분이다.

대략 열거하면 철로 놓는 방법이다. 어디에 철로를 설치하든 중요한 것은 지금도 끊임없이 설치하고 있다는 것이다.

예전, 많이 접했던 침목 같은 목재는 사용하지 않는다. 철길에 쓰일 레일 콘크리트를 틀에 부어 찍어낸다. 자갈을 레미콘이 실어다 연신 철로에 부었다.

그 위로 무거운 컨테이너 돌이 밀고 나간 후, 자갈 위에 밭고랑을 내듯 골을 낸다. 그 안에 구워 낸 콘크리트를 침목 대신 넣고 레일을 얹은 뒤 주먹만 한 나사들을 조였다.

인부들은 일제히 레일 콘크리트를 조립하면서 계단 같은 철길을 하나씩 설치해 나간다. 그런 철길을 횡단철도탑승하는 동안, 계속 만들고 있다. 그 많은 철로를 설치하고 빈번하게 철길을 질주하는 열차들이 계속 만들어지고 있다. 역마다 어지러울 만큼 깔린 철길을 보면서 내가 유년 시절 보았던, 지금은 찾아가야만 볼 수 있는, 녹슬어 방치해 둔 통학 철길 과거들이 살아난다.

내 청소년기는 열차와 뗄 수 없는 관계였다. 단발머리에 깔끔한 교복을 차려입고, 한참 예민한 시기의 열차 통학은 많은 애로가 따랐다. 몇 분만 서둘러 집을 나서면 여유 있게 역에 도착하련만 나는 늘 그러지 못했다.

기차는 몇 개의 산허리를 돌아 열차의 존재를 알리는 하얀 신호탄을 쏴 댔다. 역에 도착하기도 전부터 연신 하늘로 뿜으며 칙칙폭폭 했다. 그때마다 불안한 마음으로 내달리기 시작했다. 기차 한 번을 놓치면 곧바로 지각, 이유는 없었다. 오직 타야 했다. 그 집념으로 달려 거의 실신 지경에 이를 무렵 기차에 올랐다. 사춘기의 폼은 언제나 망가졌지만, 내 심장이 펌프질을 잘하는 것은 그때의 달리기가 원동력인 듯도 싶다.

 그런 열차의 애착이 있어 지금도 열차만 보면 타야 한다는 생각에 기회가 되면 나는 열차에 올랐다.

 횡단 철차에 탑승해 철도 산업의 진면목을 보는 감회는 새롭다. 상상을 초월한 물류 이동과 승객을 실어 나르는 교통은 횟수의 짐작조차 가늠되지 않는다.

 비록, 가상이기는 하지만 이런 생각을 해본다. 분단된 국경을, 통과할 수 없는 현실의 장벽을 넘는 것이다. 서울에서부터 시베리아 횡단열차가 지나는 곳까지의 연결을 실행할 수 있다면 그곳에서 국경을 넘고 유럽으로 가는 것이다.

 대한민국 열차 교통·편은 세계적 수준이다. 우리들이 수시로 이용하는 관광열차는 대한민국 곳곳으로 여행은 거미줄처럼 연결돼 있다. 하루 아니, 반나절 여행도 충분하다. 그 체계만으로도 세계 어디로든 뻗어나갈 수 있는 저력을 제대로 발휘하지 못하는 것을 세계를 여행하며 매번 느끼는 아쉬움이다.

 삼면이 바다로 막고 있는 지리적 여건과 북으로의 제한 여건이 세계로 나아가는 발목을 잡을지라도, 긍정적 사고로 기대하고 있다.

 세계로 연계한 철문이 열리면 우리만이 가지고 있는 독특한 문화, 예

술, 음식 등 다양한 여행 서비스와 열차 상품 개발만으로도 한층 부가
가치를 높일 수 있는 날을 나는 기다려 본다.


## 열차의 인내심

전날보다 더 대낮 같은 달을 보다가 잠들었다. 아침 7시까지 승객이
탑승하지 않아 나는 깊은 잠을 잤다. 타고, 내리고 비워진 자리는 누군
가 다시 앉는다. 아무도 앉았던 일이 없었던 것처럼 내가 열차를 타는
동안, 눈이 휑한 손님이 앞자리에 앉았고 이 층에는 아름다운 숙녀와 함
께 지냈다.

대머리 수다쟁이 청년이 앞자리, 그리고, 2시간 여를 짧게 타고 다음
정거장에서 내린 중년 남자와 새벽 3시에 열차에 올라 아침에 내린 닭살
커플까지 다양한 사람과 마주했다.

이렇게 입에서 쇳내가 나도록 달려온 열차가 먹은 것이라고는 고작
물, 그걸 먹고도 잘도 달려가는 철마다. 무수히 하늘을 덮고 있는 전기
선들도 지겹도록 본다. 삼 일만에 제대로 본 아침은 서리가 하얗게 내렸
다. 고분 같은 분지가 차창 밖으로 자주 보이고 분지에는 녹색 카펫이
깔린 형태를 보이고 있다.

마을마다 목재로 울타리를 치고, 그 안에서는 아침 짓는 연기가 굴뚝
에서 피어오른다. 나도 뜨거운 물을 받아 준비한 라면을 먹는다. 열차에

오르기 삼 일 전 구입한 오이로 입맛을 다독인다. 언제든 뜨거운 물은 항시 비치되어 있다.

슬레이트집들은 파란색을 칠해서 앙증맞은 운치가 있다. 어떤 가옥은 여름캠프 때마다 치는 텐트처럼 파란색을 지붕에 얹고 있다. 아무리 달려도 논 한 평, 밭 한 뙈기 보이지 않는 이 평원 분지에서 사람들은 뭘 하고 살까? 삼일 동안 나와 함께 달렸던 자작나무가 보이지 않는다.

몽골 지역 울란우데역이 가까워지며 풍경이 달라진다. 지도를 확인하니 몽골 지역 울란우데역이다. 이제 이르쿠츠크가 대략 260㎞ 정도 남았다.


## 울란우데

공항 같은 큰 역이다. 30분을 정차해 밖으로 나왔다. 역도 크지만, 사람들이 나와 닮아 친구를 만나는 느낌이다. 울란우데에는 몽골인들이 주로 살고 있다.

갑자기 소나기 한 줄금 지나가고 비구름이 잔뜩 하늘을 덮었다. 아침만 해도 햇살이 강했는데 울란우데까지 오는 동안 날이 꾸물거렸다. 기온도 하강하고 바람이 세차다. 이르쿠츠크까지는 멀지 않다. 삼 일을 꼬박 열차에서 지냈으니 내 평생 열차를 선 승차한 셈이다.

울란우데는 큰 도시로 새로운 승객이 탑승한다. 예쁜 딸을 둔 젊은 부부다. 큰 가방을 의자 아래로 밀어 넣는다. 며칠은 열차에 머물 예감이다. 긴 여정에 아이가 있어 무료하지 않겠다 싶었는데 의자를 젖히고 짐을 끌어낸다. 다른 칸으로 간다.

중년 남자가 그 자리에 앉는다. 좌석을 혼동했나 보다. 이들은 열차를 타면 반드시 잠을 잔다. 습관화된 행동 같다. 몇 시간을 가든 승객이 탑승하면 반드시 역무원이 와서 시트를 준다. 가까운 거리도 기본이 수백 ㎞이므로 좌석에 앉아 차를 주문하거나 준비해온 간식을 들고, 시트를 깐 뒤, 잠든다.

나는 이등석 열차를 선택했다. 비수기도 감안했다. 여름 성수기에는 열차표 예매가 무척 어렵다. 한국 '횡단열차 사이트'에서 예약은 미리 해두었다.

앞좌석의 그도 이르쿠츠크에 간다고 했다. 차를 그곳에 놓고 왔다며 우리 행선지를 묻는다. 바이칼에 간다고 하니 좋은 곳이라 몇 번을 자랑한다. 그리고 덧붙이는 말이 "여름에는 사람이 너무 많아 나쁘다." "지금은 추우나 그래도 좋다." 했다.

"호수가 얼음이다."라는 말에 짐짓 실망한다. 창밖은 강이 흐른다. 남자는 "저 강물이 몽골에서 흘러 바이칼에 닿는다."고 한다.

지도를 확인하니 바이칼호 초입에 열차가 들어왔다. 호수가 조금씩 눈에 들어온다. 밀리거나 겹치고 더러는 깨진 얼음 조각들이 보인다.

# 이르쿠츠크

열차 옆에 바짝 붙은 호수는 바다처럼 방대한 면적이다. 얼음이 녹기 시작한 호수는 부푼 얼음을 업고 군데군데 밀려 포개졌다.

긴장과 수축은 호수도 예외는 아니어서 그 시간들을 모두 얼음 표면에 싸안고 굳어있다. 호수 중심을 제외한 가장자리는 모두 녹아가는 얼음이다. 파란 하늘은 상상의 그림을 호수에 걸었다. 푸른 물을 들이고 있는 호수, 비가 내렸는지 도로에는 물이 고였다.

블라디보스토크에서 탑승해 이르쿠츠크까지 72시간을 견디고 밖으로 나왔다. 삼 일 반나절 만에 역에 내리니 꾸물거리던 하늘이 비를 뿌린다. 기온도 곤두박질친다. 밖으로 나오니 몹시도 춥다.

인출기에서 현금을 찾을 무렵 눈, 비가 섞어 내린다. 몹시도 추워 무작정 택시를 탔다. 여행에서 비를 만나면 마음에도 비가 내린다. 더구나 이르쿠츠크의 매서운 기온에 마음까지 얼어붙는다.

호텔에 여장을 풀고 알혼섬으로 가는 교통편을 확인차 터미널로 나간다. 예약한 장소로 내일 아침 9시까지 가면 되었다.

편하게 중앙시장을 돌아본다. 낯설지 않은 모습들이 이르쿠츠크에는 많다. 몽골인들이 살고 있어서 가족을 만나는 편안함이 얼었던 마음을 녹여준다.

물건을 구입해 알혼섬으로 들어갈 준비를 마쳤다. 열차에서 바이칼 호수를 보며 이르쿠츠크로 왔다.

얼음은 바이칼 호수의 일부였고 그 속을 보려면 호수로 가야 한다고 나는 혼잣말을 하고 있다.

# 언덕 위에 붉은 집

알혼섬으로 가는 미니버스는 1인당 800루블을 받았다. 오전 8시 30분부터 대기한 버스는 좌석을 채워 10시에 출발한다.

광활한 벌판 대지 위로 분지마다 진초록 융단을 깔았다. 가끔씩 까까머리처럼 밀어버린 분지 들판에 가축들이 움직인다. 이 몇 마리가 머리에 붙어 움직이는 까마득한 벌판의 거리감이다.

갈색 흙, 파헤친 도로를 미니버스가 질주한다. 벌판으로 선을 긋고 나간다. 가축만 이따금 보일 뿐, 양옆 끝없는 벌판에서 풀을 뜯는 목가적 풍경이다. 몇 시간을 달려 봐도 그 모습 그대로다. 누군가 던져놓은 듯 말뚝을 세워놓은 곳에 주인이라는 표식만 해둔 땅덩이, 보이는 것은 지루한 졸음을 떨쳐내는 주유소 한 곳 눈에 들어온다.

달려온 차가 잠시 정차해, 현지인 한 명을 내리고 다시 달린다. 버스에서 내려 바람이 매서운 호수에서 배에 올랐다. 배는 교통수단이 되는 모든 것을 안으로 들이고 출발한다. 겨울이지만 많은 여행자들이 함께 움직인다. 흩어졌다 모이는 여행의 특성이다.

배에서 내리니 우박이 쏟아진다. 배낭에는 우박이 녹아 얼음이 되었다. 시베리아 바람을 실감하는 현장이다. 정신 못 차릴 거센 바람이지만 배는 무료로 섬과 연결하는 교통이다.

민간인 배를 탄 나는 섬 주민이 아니므로 운임을 받는다. 1인당 300루블이다.

알혼섬에는 관광에 종사하는 사람들이 대부분이다. 배에서 내린 나는 선착장에서 한 시간 반을 기다리다 다음 배로 들어온 손님들과 합류해

버스에 오른다. 비포장도로를 두 시간 달려 마을에 도착했다. 들어오는 길이 제주도 오름과 내림을 옮겨놓은 풍경처럼 계속되었다. 분지를 이룬 호수 주변은 텐트촌을 방불케 하는 알록달록한 판잣집들이 다른 세계처럼 비현실적이다.

숙소에 배낭을 던지고 분지 언덕으로 오르다 할미꽃을 본다. 막, 솜털 봉오리를 열고 얼굴을 빠끔히 내밀고 있다. 추위를 뚫고 나온 할미꽃의 솟구치는 욕망에 추위 같은 건 뛰어넘었다. 바다로 보이는 호수는 꽁꽁 마음을 닫고 있다. 방금 내린 듯 그대로 있는 눈 위로 문명이 지나갔다.

호수가 한눈에 보이는, 젖무덤 같은 야트막한 언덕에 지은 깔끔하고 정감 있는 목조 건물. 더 이상 자연에게서 바라는 것은 사치이다. 창문을 열고 호수를 보며 지는 석양을 바라보는 특혜를 누리고 있다. 공사 진행 중인 숙소는 터가 매우 넓다. 마을 주민들은 거의가 몽골리안이다. 주인도 몽골리안 부인과 러시아 남편은 맞춤처럼 어울리는 최애커플이다.

## 호수에서

이르쿠츠크 시내에서 6시간 동안 버스에 엉덩이를 찧고, 다시 쇄빙선으로 물길을 건너 닿은 땅. 바이칼을 본 사람과 보지 않은 사람 사이에 간극은 있다. 인류가 이십 년을 마시고도 그 물이 마르지 않는다는 호수, 3천만 년을 얼고, 녹고를 지금까지 이어온 바다를 닮은 호수다.

바이칼 호수

허리 굽혀 바이칼 호숫물을 입에 대본다. 심장까지 내려가는 동안, 가슴이 찢어질 것 같다. 물이 혈관으로 퍼지며 파란 통증을 일으킨다.

알혼섬은 샤머니즘의 발원지이다. 나무 곳곳에 걸어 놓은 다양한 색의 띠들, 염원을 매달아 두고 소원을 비는 이들의 간절함을 엿볼 수 있는 정경이다. 서낭당, 솟대, 장승 우리의 토속 신앙 같은 상징물들과 나는 자주 마주친다. 섬은 지구상에서 가장 지기가 센 땅이다.

5월이 되어도 바이칼은 몸을 풀지 않고 있다. 나는 샤먼 바위에 올랐다. 발아래에 자극이 흐르는 듯 발끝이 찌릿하다. 바위지만 세심히 살피면 철광석 덩어리다. 거대한 바위에는 철에 피는 붉은 꽃들이 바위 전체를 덮고 있다.

강력한 자석의 힘이 우주를 끌어당긴다는 원리는 과학의 기준을 들이대지 않아도 설득력 있는 해석이 바위에 깃들어 있다.

바위 암봉마다 다른 꽃이 피었다. 바위도 꽃을 피운다는 사실을 샤먼 바위에서 알았다. 빨강, 주황, 하양 꽃.

지기가 센 땅, 샤머니즘의 발원지인 만큼 끈질긴 삶의 대명사처럼 각인된 구소련 시기에는 추방지로도 이용되었다. 그들이 정착해 살아간 땅, 성스러운 호수로 들어오며 흙길에 완고하게 서 있던 표지판은 유목민들만이 오갔던 바람과 삶을 음미해본다.

영혼을 품은 바이칼 호수가 나를 메마르지 않게 해주리라 믿고 싶다. 언제나 삶은 비좁고 문제는 커 보이기만 했다. 한 평짜리 공간에 갇혀 어디로 눈을 돌려도 나밖에는 볼 수 없는 열차의 공간에 갇혀도 보았다.

기계처럼 명세서가 매일 내 앞으로 배달되는 불안한 일상 속에서 답답했던 숨들이 희석되어 폐부로 들어오는 호수의 내음을 맡아본다.

들숨에 채워 맑은 하늘을 목구멍으로 넘겨 가슴을 뚫고 싶을 때, 나는 데카브리스트들의 도시, 이르쿠츠크와 바이칼 호수를 꺼내 볼 참이다.


## 바이칼의 파란 눈

바이칼호는 이르쿠츠크 시내에서 약 295㎞ 거리다. 알혼섬은 해발 1,274m, 길이가 71.7㎞이다. 바이칼에 떠 있는 27개 섬의 총 길이는 1,920㎞, 바이칼호의 나이는 2,000~2,500만 년이나 된다. 알혼섬으로 365개의 물줄기가 모아져 호수 바이칼을 잉태했다.

호수의 넓이도 세계에서 일곱 번째로 넓다. 수심은 자그마치 1,621m. 세계에서 가장 깊지만 호수물이 빠지는 곳은 앙가라(Angara)강뿐이다. 호수가 얼면 얼음의 두께가 80㎝~120㎝ 정도 된다. 이때는 10톤 화물 트럭도 지나간다. 한여름에도 호수에 몸을 일 분 이상 담그기 어렵다.

광활한 에메랄드빛 호수의 눈이 깜박인다. 호수도 푹 자고 났는지 날이 쨍하다. 나도 군용차를 개조한 일명 '우지직'에 올랐다.

사자 바위부터 투어 시작이다. 성수기가 지난 호젓한 구성원 삼국(한국, 중국, 일본) 약속이라도 한 듯 동양인만 탔다. 처음은 서먹했지만, 시간이 지나며 서로 친해졌다. 이야기를 나누다 서로 관광 명소에 내려 흩어졌다 모이고, 모였다가 흩어졌다.

군용 지프

점심은 기사가 준비한다. 호수에서 잡은 물고기 '오물' 요리다. 청어 비슷한 생선으로 다양한 방법으로 요리할 수 있다. 나는 훈제를 기대했지만, 탕 요리다. 원시적인 통에 넣어 끓이는 자연친화적 요리를 곁에서 지켜본다.

돌을 놓고 불쏘시개는 주위에 너부러진 삭정이를 주워다 불을 붙인다. 삽시간에 화력이 센 큰불이 된다. 호수를 지척에 둔 산 중턱에서 오물탕을 먹는 맛은 일품이다. 어디에서도 경험하지 못할 가장 원초적인 음식을 바이칼 호수에서 경험한다. 화려한 여행이다. 느낌이 저릿한 묘미다.

후식은 호수주변에서 채취해 말린 차이다. 맛도 차별화된 모든 것이 호수 주변으로부터 얻은 채취물이다.

우지직은 크고 작은 분지의 광활한 대지를 파도 타듯 달린다. 흔들거리는 차체를 붙들고 엉덩이 찧는 특별한 체험의 투어다.

기사는 바이칼과 몽골리안은 서로 형제라는 말로 호수를 정의한다. 사계절을 섭렵하며 계절별로 찍어놓은 사진들을 그는 내가 옆에 있을 때마다 자랑삼아 꺼내 보인다. 호수에서 얼음을 깨고 백 미터 아래로 낚싯줄을 넣으면 고기가 문다고 한다. 호수가 얼음천국이 되는 한겨울에는 그 위를 "운전한다." 했다. 참 다정하고 성실한 가장이다.

일행을 기다리면서도 단 한 번을 재촉하지 않는다. 명소에 내려주고 한없이 기다려주는 그의 태도가 몹시 믿음이 갔다.

사자바위, 악어바위, 누르칸스크, 소비에트 시절 강제 수용소가 있던 폐시안카 부두, 끝도 없는 자작나무의 원시림 타이가, 동화『선녀와 나무꾼』이야기와 유사한 전설을 품은 장소와 삼형제 바위 등, 명소를 거처 일행 모두 숙소 앞에 내려준다.

나는 숙소로 가지 않고 자석의 기가 세다는 볼컨 바위로 나가본다. 어제와는 달리 호수도 온기를 품고 있다. 그래도 바람만은 겨울이다. 여름이라면 더 오래 물빛을 보았을 것이다. 호수도 더 푸르렀을 것이다. 바이칼에서 나는 티끌보다 먼지보다 작아지고, 눈에 보이는 호수는 끝없이 거대하기만 한 호수다.

## 새벽을 훔치다

창밖 호수도 어둠을 빠져 나오는 새벽 5시 40분, 붉은색과 검푸른 하늘, 나는 자석처럼 밖으로 나왔다. 발이 빠지는 모래톱을 지나 호수 앞에 섰다. 밤을 밝힌 얼음이 투명하게 맞아준다. 하늘도 귓불이 붉어지며 일어나고 있다.

검둥개 한 마리가 달려와 꼬리를 흔들며 반긴다. 붉어진 하늘이 점점 면적을 넓힐 때 나는 샤먼 바위를 향해 모래톱을 올랐다. 분지를 단숨에 오른 것도 자석의 힘인지 뭔가가 끌어당겼다. 바이칼호의 새벽 정기를 오롯이 가슴으로 품다가 나는 행동을 멈춘다.

저만큼 언덕 아래에서 사내가 오르는 모습이 눈에 띄었다. 그는 나를 보고 놀라고, 나는 그를 보며 더 놀란다. 바위에서 행동을 멈추고 그를 피해 발길을 돌렸다.

샤먼 바위 솟대

그가 아니었으면 한참을 샤먼 바위에 머물렀을 텐데 방해꾼이다. 아니, 훼방은 그가 아닌 내가 놓았다. 그는 자기의 생활을 지금까지 해왔고, 새벽, 갑자기 바위를 찾은 바람에 그의 새벽을 내가 훔쳐내고 말았다.

그는 샤먼 주위에 세워놓은 솟대 주변을 돌며 관광객들이 던지고 간 동전을 허리 굽혀 줍고 있다. 누군가는 염원을 빌었고, 그는 그 염원을 양동이에 주어 담고 있다.

꼬박, 이틀 동안 호수를 둘러보았다. 마을 생활도 가까이서 접했다. 사람들은 대부분 관광업에 종사한다. 넓은 땅의 공간마다 숙소들을 꾸준히 짓고 있다. 주재료인 판잣집들은 텐트촌을 방불케 한다.

시베리아의 흑송을 눈이 짓무르도록 보았다. 가구 하나쯤 거뜬하게 만들 수 있는 아름드리 흑송은 멀찌감치 보면 불타서 검은색으로 변한 줄 착각하게 했다.

숯처럼 반들거리는 껍질을 보면 왁스를 발라놓은 것처럼 윤기가 난다. 그 재료들로 집을 짓고 붉게 물든 호수 위를 기러기 떼들이 어디론가 날아가는 그림을 볼 수 있는 곳이 바로, 바이칼호의 알혼섬이다.

호수에서 '오물'을 잡아 탕을 끓이고, 가축을 벗 삼아 호수의 물결을 마주보며 영혼을 푸른 하늘로 씻는다. 마른 풀잎을 흔들던 바람이 휑하니 서있는 서낭당 띠를 흔든다. 호수가 얼음을 뚫고 깨어난다.

오색 깃발들이 흔드는 소리를 듣는다. 기가 왔나 보다. 흔들리는 기가 혼을 삼켜버렸나. 어지럽다. 호수 길을 가려면 반쯤은 나도 혼을 내주고 가야겠다. 알혼섬에서 잠만 자는 일은 없다. 모두 흔들리고 흔들어 깨운다.

# 이르쿠츠크에서 탑승

이르쿠츠크로 가려고 배를 탔다. 쇄빙선에 얼음이 길을 열어 준다. 차임벨 소리가 난다. 얼음이 깨지고 놋그릇 부딪치는 소리가 난다. 얼음판이 일제히 뒤로 물러난다. 하늘은 깨질 듯 맑고 구름들을 호수에 비춘다. 유빙이 밀리면서 호수를 한쪽으로 밀고 있다.

뭍에 올라 미니버스를 탔다. 벌판 끝까지, 늘어진 선들을 따라갈수록 더 높아진다. 벌판을 지키는 자작나무가 하얀 살을 생의 부스러기처럼 달고 있다.

6시간을 건디고 이르쿠츠크에서 첫날 묵었던 호텔로 다시 돌아왔다. 횡단열차는 한 번 탑승으로 모스크바까지 내처 갈 수 있지만, 선호 구간을 선택해 다른 도시를 들러 가는 재미를 느껴본다.

횡단열차에서 내려 바이칼과 이르쿠츠크에서 5일을 보냈다. 남은 구간 열차에 다시 올라야 한다. 엄마의 품 같은 바이칼은 그 이름을 떠올리는 것으로 신성한 설렘이다. 남은 구간의 열차 탑승을 준비한다.

이르쿠츠크는 '시베리아의 파리'로 불리는 도시다. 혁명을 꿈꾸다 유배당한 데카브리스트들이 문화와 예술을 억척으로 꽃피워낸 도시이다. 화물열차에 실려와 시베리아벌판에 버려진 고려인들이 악착같이 살아남아 정착한 곳이기도 하다. 앙가라 강변, 중앙 시장, 목조 건물이 즐비하며, 사슬릭(꼬치구이)과 보르시(야채스프)를 물리도록 먹을 수 있는 재미도 있다. 허물어져가는 목조 주택이나 판잣집, 그 빈티지한 것들이 좋아 나는 그 속살의 아픔을 더듬기보다 속없이 자꾸만 피사체만 들여다보곤 한다.

시내 광장 레닌 동상 앞에는 색색의 꽃이 놓여있다. 구소련이 붕괴되며 레닌 동상이 철거되기도 했지만, 다시 세워지는 추세이다.

세계적으로 여행자들이 많이 찾는 알혼섬에는 체계적인 컴퓨터 갖춘 곳이 드물었다. 후지르 마을로 들어가는 작은 항구에 도착했을 때, 기사는 쪽지에 차 번호를 적어주었다. 마을에 도착해 적어준 번호의 차량에 타면 된다고 했다.

배를 타고 도착했을 때, 차가 대기해 있었다. 아날로그방식이지만 체계적인 운영으로 큰 불편 없이 이동할 수 있었다. 호수를 나올 때도 같은 방법으로 숙소에서 픽업해 주었다.

처음 방식 그대로 작은 쪽지 한 장에 벌레가 기는 글씨로 불편할 수 있는 모든 것을 다 해결해 주었다. 초고속으로 발전하는 IT 세상만이 능사가 아님을 알 수 있다.


## 옴스크로 가는 길


열차에 탑승하니 직원이 저녁도시락을 준다. 나는 간식들을 준비했기에 도시락을 사양한다. "가격을 지불하느냐" 했더니 그는 고개를 흔들며 "후리"라고 한다. 열차표 예매자에게만 도시락을 제공했다. 내가 블라디보스토크에서 삼 일 동안 열차 탑승 때는 없었던 일이다.

전제 정치와 농노제를 비판한 러시아의 대문호 도스트엡스키의 유형지가 시베리아 옴스크다. 도스트엡스키가 4년간이나 유형 생활을 한 도시를 지나칠 수 없어 옴스크에서 하차를 결정 후, 한국에 있을 때, 열차 탑승권을 미리 예매했다.

블라디보스토크에서 삼 일간 탑승 때와 옴스크로 가는 길은 사뭇 다르다. 가옥과 마을이 자주 나타난다. 역도 자주 보인다. 척박하지 않은 녹음 풍경이 편안함을 준다. 들에도 생물들이 보이기 시작한다. 보는 내 마음을 풍성하게 만들어 준다.

오후 8시. 해는 빛을 잃지 않는다. 죽죽 뻗은 미송이 하늘을 치받으며 자라고 있다. 자작나무 끝이 흥이 나 하늘로 솟구친다. 들판에 매어 둔 말뚝들이 길게 드리워진 긴 그림자를 물고 서 있다. 불이 난 걸까, 자작나무 밑동이 까맣게 탔다. 잘못 입은 옷처럼 하양이 숯검정이 되었다. 막, 달기 시작한 잎들도 거뭇거뭇하다.

열차에서 할 수 있는 일이 뭘까? 자리에 앉아 머릿속을 비우고 지금까지 해왔던 것이 아닌, 열차 안에서만 할 수 있는 행위를 찾는다. 생활도, 배설도, 섭취도, 지금까지 해왔던 방식을 벗어나 새로 찾은 방법에 익숙해지는 태도를 받아들이는 일이 되었다.

자작나무를 바라보거나, 나무의 속살을 한 점 떼어 입에 무는 상상도 해보는 일이다. 아무것도 들어있지 않은 내 빈 공터에 밖으로부터, 들판에서 건디는 자작나무 한 그루를 들이는 일이다. 바람을 건디고, 유형을 건디는 문호를 들여다보는 일이며, 한 자락을 닮아보는 일이다. 열차에 앉아 벌판에 허리를 뉘고 있는 자작 한 그루를 일으켜 세워보는 사유이다. 문명 사이로 새어나간 바람과 벌판에서 건디는 유형의 이야기 한 소절 불러오는 일이다.

## 주변의 멘토

푹 잤다. 간밤에 앞좌석이 비어있는 채 잠들었다. 어두운 공간에서 누군가 소곤거리는 소리를 들었다. 꿈결에 승객이 들어왔다. 열차에서는 밤사이에도 승객이 들고, 나가는 건 다반사다. "굿모닝" 하고 인사를 나누는데 앞자리 승객이 남자가 아닌 여자다. 벽에 걸어둔 옷과 누워있는 신장을 짐작해 남자로 생각했다. 러시아인들은 덩치도. 신장도 크다.

날은 오락가락 두어 번 비를 뿌렸다. 자작이 물먹어 빛이 난다. 열차에서 서로는 일면식 없어도, 남이 아닌 것처럼 앉아 있다. 눈으로 웃고 귀로 듣는다.

나무 사이에 끼어있는 곁가지만 모아도 산 하나는 되겠다. 누워 있는 나무, 허리 굽은 나무, 기대어 버티는 나무들의 형태를 보는 재미도 있다.

오전에 그녀는 내렸다. 신장이 육 척쯤 되고 나와 닮은 큰바위 얼굴로 미소가 부드러웠다. 나처럼 더듬거리는 언어로 자작나무 이름을 내게 러시아어로 알려주었지만, 통 모르겠다. 큰 가방에서 초콜릿이 가득 들어있는 그릇을 꺼내 "맛보라"며 주고 간 그녀는 달콤한 초콜릿 이상의 마음을 내게 주고 내렸다. 수제라고는 믿기지 않는 그녀의 솜씨가 놀라울 뿐이다.

노신사 한 분이 앞자리에 앉았다. 노인에게는 버거운 큰 가방이다. 특유의 들숨, 날숨 때마다 쌕쌕거리는 호흡소리가 거슬린다. 어른이 어디쯤에서 내릴지 모르는 상태로 내심 걱정되었다. 편한 시간이 끝난 것처럼 노인은 가방 짐을 자주 꺼내고, 약봉지와 짐들을 찾느라 부스럭댄다.

넷이 사용하는 한 평 남짓한 공간에서 부스럭거리는 소리는 일행들에게 폐가 되는 행위다. 서로의 행동을 고스란히 넷이서 함께 공유한다.

이를 테면 전철에서 옆 사람의 통화 내용을 의미 없이 들어야 하는 것처럼 불편한 공간이다.

노인은 다른 가방을 꺼내 커다란 책 한 권을 탁자에 올려놓았다. 벌레가 기는 문자 형태의 책을 보는 순간, 머리털이 쭈뼛했다. 러시아어로 표기한 론리 플래닛(Lonely planet). 훔쳐보지만, 나는 책을 단번에 알았다.

생각이 쏟아진다. 노인은 책을 편다. 지도가 보인다. 여행책자다. 다시, 큰 가방을 의자 밑에서 꺼낸다. 무릎에 가방을 놓고 지퍼를 여는 순간, 나는 입을 막았다.

눈에 들어온 옷가지들, 가지런하게 티셔츠 칼라가 구겨지지 않도록 포개진 옷가지를 보면서 안주인의 정갈한 얼굴을 상상해본다. 창문을 열어젖히고 어디론가 떠나는 노인의 모습을 열차에서 만났다.

『창문 넘어 도망친 100세 노인』은 스웨덴 작가 요나스 요나슨이 쓴 책이다. 영화도 보고 책으로도 읽은, 100세 노인이 생일을 맞아 창문으로 도망친 이야기이다. 인생은 가을이고 가을은 늙는 것이 아니라 익어가는 것이라고. 이처럼 멘토는 멀리 있지 않다. 늘 가깝게 내 주위에서 불쑥 튀어나온다.

지금 시각은 8시 5분. 크라스노 야르스키 크레이역(profsoyuzov street)을 지난다. 역에서 정차하는 동안 밖의 날씨는 영하 2~3도를 오르내린다. 해와 비, 흩날리는 눈발이다. 변덕 심한 날씨도 기울기를 잡아가고 있다.

옴스크로 질주하는 시베리아 평원의 남부 길은 이제 절반을 넘었다. 역이 바뀌는 사이 눈이 환해진다. 민감해진 눈은 밀가루로 분칠한 듯 눈

쌓인 벌판의 얼굴을 보고 있다.

해의 기울기인가 아니면 이맘때, 해 질 녘이면 병처럼 번지는 노을의 힘인지 유별나게 쓰러진 벌판, 자작들 구간이 눈에 자꾸 밟힌다. 자작나무 한 가지도 쓰임이 있어 나왔을 것을.

## 도스토옙스키 박물관

사방 호기심에 매몰되어 갈 때, 덩치 큰 사람이 내게로 왔다. 손에는 기계를 쥐고 있다. 할머니 차장이다. 나는 눈치껏 100루블을 건넨다. 앞치마 주머니에서 거스름돈을 내준다.

대중교통비는 한 사람당 우리화폐 4백 원도 안 되지만 요금을 받으면 반드시 영수증을 떼준다. 이들의 일처리는 대충이 없다. 호텔 투숙도 여권은 물론, 거주지도 증명해야 체크인과 아웃이 이루어진다. 개인적 주관이지만, 사회주의 체제 장점이다.

기대했던 도스토옙스키 국립문학박물관은 그의 명성에 비해 초라하기만 하다. 새 건축 공사로 주위가 무척 어수선했다. 정치적 사회적으로 불안했던 인간 내면심리를 잘 묘사해 불후의 명작들을 탄생시켰던 그가 족쇄를 찬 채, 감옥 생활을 한 곳이어서 박물관을 돌아보는 감명은 더 깊게 마음을 쑤셨다.

도스토옙스키 박물관

그와 관련된 책자, 사진, 친필서, 문호가 차고 생활했던 족쇄는 물론, 사형수들의 옷들이 전시되어 있다. 특히, 눈길을 잡은 사물은 작가가 생전에 사용했던 책상과 타자기. 금방이라도 그가 걸어 나와 타자기 앞에 앉아 글을 써내려가는 환상이 자주 떠올랐다.

얼굴을 덮는 하얀 수의를 걸치고 죄인을 말뚝에 몸을 묶어 놓은 채 줄지어선 군인들의 총부리가 사형수를 향하고 있는 사진만은 차마 눈 뜨고는 못 볼 자료였다. 그의 유형생활과 근황들이 전시되어있고, 그가 사용했던 집기들이 그대로 있다. 전시관을 안내하는 할머니를 따라 돌아본 긴 여운은 한동안 뇌리에 박힐 것 같다. 맥박도, 리듬도 빨라지며 감동이 저릿저릿한 채로 박물관을 나올 때, 비가 내린다.

도저히 빗속을 거닐 수 없어 열차 탑승에 필요한 준비물을 갖추고 호텔로 돌아오다 무심코 지나칠 수 있었던 옴스크의 명소인 '벙커 아저씨'를 빗속에서 만났다. 동상은 도시 복판 지하에서 하수구 뚜껑을 들고 나오는 형상을 하고 있다.

열차생활

열차가 옴스크역을 출발할 때, 중년남자가 앞좌석에 앉았다. 그는 시트를 깔고 웃통을 벗는다. 이 남자가 설마 바지도 벗을까. 내 생각을 비웃듯 바지를 훌러덩 벗는다.

남자는 내가 코앞에서 보거나 말거나 팬티나 다를 게 없는 반바지 차림을 한다. 매너 같은 건 안중에도 없다. 가뜩이나 복슬강아지처럼 털을 가진 사람들이 많아 내 몸에 머리칼이 붙은 듯 간질거린다. 심하다 싶어도 견디면서, 몸과 살이 부딪고 내는 냄새, 다리도 번들거리고, 머리도 번들거리는 남자, 괜스레 보는 나만 이상해진다.

횡단열차 탑승은 안면을 몰수하고 당돌함을 키워야 하는가 보다. 십여 미터 거리의 남자와 마주보고 있으니 서로 눈길만 궁색해진다. 시선을 어디로 쏴야 하는지.

다음 횡단열차에 오른다면 이 모두 자연스러운 행동과 일상이라고, 얼굴 빨개지지 않겠다. 이들의 열차생활이므로.

오전 11시 40분, 알록달록 아파트 색이 환하다. 완숙한 겨울과 자작나무와 소나무가 대비되는 풍경이다. 소나무에 눈이 소복하게 쌓여 대형 트리를 보고 있다.


## 컵 한 쌍

비가 마음을 흐리고, 구름은 비를 몰아 어디론가 바삐 흘러간다. 기온은 영하로 떨어졌다. 바람까지 불어 체감온도는 곤두박질친다. 시내버스를 타고 끝내지 못한 명소로 나선다. 예건대로 떨어진 날씨 온도에 구경이고 뭐고 정신이 없다. 대충 시내를 돌다 추위를 피해 쇼핑몰에 들어가

횡단철도 상징컵

마트료시카 목각 인형을 사고 기차역으로 향했다. 여정의 마지막 옴스크에서 모스크바까지의 구간, 열차 탑승 후, 이틀 동안 모스크바까지 간다.

오후 5시 42분에 옴스크역을 출발한다. 055열차 9번 째 칸 7, 8번 나는 아래위 칸 열차에 다시 세 번째 짐을 풀었다. 열차도 아주 깨끗하다. 좌석도 넓다. 개선된 공간은 세면대와 화장실이다. 두 번 탑승한 열차는 물 사정이 너무 좋지 않았다. 수도꼭지를 누르는 불편함이 컸다. 자주 물이 끊겨 세수도 원활하지 못해 위생을 따질 여건이 되지 않았다.

열차가 달라지니 여행 리듬도 새로워진다. 열차 탑승하면서 컵 하나를 알았다. 알맞은 흔들림에 끄떡없이 버티는 컵이 인상 깊게 마음에 꽂혔다. 러시아 상징인 철도회사의 로고(로마자 RZD)가 새겨진 주물로 만들어진 컵이다. 열차에서도 컵을 판매했다. 두 개에 2,120불이다(우리 화폐 사만 원). 많고도 넘치는 컵을 두고도 횡단열차에 오른 기념컵은 각별해서 애장 품목 하나를 더 추가했다.

이름만 들었다면 한국으로 착각했을 이심역을 지나고 있다. 세 번째 열차에 탑승해도 바깥은 변함없다. 비가 온 후 들판에 물웅덩이가 많은 것 외에는 같은 풍경이다.

끝없는 자작 옆을 기차는 같은 속도로 달린다. 순간에도 열차 몇 대가 지나간다. 역마다 한 군데는 낡은 기차를 전시하고 있다. 철로에는 특이한 열차들을 전시해놓았다. 철길에는 생전 보지도 못한 특이한 열차들이 즐비하다. 어지러울 만큼 엮여 있는 철로는 눈여겨 볼만하다.

# 복불복

숲이 타고 있다. 소나무와 자작이 타고 있는 시간이다. 열차에서 짐들을 끌어낸다. 꽁꽁 언 짐들을 새벽 동안 얼어붙은 사람들이 종종거리며 열차에서 내린다. 새끼줄처럼 꼬아진 레일 위 열차와 열차 사이를 손님들이 비집고 나간다. 철이 아니면 무엇도 먹을 수 없는, 철을 먹어도 가벼울 수 있는 저 도도한 열차들을 보고 있다. 열차에 앉아서 할 수 있는 일은 없다.

머릿속을 비우고 하얀 시트가 더러워진 곳은 없나 앞사람의 입냄새가 내 코에 닿지 않기를 바라고 말없이 자기 공간을 확보하고 있다. 겉으로는 아닌 척, 서로를 의식하며 이틀, 사흘을 건딘다. 한 팀이 끼니를 비우고 나면 눈치껏 나만을 위한 공기로 채운다. 그들도, 나도 서로는 적당한 피해를 주고, 받으면서 싫은 내색을 밖으로 표출하지 않는 표정 관리로 서로를 바라본다.

타자와 좀 익숙해질 무렵, 그들이 내리고 그들의 공간을 나는 잠시 빌려 쓰고 있다. 열차는 모든 시설이 청결하다. 물벼락을 몇 번이나 맞을 만큼 세면대 물이 넘친다. 그간 물 받기에 애먹은 것을 생각하면 대만족이다. 모두 수동이었던 예전 열차와는 차별화한 혁신에 가까운 디지털이다. 인간의 편리인 망각이 있어 우리는 과거의 불편을 잊고 살아가는 것인가 보다.

러시아에서 4번째로 큰 도시인 예카테린부르그(Yekaterinburg)역에 정차해 열차는 몸을 식히며 물을 먹고 있다. 긴 덩치 열차가 물만 먹고 달릴 참이다.

# 열차 안의 원초적 행동

두 평 공간에서 무위도식으로 배설과 섭취로 오감을 열고 원초적 동물이 되었다. 문명생활이 멈춘 곳이라 말할 수 없는, 전부 드러나는 공간에서 가리고, 덧바르는 일도 멈췄다.

러시아에서 자작나무는 하나의 불쏘시개인지 집집마다 마당에 쌓아 놓은 나무가 보인다. 굴뚝으로 자작 연기가 피어오르고 나도 배에서 신호음이 들린다. 열차가 역에 서면 바빠지는 사람들이 있다. 파트별로 점검에 나서는 철도원들이다. 열차 아래 선로로 들어가 가스총을 쏘고 천근 만근되는 바퀴를 두드려 댄다. 청진기를 대듯이 소리로 열차를 진찰한다.

망치를 들고 바퀴마다 쳐대는 사람, 선과 선의 연결 부분을 때려보는 사람, 각자 자신이 맡은 부분을 점검한다. 이들의 점검이 끝나고, 긴 수도관을 끌어온 여인이 열차에 급수해주고 있다.

열차에서 버리는 물과 맞교환을 끝낸 열차가 출발한다. 정차역에서 길게는 30분, 짧게는 10분의 휴식이 주어지면 나는 밖에 바람을 맞고 바깥을 살피는 것이 열차에서 얻는 또 다른 몰입이다.

사유를 떼어 내면 할 게 없는 공간에서 나는 사상누각을 자주 짓는다. 열차 논문 한 편 써도 되겠다. 이 많은 열차를 보는 건 꿈조차 꾸지 않았다. 느닷없는 순간들은 인생에서도 늘 있어 온 일이다. 모르는 사람들 습성도 오롯이 담아본다. 어떤 이는 살포시 찻잔을 입에 가져다 음미한다. 그런가 하면 어떤 이는 차를 후루룩 라면처럼 마신다. 또, 어느 여인은 라면도 차를 마시듯 먹는다.

무릇, 라면만큼은 후루룩 소리를 내야 제 맛인데 나 혼자만 소리 내는 것 같아 그녀를 따라 살포시 라면을 입에 넣는다. 대체, 그녀는 라면을 먹었는지, 입에 넣고 녹였는지 다소 궁금하지만, 라면 용기는 매번 비어 있다.

쿤구르 촌락과 스베르들로프 스카야, 오블레스트, 페르보, 우랄스 지역을 지난다. 풍경은 빽빽한 숲과 마을도 자주 튀어나온다. 들판은 하얗다. 눈인가 했지만 대형 서리다. 기온은 영하 2도다.

모스크바까지는 1,150㎞ 외곽으로 근접해 있다. 페름지방 남쪽, 우리의 경기도 언저리쯤 되겠다. 창밖 풍경이 달라진다. 성냥갑 같은 앙증맞은 집들이 이어진다. 텃밭을 가꾸며 주말을 보내는 다차이다.

러시아인들은 주말이 되면 다차로 나와 채소를 가꾼다. 통나무로 만든 집과 텃밭이 있다. 러시아 도시인의 70%가 다차를 소유하면서 가족들과 농사를 짓고 휴식을 즐긴다. 이런 풍경이 모스크바가 가까워지며 자주 보인다. 운치 있는 집이 앙증맞다. 알록달록한 아파트 고층이 많아지고 있다.

오무트닌스크(Omutninsk)역이다. 하늘은 비를 뿌린다. 마지막 겨울 눈이 녹고 있다. 대도시로 갈수록 뜸한 손님으로 열차 안은 횅하다. 깔끔한 젊은 여직원은 나와 몇 번을 눈이 마주쳤다. 열차 통로를 오고가며 마주칠 때마다 서로는 눈인사를 한다.

그간 보던 할머니 직원이 내리고 젊은 직원이 교대했다. 열차 안을 활달한 몸놀림으로 청소한다. 역시, 젊음으로 통통 튀는 동작이다. 열차 안을 지날 때마다 그녀 발동작에서는 미세한 바람이 인다.

그간, 내가 본 자작을 합친다면 얼마나 될까? 나무들이 기차 옆으로 따라와 텅 빈 들판, 외로운 길을 지켜주었다. 한참을 창가에 서 있다가 열차가 고개를 돌리는 길을 본다. 앞서가는 머리를 꼬리에 앉아서 본다. 열차가 그리는 곡선은 철길이 치르는 산고다. 열차는 그 길을 지나서야 비로소 아름다움을 낳는다.

크노(Kirov)역을 지나는 동안 날이 저문다. 가랑비와 함께 저녁시간으로 가고 있다. 지금까지 보지 못한 많은 승객이 탄다. 큰 역인가 보다. 늘 그랬듯이 큰 도시는 손님이 많이 타고 내린다.

어두워지는 시간, 밀폐된 공간에서 사람이 움직일 때마다 공기가 달라지는데 앞좌석 젊은이는 자꾸만 문을 닫는다. 나는 자꾸 문을 연다. 서로는 엇박자를 내고 있다.


## 끝나지 않은 길


두 번 열차에서 내렸고, 블라디보스토크에서 모스크바까지 일곱 밤을 열차에서 지냈다. 열차라면 이제 좀 알 것 같다. 세 번의 열차 탑승과 이르쿠츠크, 옴스크시내 투어로 지속된 긴장을 이완시켰다. 그런 결과물이 풍성하게 쌓였다.

바이칼호의 감동, 도스토옙스키의 유형지 다시 모스크바로, 어느 곳 하나 기억나지 않을 곳이 없다. 더 많은 도시에 하차했더라면, 하는 아쉬움을 접으면서 밤이 지나면 횡단열차 여정이 끝난다.

열차에 관한 모든 것들과 우리의 삶이 맞물려 톱니처럼 돌아가는 과학적인 체계를 표면으로나마 알았다. 이들과 근간 거리에서 밀착해 숨 쉬는 모습까지를 엿볼 수 있었다.

청춘들이 아래위 칸에서 사색하며 지내고 싶은 기차 여행을 남편 코골이로 방해한 것 같아 내 마음이 몹시 미안했다. 방치한 것은 절대 아니다. 몇 번은 꼬집었다는 것을 고백하고 싶다. 사람들 모습은 퉁명하다. 그러나 겉면일 뿐이다. 블라디보스토크를 떠나 옴스크에서는 한국 사람을 단 한 명도 만나지 못했다.

모스크바로 가는 열차에도 나와 닮은 사람이 없다. 멀리 나와 있다.


## 피곤한 하루

아침 5시 50분, 모스크바 기차역에 내렸다. 궁전 같기도 하고 전람회장 같은 역사, 새벽이라 호텔 체크인이 불안해 기차역에 짐을 보관한다. 그리고 전철로 클레물린 광장으로 나가 본다.

궁전 같은 아름다운 역을 나와 한참을 걸어 볼쇼이 극장으로 갔다. 볼쇼이 국립극장 앞에서 아침 공기를 느껴본다. 붉은 광장으로 간다. 예전에 딸과 북유럽 여행을 했을 때도 붉은 광장 앞은 어수선했다. 지금도 달라진 건 없다.

붉은 광장 아래로 강을 따라 내친김에 톨스토이 생가와 박물관으로 향했다. 몇 킬로를 걸어 화보와 그림이 붙어있는 톨스토이 전시관에 도착했다. 안내 책자에는 토, 일만 휴관인데 문을 닫았다. 박물관 외부만 훑어보다 톨스토이 생가로 다시 2.1킬로를 걸었다.

빨간 벽돌로 예쁘게 담장을 친 톨스토이 생가도 굳게 문이 잠겼다. 문을 두드리니 담당자가 나왔다. "휴관이다."라며 고개를 젓는다.

책자의 정보는 현지 정보가 아니다. 괴리감에 스트레스만 급상승한다. 내일의 해로 미루고 돌아선다. 날은 덥고 헛일한 것 같아 발은 더 무겁다. 갈증이 심해 동네에서 유명한 주점에 들러 생맥주 두 잔 시켰다. 910루블이다. 놀라 재차 가격을 물으니 맞다고 한다. 모스크바 물가다. 시내에 북한 평양냉면 음식점을 찾아 3가지 음식을 주문해 맛을 음미한다. 사람들이 왜 평양냉면을 선호하는지를 알 것 같다.

전철로 열차역에 다시 왔지만 방대한 규모의 역에서 배낭을 찾는 데 한 시간을 헤매다 겨우 찾았다. 호텔로 가는 전철에서 급출발하는 사이, 남편이 사고를 냈다. 넘어지며 앞에 앉은 노인을 밀치는 사고다.

말도 통하지 않는 할머니에게 표정만으로 사과하다 열차가 정차하는 사이, 잽싸게 내렸다. 모스크바 전철은 급정차, 급출발이 잦다. 전철을 3번 이용한 오늘, 잔뜩 긴장해서 온몸이 흠씬 두들겨 맞은 북어 신세가 되었다.

영어 표지판이 인색한 모스크바에서 여행은 힘들다. 이른 새벽부터 늦게까지 하루를 몽땅 쓰고 나니 몸도 천근이다. 발가락에 꽈리처럼 물집이 생겼다.

## 평양냉면

날은 눈부시며 따뜻하다. 모스크바로 오기 전까지는 쌀쌀했다. 시베리아 벌판은 척박하고도 쓸쓸했지만, 수도는 바쁜 사람들로 내가 사는 곳이나 다를 게 없다.

모스크바 대도시, 번잡하고도 요란한 전철을 타보면 안다. 계단에서 사람들은 한쪽으로 비켜서고 다급한 이들은 계단도 뛰어내려 간다. 지하는 더 깊게 마치 광부들이 갱 안으로 레일을 타고 내려가는 광경이다.

양방향으로 달리는 살벌한 전철굉음은 지하를 빠져나가지 못하고 터널에 갇힌다. 그 울림이 잦아들기도 전에 진입하는 전철소리에 고막이 터질 것 같다. 환승은 매번 실수다. 올랐다 내려가고 내려갔다 다시 올라오는 돌발로 치닫고 세 번의 환승을 하고야 겨우 호텔에 도착했다. 그럴 때마다 한 뼘씩 나는 자란다.

평양식당을 다시 찾았다. 같은 동포가 차려주는 밥상, 누구는 이들이 "두렵다." 하고 누구는 "섬뜩하다." 했는데 나는 이들이 내어주는 한 끼 식사가 편하다. "맛있었습네까?" 억양이 다르고 나와 다른 곳에 산다는 것뿐이다.

낯익은 그녀들이 웃고, 떠들고, 찧고 나와 다름이 없다. 이들의 행복은 이들 마음에 있다. 섣불리 이들에게 내 잣대를 들이대고 싶지는 않다. 그저 나는 맛있게 차려주는 음식을 감사하다는 말로 대신하며 헤어진다.

## 백야의 소동

어렴풋이 눈 떴을 때, 밖이 환했다. 아침인가 했는데 새벽 3시 40분, 그대로 뒤척인다. 쓸데없는 잡념이 머릿속을 가득 채워 머리가 띵하다. 청해보는 잠, 그럴수록 깨끗해지는 머릿속.

해가 중천으로 솟았다. 모스크바에 들어온 뒤로 밤마다 두통이 자주 온다. 숙면을 못하는 이유가 백야 현상이다. 깊은 수면 시간까지도 밖이 환해 어수선하다. 설상가상으로 어젯밤에는 초저녁부터 천장에서 물이 떨어졌다. 누수 현상에 한바탕 소동이 일었다.

견디다 못해 창문 커튼으로 물방울들을 흡수시켜 진정되었다. 여행하다 보면 별별 일을 다 겪지만 호텔 천장에서 물 떨어지는 소리에 잠 설쳐보는 건 또, 처음이다.

돌발의 연속이다. 전철에서 급출발에 넘어지는 사고도 냈다. 그 악몽이 채 가시지 않았는데 천장이 새는 황당함을 겪으며, 컵으로 물을 받아내다 급기야는 커튼을 바닥으로 치는 해프닝도 겪는다.


## 자작 한 그루

집으로 가는 길은 기다림이다. 돌아갈 곳이 있어 그리움으로 다리를 놓는다. 모스크바에 들어와 잊었던 자작을 호텔에서 만났다. 나무 한 그루를 통째 방으로 들였다.

기발한 아이디어로 객실 내부를 꾸민 자작에서 발랄함이 물씬 묻어나오는 호텔이다. 나는 열차를 탑승하면서 눈이 짓무르도록 자작을 보았다. 하얀 나무의 황홀한 수피를 보면서 모스크바로 왔다.

자작나무 껍질이 떨어지면 사랑하는 연인들이 연서의 깨알 글귀를 적어 걸어둔다는, 낭만적인 나무다. 나무의 껍질과 숨구멍처럼 도드라진 하얀 겉모습을 살핀다. 껍질에 드러낸 모양이 어느 산사에서 보았던 부처의 인자한 눈 같기도 하고, 네팔 스투파 탑에 있던 '세상의 이치를 지혜롭게 바라보는 눈' 같기도 하다.

거칠한 나무껍질을 손톱으로 벗겨본다. 속은 갈색으로 종이를 문대는 느낌이다. 이대로 입에 넣어 씹는다면 껌이 될까? 그을린 것 같은 검은 겉면은 그대로 나타나는 바깥일 뿐이다. 바깥이 검으니 속도 검을 것이라는 섣부른 판단을 피해야 하는 이치가 여기에 있었다.

나는 자작나무를 천 미터 이상 고지 산행에서 본 적은 많이 있어도 밀착해 체취를 맡아본 적은 없다. 언제나 겉면만 훑고 다녔다. 이 값진 체험을 뜻밖에도 호텔에서 하고 있다. 참으로, 한 치 앞을 모르는 게 삶이다.


## 말하자면

공항에서 짐을 기다렸다. 여행을 마치고 들어온 단체일행들이 마지막

인사를 나누는 중이었다. 내 옆 의자에 앉아 서로의 대화가 오갔다. "이제 다시는 여행오지 않겠어" 그 말을 듣던 여인이 "왜? 나는 즐겁기만 한데." 일행들의 여인이 합세하며 말했다. "아! 나는 여행하면 좋기만 하던데 언니는 이상하네." 상대가 맞받았다. "나는 자꾸 혼자 가라 해도 남편이 함께 가자고 하니 피곤하기만 하고 체력이 안 따라주어 재미없고 싫다."라고 대답한다.

여인은 듣고 있다가 "나는 안 그래, 즐겁기만 해, 이번 여행도 얼마나 기다려지고 날마다 여행에 어떤 옷을 입을까 코디하면서 그러다 입이 다 부르텄는데."라며 맞장구쳤다. 여인이 즐거운 시간을 보냈을, 식지 않은 열정이 내게도 화끈하게 전해온다.

생각의 차이는 있다. 그러나 어느 쪽에도 정답은 없다. 여행이 싫은 이도 많다. 날마다 싸고 푸는 행위, 전쟁 같은 행군, 게다가 우왕좌왕 충돌, 모두 만만치 않아서다. 대화내용을 짐작컨대 북유럽을 단체로 모스크바에서 같은 항공편으로 들어온 승객들이었다. 덧붙이는 말이 "러시아는 너무 볼 게 없다."며 불만을 토했다. 나 또한 예전 북유럽 단체여행에서 느낀 점이었다. 그도 그럴 것이 단체여행은 모스크바 시내 외에는 일정이 없다. 시내의 붉은 광장과 알록달록 성 바실리 성당과 대통령 여름별장을 들러 백화점에서 쉬는 것이 전부였다. 이들도 그랬을 것이다.

붉은 광장은 예전이나 지금, 방어벽 사이로 붉은 벽돌만 보다 왔는데 광장만은 그날 그대로 변함 없었다. 그 볼 것 없다는 모스크바 시내 주변을 이번 여행에는 맘껏 돌아보았다. 막아 놓은 붉은 광장의 반대편 아무르(Amur River)강이 흐르는 강변을 따라 걸으며 광장의 방대함을 제대로 볼 수 있었다.

단체로는 감당할 수 없는 시간들을 접해보니 여인들의 불만이 무슨 의미인지 속속들이 이해되었다. 러시아 광활한 대지의 일부만이라도 밟아야 러시아를 보았다 말할 수 있을 것 같다.

뒷산 나무 사이 빈 공간이 채워질 무렵 떠났다가 집 현관으로 들어섰을 때, 빈집 냄새와 주인 없는 곳곳에는 먼지가 모두 독차지했다. 산에서 날아온 송홧가루가 온 집안을 장악했다. 커튼을 젖히고 베란다로 나갔다. 생물들이 죄진 듯 고개를 모두 숙이고 있다.

파지에, 화분 받침에, 물도 잔뜩 주고 떠났건만, 노란색으로 한창 예쁘던 꽃들이 다 말라 죽었다. 집을 비운 그 피해는 화초가 고스란히 입었다. 얻는 것이 있으면 분명, 잃는 것도 있음을, 그 법칙이 멀지 않은 내 베란다에 있음을 알게 된다.

인생수업도 자로 잰 듯 반듯하다. 이제, 다른 내가 되어 여행은 없었던 것처럼 나날이 각을 세울 것이다.

# 루마니아

# 여행은 파랑, 그리고 회색

여행의 구체적인 가닥이 드러나는 것은 항공권 확보다. 국가별 정보와 호텔, 교통 등 자료를 찾다보면 출발 날이 다가온다. 여행 횟수가 포개지면서 더 진중해지는 출발이다.

첫 배낭여행은 인도였다. 젊은 기운 하나 믿고 중부 인도에 내렸을 때, 하나부터 열까지 발로만 뛰는 여행을 했다. 하루하루 살 내리는 고생을 몹시도 해, 어느 여행도 그때의 고생에 비교할 수 없다. 내 여행은 늘 파랑색을 꿈꾸었어도 언제나 회색빛일 때가 너무도 많았다.

내 주변과 근황에 맞는 적절한 틈새를 노려 훌쩍 떠나고, 여행지, 교통, 숙박을 해결하는 이 행위를 나는 즐긴다. 겨울은 겨울대로 매력 있다. 불편한 것은 배낭 무게다. 부피를 줄이면 여행의 절반을 끝낸 셈이다.

배낭을 꾸리며 넣었다 빼내고 덜어내다가 다시 넣는다. 거품을 걷어내고 엑기스만을 짜내야 하는 배낭을 꾸리며 온 하루를 보낸다. 지니는 것보다 덜어 내야 하는 것이 중하다는 걸 이 갈리도록 아는 터, 질긴 욕심과 한판을 벌이느라 하루를 보낸다.

나가 보면, 배낭에 처박혀 그대로 돌아온다는 것을 매번 후회했기에 물건들을 걸러 낸다. 모자와 스카프 등 나만의 여행을 디자인하며 낭을 꾸린다.

다시, 동유럽 남부에서 손짓하는 '발칸반도'로 간다. 열 시간을 날아 바르샤바 공항에 도착했다. 사람들 옷차림이 무겁지 않다. 떠나오지 않았다면 잠들어 있을 시간, 공항에서 환승 대기로 조각잠을 청한다. 발칸도 아직 겨울이 깊지 않다. 대기 여덟 시간을 버티고 루마니아 수도 부쿠레슈티 행에 올랐다.

　밤은 어둠으로 모든 걸 긴장시킨다. 게다가 낯선 땅, 처음 대하는 사람들. 내 유년 시기 드넓은 운동장에서 전체 학급 친구들이 모여 있는 조회 시간에 혼자서 단상 위로 올랐던 그 악몽이 살아나는 순간과 같다.

　바르샤바 상공에서 내려다 본 도시는 크리스마스 트리를 장식해놓았다. 아름다운 하늘을 가리는 건물도 없다. 사선으로 내려앉는 작은 비행기는 부쿠레슈티 공항에 도착한다.

　새벽 1시 22분이다. 어둠에 갇힌 도시는 비를 뿌리고 있다. 밤에 내리는 소나기 형태가 모두 드러나고 거대 도시는 조용하다. 네온사인도, 불야성 밤 문화도 루마니아에 도착해서 잊는다. 정제된 술 문화가 클럽에서만 삼삼오오 앉아 몸짓으로 와인이나 맥주를 마주 놓고 음미한다.

## 비만과 다이어트

　루마니아 수도에서 둘째 날을 겨울비가 맞아준다. 겨울비는 사람을 더 차게 만든다. 바람이 몹시 불고 나무들은 몸통을 젖히며 흔들린다. 내 허리도 자꾸만 휜다. 바람에 휘어도, 허리가 꺾여도 일어나는 나무다. 나도 마음에 나무 한 그루를 심으며 중세 건물들이 빼곡한 시내로 접근한다.

　부쿠레슈티는 부다페스트다뉴브강이 흐르는 맑은 물에서 도시가 빛난다. 보는 이를 편하게 해주는 유속이 도심을 감싸고 흐른다. 물 흐르 듯 나도 도시를 둘러본다. 중세 역사가 멀지 않았던 시간처럼 과거와 현 재가 공존하고 있다.

버스와 트램이 도심을 뒤지고 다닌다. 고물 쇳덩이가 구르며 시내 곳 곳을 누빈다. 바퀴는 도로에 붙어 굴러가는 형태다. 친환경 트램은 차체 가 길어 문이 세 방향으로 열리고, 승차하는 모습이 신기해 트램이 지날 때마다 나는 멈추고 유심히 차체를 살핀다.

트램을 타고 광장으로 나와 지도로 시내를 찾아다녀도 몇 번은 같은 자리를 오간다. 버스승강장이 없다. 마침, 은행에서 나오는 사람에게 물 었다. 여인은 같은 방향이니 나를 태워주겠다 한다. 당연 "노우" 했을 테 지만 여성이라서 나는 그녀의 차로 함께 향했다.

한 손에 지팡이를 짚고 있는 큰 몸이 불편해보였다. 아니나 다를까 여 인은 차 앞문을 열다가 문을 잡고 홀러덩 넘어진다. 순식간에 벌어진 일 이라 나는 놀라 그의 큰 몸을 잡았다. 꼼짝하지 않는다. 그도 그럴 것이 여자는 내 몸의 두 배가 되었다. 고도 비만으로 넘어진 상태에서 일으켜 도 꼼짝하지 않는다. 그냥 갈 수도 없다.

루마니아 사람들은 남자나 여자나 비만이 심하다. 여자는 배도 나온 상태에다 몸도 제대로 움직이지 못해 내게 기대는 힘은 배가 되었다. 나 는 여인을 부축하고 있는 사이 지나던 두 사람이 합세했다. 겨우 일으켰 지만 내 속이 탔다. 인사하고 헤어질 때, 여인은 문제없다며 차타기를 다 시 권한다. 그를 차에 앉히고 문을 닫았다. 서둘러 현장을 빠져나왔다.

때로는 친절도 싫다. 하마터면 여행 시작부터 물꼬를 다른 곳으로 틀 수 있었다. 볼록 나온 배를 어찌 얹고 다니나 우려될 만큼 고도 비만인 사람들이 많다. 내가 묵고 있는 호텔 주인도 배가 엄청 나온 뚱보 아저씨다. 체크인하며 우리와 인사 건넬 때, 남편에게 "다이어트를 심하게 했다."며 농담 건네는 그와 한참 폭소를 터트렸다.

역사박물관에서 루마니아 과거 생활과 건축물들의 연대별 중요도를 관람하고 나오니 일몰이다. 겨울은 다급하게 싸늘해진다. 낯선 루마니아 밤거리는 위험하다. 사람이 위험한 게 아니라 횡단보도 신호 체계가 몹시 미흡해 횡단보도를 건널 때마다 머리칼이 쭈뼛 선다.


## 브라쇼브주(Brasov) 브란성(Bran Castle)

부쿠레슈티에서 열차로 브라쇼브로 왔다. 곧바로 브란성으로 출발한다. 브란성을 버스기사에게 물었을 때, 그 말을 옆에서 듣던 아주머니가 나에게 차에 타라며 손짓했다. 여자는 내가 옆에서 보는데도 계속 눈썹을 매만지고 있다. 이가 세 개나 빠져 말할 때마다 어눌하게 발음이 샌다.

황금 물이 든 들판은 적갈색으로 변하는 중이다. 아름다운 동화 마을을 지나는 동안 벼 익는 냄새가 물씬 풍긴다. 흩어졌던 관광객들이 와글와글 성으로 몰려든다.

예부터 고립된 자연 속에는 반드시 아름다운 성들이 있었다. 그 성만의 특색에 따른 문화를 가꾸었기에 우리들이 볼거리를 찾아 발길을 옮기는 이유다.

브란성

안내하는 그와 함께 내렸다. 자신의 화랑이 브란성 오르는 길 8번째에 있단다. 그러니까 자기 상점에 출근하는 이를 만나 나는 어렵지 않게 물 흐르듯 성으로 갈 수 있었다.

사람들은 브라쇼브 주 브란성보다 '드라큘라 백작'을 먼저 떠올린다. 그러나 드라큘라 이미지만 떠올리는 건 섣부른 단정이다. 흡혈귀 소설 『드라큘라』의 가상 모델인 블라드 3세가 잠시 머물던 곳으로 알려진 아름다운 성을 공포감으로 간다면 여행낭비. 간판마다 지역의 상징인 '드라큘라' 그림이 붙어 있다. 광고가 출몰하는 것은 관광지가 가까워진다는 암시다.

성에는 진귀한 소장품, 백작과 공주가 사용했던 집기와 가구들, 모든 생활 면모를 사실감 있게 전시해놓았다. 14세기에 죄수들을 다룬 형틀을 본다. 굵고 큰 대못들이 의자에 꽂혀 있다. 그 위에 죄인을 앉혀 고문한 흔적과 그 옆에는 죄수를 세워 사형시킨 형틀이 놓여있다. 괴기한 드라큘라 공포보다 형틀을 보는 순간이 더 오싹하다.

최고의 물건과 최고로 전망 좋은 곳에 외부의 침입을 방어해 요새를 지었다. 그 숨결과 세월이 목조에 고스란히 누적돼 끈적끈적한 이끼가 습기를 머금고 있다. 내 손이 닿을 때마다 시공간을 넘나드는 느낌으로 과거와 현재가 들락거렸다.

브란성에서 나와 또 다른 성으로 갔지만 복원되지 않아 허물어진 성 주변에 현지인들이 잡다한 물건을 파느라 방치된 흔적만 보다 내려왔다. 방대한 복원 자리만이 폭탄을 맞은 듯 허물어져 세월이 송송 새는 헛바람만 불었다. 무언가를 잔뜩 기대하고 올라갔다가 허물어진 흙과 자갈, 기와, 벽돌만 보고 성을 내려오니 허탈하다 못해 허기졌다. 동화 속 마을을 배회하다 화덕에 막 구운 빵을 사고 그대로 의자에 앉아 자그마치 세 개나 먹었다. 담백한 빵 맛이 입안을 빵빵하게 감촉해준다.


## 시기쇼아라(Sighisoara)

목적지를 창구에 문의하니 안내원은 택시를 타고 가야 한다며 나를 걱정스레 바라본다. 날은 음산하고 택시도 뜸하다. 이런 날은 숙소에 있어야 했다. 행인에게 다시 물어본다. 젊은이는 "곧장 가다 오른쪽으로 돌면 된다." 했다. 안내소에서는 "택시를 타라" 했고, 젊은이는 곧장 가도 된다고 말해준다.

선택에 혼란이 오면 가끔은 직감을 믿는다. 그게 한몫할 때가 있다. 시내는 넓지 않아 걸어도 되겠다 싶은 생각이었다. 십 분도 걷지 않아 산 위로 뾰족 성이 보인다.

하늘엔 솜털구름이 떠있다. 양 떼가 아침 콧김을 맡는 풍경이다. 빨간 기와 지붕에는 초거울비가 지나갔다. 들판은 흐린 하늘만큼이나 낮고도 멀다.

파릇이 돋아 나온 밀밭이 겨울비를 흠뻑 먹고 부풀었다. 그 광경을 보면서 나는 성으로 오른다. 중세 시대의 요새가 있는 언덕 위에서 마을을 바라보니 이 마을 전체가 세계 문화유산에 등재된 이유를 알 것 같다.

건물들은 14~16세기 오스만 제국의 침입에 대항해 지어졌고, 9개의 탑과 2개의 요새가 남아 있다. 성벽은 언덕으로 계단을 오르기 전 요새처럼 보였다. 올라 보면 또 다른 운치가 있어서 성곽을 따라 탑과 연결되는 길을 산책하듯이 돌아본다.

재단사의 탑, 모파상의 탑 등 웅장하지 않은 탑에 군수품과 식량을 비축하고 대포와 화살을 쏠 수 있게 자그만 창문을 낸 탑들이 퍽 인상 깊었다. 날이 차가워 땀은 흘리지 않지만 여름이었다면 마음 다잡고 계단을 올라야 했을 것이다.


## 새 술은 새 병에

하늘이 심통이다. 루마니아 날씨의 특색이다. 루마니아에서 세르비아 수도인 베오그라드로 가려던 일정이 교통 착오로 부쿠레슈티로 다시 돌아오는 여행 사고를 냈다. 경비와 시간을 모두 허비했다. 세르비아 국경 거리도 있어 거금이 날아갔다. 480레이(150,000원) 경비다. 루마니아 수도로 왔으니 여행 루트도 역행순으로 새 병에 새 술을 담아야 한다.

루마니아 사람의 겉면은 바게트 빵처럼 딱딱하지만, 속은 부드러운 롤빵을 닮았다. 내가 열차 타며 간식으로 준비한 치즈의 비닐을 벗기느라 고심할 때, 앞에서 보고 있던 손님이 다가와 치즈 벗기는 방식을 설명해 주었다.

지도를 펴놓고 보면 병어 입 모양, 물고기를 연상시키는 루마니아는 24

년 동안이나 독재의 권좌에서 군림하던 리콜라이 차우세수크를 몰아내고 자유를 쟁취한 나라다. 나도 이들을 선입견으로 공산체제의 의식으로만 생각해왔다. 하지만 어느 나라에서도 느낄 수 없는 매력을 듬뿍 담은, 양파의 속 같은 나라이다.

어둠은 사방으로 내려앉았다. 상점들은 어둑하도록 불을 켜지 않는다. 간간이 희미한 적열등이 졸고 있는 흐릿한 상점들이 보인다. 눈에 백태가 낀 것처럼 무엇이 놓여있는지 둘러보다 뒷머리만 긁고 나온다.

작은 상점도, 큰 상점도 전구 알 하나만 밝히는 도시에서 그간, 내 눈이 필요 이상으로 밝았던가 보다. 희미한 전등불 아래서는 사람들이 더 가깝게 머리를 맞댄다. 얼굴을 마주보지 않으면 전구 알 하나로 할 수 있는 건 없다. 서로를 바라보지 못하는 거리에는 서먹섬만 떠다닌다. 밤이 되면 더 화려하게 피는 도시 야생화에 나는 길들여져 왔다.

## 국제열차로

하늘은 지독히도 쨍하다. 국경으로 달리는 열차는 달리는 것이 아니라 날고 있다. 거품을 뺀 열차, 녹색 날개를 양옆에 달고 기적을 울리며 달린다.

부쿠레슈티는 교통 요충지다. 자국은 물론, 이웃 나라로 연결하는 열차는 성수기에는 늘 붐빈다. 시월 마지막, 비수기에 접어든 열차와 버스는 빈자리가 많다. 국제 열차도 외관을 경쾌한 색으로 꾸몄다. 열차 의자도, 화장실도 쾌적하다. 좌석을 통째로 차지하고 나는 누웠다가 앉았다가 긴장감을 덜어낸다.

루세(Ruse)로 국경을 넘고 거기에서 방향을 잡아 벨리코 투르노보로 간다. 세르비아 돌발 사고는 손해 폭이 좀 크지만 마무리되었다. 첫 계획을 바꾸어 불가리아 수도 소피아로 간다. 세르비아행 예매 열차표 교환은 소피아에서도 가능하고 또, 수수료를 제외한 환불이 된다고 역무원이 말해주었다.

틀어졌던 계획의 가닥을 잡아가며 벌판만을 달려온 열차는 절반쯤 와 있다. 전자 기기를 켜면 호텔이 나오고 맛있는 밥을 입맛대로 골라 먹을 수 있는 여행에 시공간의 위력 같은 것은 존재하지 않는다. 바로 앞에 있는 느낌으로 톡하고, 옆집으로 나들이하는 것처럼 여행하는 시대다. 무엇이든 내 앞에서 해결되지만 나는 아주 멀리 나와 있다. 이건 이율배반이다. 문명을 벗어나고 싶어 떠나왔지만 문명의 모순이 코앞에서 충돌한다.

팽팽하게 당기는 고무줄처럼 하늘은 터질 듯이 맑다. 오후 12시 45분 정시에 출발한 국제 열차는 불가리아를 향해 달린다. 시행착오로 짓누르던 마음을 허허벌판으로 달리는 속도감이 뚫어준다. 이대로 가면 세 시간 후에는 불가리아와 루마니아 국경인 루세(Ruse)에 도착한다.

양들이 풀을 뜯는 몽환적인 농가가 나올 뿐, 끝없이 이어지는 벌판이다. 루마니아 발전 속도는 느려도 국민 의식은 선진국 수준이다. 대중교통 시각을 정확하게 지켰다. 나는 트램, 대형버스, 그리고 작은 미니버스 등 거의 대중교통을 자주 이용했다. 여행하며 톱니처럼 잘 맞는 교통체게 움직임은 여행의 리듬에 가속을 붙여 준다.

호텔 비용도 우리 화폐로 30,000원, 이런 결과를 얻을 때는 즐거운 탄성이 나온다. 게다가 조식도 제공한다. 비수기 혜택을 넘치게 받고 있다.

# 불가리아

# 차르베츠 언덕의 장인

사방을 둘러보아도 요새와 성벽, 그 아래로 잔잔히 흐르는 강물이 돌아나가는 성벽 호텔에 늦은 밤 짐을 풀었다.

벨리코 투르노보 차르베츠 언덕은 관광의 핵심지다. 안트라 강이 해자 역할을 해주는 성채 입구에 세워진 다리(도개교)를 들어 올리면 적의 침입을 봉쇄할 수 있었던 요새다.

자적한 아침, 자갈길을 따라 골목을 걸으며 화려하지 않은 박물관, 도서관 등을 돌아본다. 성벽 요새 자갈길을 걷고 허물어진 성곽을 따라 중세 흔적에 매몰되어 갈 즈음, 전날 기차역에서 길을 헤매고 있을 때, 내게 다가와 택시 영업을 했던 기사를 성곽에서 마주쳤다.

서로 놀랐지만, 그는 일상이었고 내가 놀랐다는 것이 맞겠다. 기사가 따발총처럼 쏟아내는 호객 행위에 내가 시큰둥하니 그도 심드렁해진다. 그를 뒤로하고 차르베츠 성벽을 돌아본다.

성벽에서 피사체를 맞출 때마다 마을 풍경이 통째로 다 들어온다. 유독, 쪽빛 돔이 눈길을 끌었던 마을의 중세풍 교회로 들어갔다. 교회라면 신물이 오를 만큼 본 터라 면역도 아주 두텁게 자리매김했는데도 화려하지 않은 앙증스러운 건물 품격을 훑어본다.

교회를 나와 섬세한 모양을 새긴 나무의자 가게 앞에 섰다. 햇빛이 유리창에 반사되어 눈이 부셨다. 창에 얼굴을 대고 가게를 살피다 안에서 손짓하는 할아버지와 눈이 딱 맞았다. 손짓한다. 나는 의자에 끌려 문을 밀고 들어갔다.

차르베츠 요새

작업실이다. 목재를 다루는 손놀림이 신기에 가깝다. 할아버지는 작은 조각칼을 내게 주며 "해보라" 했다. 조각칼을 받아 나무를 잘라본다. 예리한 칼날에 나무가 두 동강났다.

할아버지는 직접 만든 조각품들을 보여주었다. 예수 상, 침대, 가구, 기념품 등 섬세한 작품이 작업실에 가득 차있다. 그는 뭔가를 뒤적이더니 나무판 하나를 내게 준다. '삼성'이란 글씨를 나무에 새긴 현판이다.

누구와 어느 인연으로 새겨둔 것인지 모를 물건을 나를 만나 내주는 것 같다. 현판에 연도와 당신 이름까지 새겨준다. 나는 순간적으로 판단했다. 할아버지 성의로 받아야 하지만 막 시작된 여정을 생각하면 받지 않아야 했다.

장인의 눈빛을 보면서 "노우" 라고 말할 수 없어 나는 받아버렸다. 나무조각은 그 순간부터 짐이 되었다. 누군가에게는 너무도 소중한 증표일 현판 하나가 내게는 짐이 되었다. 내일 당장, 이동인데, 생겨자를 입에 문 듯 짐덩이를 배낭에 쑤셔 넣었다.

오늘도 이들과 생활을 엿보며 언덕 위의 집들을 뒤지면서 성곽의 요새, 벨리코 투르노보 광장, 공원들을 돌아 해가 뉘엿뉘엿 저녁밥 짓는 시간에야 나도 집으로 들었다.

숙소 창문을 열어 젖히고 노을을 보고 있다.

## 서리

힘차게 달려온 버스는 사람들이 조는 사이 산장의 휴게소에 정차했다. 버스에서 내려 개인주택 휴게소로 들어와 타닥거리며 장작이 타는 페치카 옆으로 왔다.

연세 지긋한 할머니는 순한 아기 모습으로 페치카 옆에 앉아 불 앞으로 손을 모으고 있다. 산장의 아침 아홉시는 의자 위, 하얗게 내려앉은 서리가 산으로 오르는 한주먹 빛에 녹고 있는 시간이다.

고양이 두 마리가 서로 몸을 기대며 찬 시간을 건딘다. 굴뚝 위로 나오는 나무 타는 냄새가 코를 간질이고 꾹 눌러둔 시장기가 연기처럼 살아나는 간이산장 된서리에 목을 꺾은 보랏빛 여린 꽃을 보다가 나도 울대 밑 목이 꺾인다. 서리 맞고 울컥하는 아침의 시작이 서리처럼 녹는다.

## 예술중심 도시

첫차를 타야 했다. 썰렁한 대합실은 잠 설친 승객들이 댓쯤은 된다. 정시에 출발한 승합차는 아침 햇살 드리우는 도시를 떠난다. 벨리코 투르노보를 떠나 2시간 거리에 있는 플로브디프로 간다.

차르베츠 요새 성터에 걸터앉아서 마을을 내려다본 구불거리는 그 길을 굽이 돌아나간다. 버스는 돌아보지 않는데 나만 요새를 잡고 고무줄처럼 늘리며 간다. 가지에 매달린 가을 잎들이 쏟아져 내리는 거리를 지난다. 단풍잎들이 길을 이어 준다. 여행 페이지들이 쌓일 때마다 길이 되어 이어진다.

첫차를 탔다면 플로브디프에 도착해서 곧장 카잔루크로 가고 싶었다. 교통망이 원활하지 않은 나라들을 여행하다보면 계획을 세워도 그대로 불발될 때가 많았다. 렌트하지 않는다면 늘 교통편이 관건이다.

플로브디프는 불가리아 제2의 도시로 예술의 중심지이다. 세상에서 가장 오래된 고대 도시로 옛 유적들이 산재해 있는 도시이다. 옛 수도인 도시에는 예술가들이 모여 산다. 로마 시대 유적 중 가장 대표적인 곳으로 현재도 로마원형극장은 사용되고 있다.

도시 개발로 발굴된 듯 시내 복판 지하에 있다는 것이 믿기지 않는 현실로 국제 연극제와 페스티벌 등 각종 문화 행사를 개최하며 유적과 함께 발전 속도를 내고 있는 도시이다.

골목은 미로처럼 구불대고 재각거리는 조약돌을 모아서 버린 듯 자갈 박힌 바닥들이 운치를 더하며 속닥거린다. '아름다운 문화 도시'라는 말이 저절로 튀어 나오는 이유다.


## 태블릿

노트북 무게를 고민하다 태블릿을 넣었다. 나는 기기 사용보다 손글씨

쓰기를 좋아하는데 언제부턴가 교통수단이 흔들리면 기록하기 불편했다. 몇 번씩 무게를 체크하고 마지막으로 선택된 사물이다.

기기는 방전되지 않는 한, 합당한 것 같아 긴 여정 무게를 감당하며 선택했다. 껌처럼 붙어있는 습관을 바꾸는 시도는 나름의 작은 결심이다. 사각사각 누에가 뽕잎을 갉아먹는 소리처럼 백지 위를 미끄러지며 내는 종이의 맛을 접는 고민이었다.

오늘도 하루 일정을 끝내고 들어오는 길, 내가 물어 찾고 우왕좌왕 길에서 헤매다 다시 길을 찾고 그 길로 걸어간 과거들이 고스란히 태블릿에 남아 있다. 이들이 사용하는 것을 나도 이용하고, 이들이 먹는 음식을 따라 먹으며 이들과 행동을 같이 하고 그 틈 속에서 하루를 끝내고 집으로 들어오는 길. 어느새 손에 든 봉지의 무게가 땅으로 꺼지는 하루, 슈퍼에서 이들이 담는 장바구니를 들고 나도 따라 담는 장보기. 오이 하나, 당근 하나, 청포도, 올리브 담긴 병을 만지작거리다 포기한다.

계산대에 줄 서서 사람들이 지나간 뒤를 따라서 같은 지폐로 물건을 사고 어설픈 셈으로 값을 치르고 사람들 속에 홍일점으로 구경거리가 되어 내가 그들을 보는지, 그들이 나를 보는지 모를, 서로는 서로를 훔쳐보며 스치고 지나가는 무심한 섬이 되기도 한다.

신기한 건 모두 다 좋은 것이다. 하지만 괴로운 것도 있다. 시도 때도 없이 피워 무는 담배로 옛 고대 도시는 연기에 갇혔다. 어린 학생까지 담배를 피운다. 어른도 아이도 피우는 담배를 말리는 이도 없다. 누구도 말릴 이유가 없는 것처럼 자연스러운 문화. 그래도, 라는 것은 아이를 데리고 가는 엄마와 아들을 옆에 끼고 가는 아빠라서다. 금연해 준다면 아이들에게는 좋을 텐데. 머리카락처럼 산발하고 흩어지는 맹독을 다

맞기에는 아이는 아직, 어리기만 하다.


## 소피아 가는 길

산맥을 두 동강으로 자르며 버스가 달린다. 구름도 두 갈래로 비켜서고 흩뿌려 놓은 산 속의 집들이 바둑판 위를 밟고 집을 지키는 것처럼 굳건하게 있어야 하는 시간,

해가 있을 자리엔 떼구름이 몰려있다. 산맥의 싸한 바람이 속살로 파고든다. 버스로 이동하여 첫 도시로 들어가는 기운은 언제나 차갑다.

잘못도 하지 않았는데 집에 들어가기 무서운 반항의 십대처럼, 빽빽하게 들어선 산의 기운이 마음을 누른다. 씨름하는 병자 같은 기운이 엄습한다.


## 트라키아인 무덤

고분처럼 야트막한 산에 있는 왕의 무덤은 BC 2500년의 무덤이다. 왕과 부인이 묻혀 있는 큰 규모 무덤으로 많은 유물이 지금도 발굴되는 중이다.

세우테스(Seuthes) 3세에 의해 만들어진 트라키아인의 무덤 안으로 들어섰다. 무덤 천장에는 트라키아인의 장례의식과 전투장면을 자세하게 묘사한 벽화가 남아 있다. 벽화는 너무도 선명하고 화려해 BC 2500년의 무덤이라고 믿기지 않았다. 자꾸 의심하면서 "사실이냐?" 물으니 단호하게 가이드는 "사실이다."라고 답해준다. 가끔은 눈앞 현실을 확인하고도 믿기지 않을 때가 더러 있다. 세상에는 차고 넘치는 유적, 유물, 과학으로도 풀 수 없는 기이한 것들이 많아서다.

주변으로는 두 군데 무덤이 더 있어서 돌아보는 내 진지함과 무덤에서 풍기는 싸늘한 기운이 마치 사후세계 체험처럼 냉기가 서려 빠르게 나왔다. 누워 있던 왕들이 무덤을 들고 일어나 벌판으로 나올 것 같았다.

주위로는 끝이 보이지 않는 장미밭이다. 무덤과 멀지 않은 장미 박물관으로 향한다. 전통 방식으로 장미오일 제조 과정과 판매에 이르기까지 단계별 세세한 그림과 장미 축제를 펼치는 과정 전 순서를 체계적으로 전시했다.

불편한 교통을 감수하며 카잔루크시를 왜 왔나 싶었지만, 역사 박물관과 고대 도시의 장미오일 생산 과정을 살펴본 것으로 힘든 과정을 뛰어넘는다.

박물관 안내원은 오월과 유월이 장미 시즌이며 그때 장미의 눈부신 장관을 볼 수 있으며, 미스 장미도 선발한다고 말해준다. 버스 정류장까지 2㎞를 걸으며 한적한 도외지의 자갈길 겨울 정취를 느껴본다.

돌아가는 길, 오후 5시 8분인데 사방은 어두워졌다. 하늘은 검은 구름이 덮고 산은 거대한 짐승이 누워 있는 형상이다. 거봉으로 커튼을 친 불가리아 중부 산맥, 마음도 어둠에 잠겼다. 밝지 않은 가로등, 붉은 지붕엔 불을 밝히지 않았다. 밖도, 집도 어두운데 사람들은 불을 켜지 않는다. 어느 지역을 가도 늦은 밤까지, 아주 캄캄해진 후에야 집마다 촛불처럼 붉은 전구를 밝힌다.


## 카잔루크 '장미축제'

버스에 오르는데 학생이 묻는다. "중국인이냐?" 나는 고개를 저으며 한국에서 왔다니 깜짝 놀란다. 불가리아는 "한국인보다 중국인이 아주 많다."라고 했다. 중국인들이 발칸에도 많은가보다. 이제, 그런 말은 듣고 싶지 않다. 지금까지 어느 여행지를 가든 늘 들어온 말이다. 인구만큼이나 세계를 섭렵하는 왁자지껄하는 소리가 싫었다.

나는 화려한 도시보다 웅장한 산세를 더 선호한다. 도시를 탐색하는 여행은 즐길 수 있는 문화가 많지만, 카페에 앉아 담소하는 것보다 허물어진 성터에 앉아 밀감 벗기는 시간을 더 즐긴다.

불가리아의 랜드 마크인 '장미 계곡'으로 나섰다. 카잔루크에서는 '장미축제'가 해마다 펼쳐진다. 매년 6월에는 장미 향기에 취해 핑크빛 드레스를 입은 여성들이 행진하는 모습을 볼 수 있다. 축제에서 선발된 '장미 여왕'은 불가리아 전통 의상을 입고 장미 화환을 들고 거리를 행진한다.

여름에는 은은한 장미 향기가 거리마다 물씬 풍기는 축제로 '장미의 나라'로도 불린다. 세계의 장미 오일 절반 이상을 불가리아에서 생산하고 있다. 카잔루크시는 장미가 가장 많이 피는 도시이다. 장미 산업에 종사하는 사람들도 많다. 내가 6월 여행을 했다면 장미의 고혹함과 향기에 취하는 추억을 남겼을 텐데 상상의 나래로만 심상을 그려본다.

드넓은 장미밭에 서서 장미가 피었다가 말라비틀어진 꽃대의 흔적만을 바라보고 있다. 밭이랑으로 만발한 장미가 살랑대는 유월에는 장미 꽃송이로 들판은 찬란했을 것이다. 장미 계곡으로 오는 길은 드넓은 벌판이다. 산에는 잔설이 남아있고 깊게 마른 단풍은 햇살에 데워졌다.

방종한 구름이 지나가고, 검붉은 장미 꽃대에는 서리가 녹고 있다. 비틀린 장미가 서리로 흠씬 두들겨 맞고 장미가 아닌 척 누워있다.


## 애물단지

여행 중 교통 문제로 발목 잡는 일은 허다하다. 결과는 기다림뿐. 나도 새벽부터 서둘렀지만 끝내는 다시 제자리다. 새벽 찬바람을 맞고 마음도, 정신도 찌뿌둥하다. 발칸 여행 2주가 지나며 몸이 삐걱거린다. 묻고 확인하다 지쳤다. 석류 한 알씩 뽑아 입에 넣는 행위 같다. 세상의 단맛, 쓴맛, 신맛을 다 느끼며 알을 빼어 문다. 눈 아프도록 여행 안내서와 사이트를 뒤지며 길을 찾는다.

결정은 했다. 릴라 수도원에 도착해 소피아로 돌아가지 못하면 숙박은 수도원에서 해결한다. 마음 굳히니 편해진다. 새벽 버스를 이용했다면 수도원을 다 보았을 시간이다. 배낭을 호텔에 놓고 릴라 수도원을 다녀오러 했다. 버스역에 도착해서야 교통편이 당일 여행은 불가능하다는 사실을 확인 후 버스를 탔다가 내렸다.

내 사정을 이해한 기사는 요금을 환불해준다. 첫차 불발로 아무도 없는 썰렁한 정류장에 내리니 낙엽만 잔뜩 쌓였다.

묵었던 숙소로 들어섰을 때, 내가 저녁에나 돌아올 줄 알았던 주인은 짐을 밖으로 옮겼다. 배낭을 보니 애물단지 같은 찬 새벽이다.

배낭만 가지고 출발했다면 이미 수도원으로 가고 있을 길을 제자리에서 마음만 구르고 있다. 잘 하다가도 판단이 흐릴 때가 있다.


## 릴라 수도원에서

수도원 정문 앞에 버스가 섰다. 수도원으로 들어서 세 번을 놀란다. 수도원 규모에, 넓지 않은 부지에, 그리고 오밀조밀 극적인 건축물 효과에 감탄사가 튀어나온다.

ㅁ자 모양 공법으로 수도원은 프레스코 성화 그림 1,200점을 빈틈없게 내부를 장식했다. 종교적 내용이 담긴 프레스코 성화를 내가 전부 이해하는 것은 역부족이지만 사탄과 사랑의 주제인 그림 메시지는 소통할 수 있다

불가리아 정교회의 본산 역할을 하는 릴라 수도원은 큐스텐딜주 릴라 산 깊은 산맥에 숨어있어 대중교통 편으로 접근하기 어렵다.

수도원은 총 4개의 예배당과 흐렐류탑, 교회 역사 박물관, 민속 박물관과 수도사들의 거처로 이루어져 있다. 급한 용무는 숙박이다. 나는 수도원 사무실에 들렀다. 숙박을 신청하니 한 사람당 30레바다.

방을 배정받고 여장을 푼 후, 저녁 사원을 돌아본다. 사방이 가려진 수직 암벽 아래에 수도원이 묻혀 있다. 건물은 나무와 대리석 자갈에 오직 하양과 검정으로 조화를 이룬 '릴라 수도원'은 불가리아 최고의 빼어난 건축물 중 하나이다.

산중 밤은 깊어 나도 일찍 잠을 청한다. 산속도, 깎아지른 암벽 아래 수도원도 하루를 서둘러 어둠 이불을 덮는다.


많이 잤다싶어 깼는데 자정이 조금 넘은 시간이다. 어둠 주위를 둘러보다 창문으로 비추는 보름달을 보았다. 하얀 벽에 나뭇가지 잎들이 방 안에 영사기를 돌리듯 출렁거렸다. 한밤에 보는 놀라운 영상이다.

수도원 유리 창문은 이중이다. 나무 창문으로 어느 장인 솜씨인지 볼수록 깊이 빠지는 섬세한 문양이다. 나무를 깎아 성모 마리아를 새긴 제품이다.

수도원은 독특하게도 나무와 시멘트 조합이다. 딱딱한 시멘트를 나무가 방석처럼 완충해주는 효과의 건축물이다. 실내는 화려한 프레스코 성화로 사람들 마음을 꿰뚫듯 그림 하나하나에 밀도 있는 조화가 놀랍도록 정교하다. 색이 도드라지지만 질서가 있는 그림들은 성서 장면의 총 36개 주제마로 구성되었다. 무신론자인 나조차 경건함을 품을 수 있는 프레스코 성화들이다.

수도원에 왔다면 반드시 먹어야 하는 유명 도넛이 있다. 수도원 뒷골목에는 카페, 음식점들이 즐비한데, 저녁 식후라 딱 3개를 샀다. 1.5레바(930원). 앞치마 두르고 고깔모자를 쓴 깔끔한 남자가 봉지에 냅킨과 도넛을 넣어 빠끔히 뚫린 작은 창으로 건네준다. 두 번 기회는 결코 없을 도넛 한 개를 베어 물었다. 동공이 크게 열린다. 맛집들의 유명세는 다 이유가 있다.

나는 가게로 다시 갔다. 3개를 더 주문, 청년은 처음과 똑같이 봉지를 내밀며 손 흔들어 웃어준다. 도넛의 진한 맛이 찐하게 목울대를 치고 위속으로 넘어간다.

운치 있는 산중 겨울밤은 길고도 깊다. 생동감 있는 하룻밤의 들뜸에 릴라 수도원에서 만리장성을 쌓는다.

카메라 셔터 소리도 부담되는 정적이 감도는 수도원의 새벽녘, 수도원이 깨기 전 일어났다. 눈뜨지 않은 수도원을 한 바퀴 돌아본다. 하얀 설산이 지켜보는 수도원 지붕엔 서리가 잔뜩 내려 있다. 창문에 낀 성에를 바라보다 나도 몸을 떤다.

자외선 차단제 튜브처럼 터질 듯이 팽팽하게 부푼 아침 수도원. 부풀어 오른 건 과자봉지만이 아닌 나도 부풀었다. 천 미터가 넘는 고지이니 그럴 수 있다 싶다가도 여기, 준령까지 오른 이들의 믿음마저 준령 위로 걸렸다. 긴 수염, 검은 옷의 사제가 수도원을 돌고 있다. 검은 옷의 소매에도 속세의 내가 정갈해지는 기운이다. 하얀 서리가 청포도 나무에 내려 차가운 것들을 잡아채는 아침.

# 몸은 멀어도 마음은

낭패다. 소피아로 오는 중간 지점에서 세븐레이크 호수로 연결하는 교통편을 모르고 소피아까지 왔다. 중간에서 연결할 수 있었는데 소피아까지 헛길을 온 셈이다. 릴라 수도원에서 가까운 위치에 세븐레이크 호수가 있다. 거리는 가깝지만 산이 길을 막아 접근은 "소피아에서 가능하다."라고 호텔 매니저가 안내했다.

그 말을 믿고 소피아로 왔다. 다시 확인했을 때는 수도원에서 이미 지나온 길임을 알았다. 망연자실이다. 수도원 출발 전, 더 확인했다면 이런 실수는 없었다. 타지에서 낯선 길을 한번에 찾아가는 그런 행운은 매번 있는 것이 아니다. 루마니아의 악몽이 재차 덮쳤다.

나도 호텔 매니저처럼 실수 제공의 장본인이 될 때가 있다. 누군가 길을 물어오면 확신 없는 추측만으로 길을 안내해준다. 그래놓고 탁, 머리를 치는 확신이 한 발 늦게 떠오를 때, 이미 상대는 내 말만을 믿고 안내한 길을 갔을 때이다. 언젠가 내가 했던 그런 실수를 그도 내게 했을 것이라 애써 마음 달랜다.

세븐레이크 호수는 불가리아 국민들이 섬기는 신성한 호수다. 찾아가는 길도 험난하다. 지금까지도 길을 입으로, 발로 찾아 왔다. 다시 길을 가자. 내일은 내일의 해가 뜬다지 않았는가!

누운 코끼리의 등을 닮은 분지의 산길을 지난다. 밭에서 가지런하게 자라는 밀싹을 보니 먹지 않아도 배부르다.

거대한 산맥이 가로막고 있는 릴라 호수로 돌아가야 한다. 릴라 마을에 다시 접근하는 방법 외에는 없다. 마음은 지름길을 원했지만 몸은 거대산맥 언저리를 돌아야 한다.

불가리아 통일성을 찾아보면 청포도 사랑이다. 집집마다 청포도 나무를 울 안에 가꾸어 놓아 주렁주렁 매달린 포도를 보면 한 다발 따먹고 싶은 충동이 솟구친다. 청포도 당도는 최상급으로 불가리아 사람들의 마음 당도까지 높여준다.


## 수호천사

칠흑같은 어둠이 주위를 다 집어삼켰다. 가로등도 없는 버스가 발하는 노란 불빛만이 길을 훑고 나간다. 할딱거리며 오르는 버스는 사람을 태우지 않아 가볍다.

작은 마을, 읍 정도나 됨직한 시골에 호텔이 있다는 웹을 믿고 마을로 들어왔다. 버스 정류장 표시도 없는 곳에서 마지막 한 사람이 내릴 때까지도 나는 모르고 있었다. 그때야 기사는 다 왔다고 한다.

기사에게 호텔을 물어보니 버스 앞, 작은 가게가 있는 곳을 안내한다. 상점은 문이 잠겼다. 한참을 두드리고 있는데 마을 아이 둘이서 자전거를 타고 놀다가 내 모습을 보고 잠자려느냐? 물었다. 그리고 하는 말, "상점은 문 닫았다."고 한다. 가슴이 내려앉고 불안이 덮친다.

무모하게 강행군했던 행동을 후회한다. 도시 밖의 밤은 일찍 깊어졌다. 사람도 없어 공포에 떨고 있는데 지나가던 여학생 둘이 우리 행동을 눈여겨보다 호텔을 안내해준다. "200미터쯤에 호텔이 있다." 했다. 선택의 여지가 없이 마지막 기대를 걸고 칠흑 어둠 속을 믿고 걸었다.

뒤에서 부른다. 어학생들이 도와주러 다시 왔다. 나는 웹에서 안내하는 지도를 보며 호텔 쪽으로 가고 있었다. 학생들이 와주지 않았다면 언덕에서 그대로 주저앉았을 것이다.

캄캄한 언덕을 올라 후미진 아래에 호텔이 있음을 현지인이 아니고야 어찌 알 수 있겠는가. 방도 깨끗하다. 릴라 수도원과, 일곱 개의 호수를 가려면 이곳을 거쳐야 하는 중요한 길목이기도 하다.

지금은 겨울 시즌이라 호텔도 손님이 끊겼다. 내 한 몸 비를 피하고, 바람 막아주는 공간이라면 어디든 감사할 절박한 심정을 경험 없이 언급하기란 언어 낭비만 된다.

## 세븐레이크 호수

택시로 리프트장 입구에 도착했지만 리프트 운행은 멈추었다. 관리인은 간판에 '리프트 운행 중지'라 쓴 표시판 방향을 가리켰다.

호수초입인 산장까지는 우람한 바퀴를 단 차로 눈밭을 올라야 했다. 가격은 팔만 원, 큰돈이다. 포기하고 걸어야 한다. 문제는 산에 있는 눈이다. 게다가 시나브로 내리던 비가 작정하고 내린다.

바람은 산 고도가 높아질수록 강해진다. 시작된 산행을 포기할 수도 없다. 리프트 입구에서 산장까지는 2.6㎞다. 일반적으로 걷는다면 삼십 분이면 된다.

비와 눈이 번갈아 얼굴을 때린다. 최고의 악천후다. 산행이 무모하다는 것을 너무도 잘 안다. 그러나 '세븐 레이크 호수'를 포기할 수 없다. 악천후 두 시간을 몸으로 견디고 산장으로 진입했다. 몸을 날릴 만큼 센 바람이 몰아치는 날씨에 산장은 하얀 눈발을 맞으며 흐릿하게 보였다.

희미하게 눈에 보이는 산장으로 접근해 문을 두드렸다. 주인이 놀라 우리를 안으로 안내한다. 페치카에 불이 활활 타고 있다. 그 앞에 서서 몸을 녹이고 창밖을 본다. 모든 시야가 어지럽다. 사선으로 날리는 눈발, 거기에 광풍까지, 눈발이 멈출 기미가 없다.

결정해야 하는 순간, 마음이 간절하게 원한다면 해봐야 한다. 겨울 산행은 시간이 짧다. 일곱 개 호수를 향해 신발 끈을 다시 묶고, 옷매무새도 다시 살핀다. 가다가 포기하는 경우가 생겨도 해야 했다.

눈발에 몸을 맞대고 산으로 향했다. 산장과 가장 가까운 호수라도 다녀온다면 만족해야 하는 날씨다. 호수로 올라가다 눈보라를 뚫고 내려오는 점 하나가 보였다. 우리가 첫 방문이라 생각했는데 호수에서 내려오는 사람이 있다.

같은 상황에 처한 이심전심으로 그를 잡고 물었다. "일곱 개의 호수를 보았느냐" 그는 고개를 젓는다. "안개 때문에 주위 분간이 안 돼 포기하고 내려온다."고 말했다. 그는 내 신발을 확인하고 고개를 끄덕였다.

나는 여행 때는 항상 고어텍스 신발을 필수로 신는다. 어느 여행에서나 산행이 포함되기에 둔탁해도 등산화를 착용한다. 고어텍스도 악천후 날씨에는 무용지물이다. 물 젖음은 도움되지만, 눈 속을 걸을 때 신발로 들어오는 눈을 막지는 못한다.

눈보라와 눈이 쌓이는 산에서는 스패츠와 아이젠, 스틱이 갖추어지지 않는 산행은 모든 위험에 노출되고 만다. 어지러운 눈발을 뚫고 산을 오르다 눈보라 속에서 반짝이는 물빛을 보았다. 믿기지 않는 호수다. 멍한 순간이다.

사람들이 호수를 왜 성산이라 말하는지, 사무치게 신선함이 솟구친다. 짐인 줄 알면서 호수를 담으려고 카메라도 챙겼지만 손을 노출할 수도 없다. 그 의욕도 상실이다. 눈만 쌓인 산에 칼바람이 분다. 얼굴을 치는 눈발에 제대로 발을 딛지도 못한다. 자꾸 미끄러진다. 불안한 마음만 엄습한다. 내가 눈 속에 헤맬 때, 뭔가가 또 보인다.

두 번째 호수다. 최선을 다했으니 후회는 없다. 바람이 정강이를 후려친다. 잠깐만 지체해도 기온은 사정없이 곤두박질이다. 마지막처럼 정신을 다잡고 올랐을 때 눈썹처럼 잉크빛 호수가 얼굴을 내민다. 산 속 눈에 갇힌 호수를 보는 감회를 조곤조곤 화룡점정 쓰지 못하는 것이 못내 아쉽다. 그 후로도 두 개의 호수를 더 보았다. 다섯 개의 호수를 만나고 조금만 더 힘내면 되는 터였다.

사방은 온통 하얗다. 전방 백여 미터 앞에 꽂아둔 불가리아 국기가 바람에 찢어질 듯 날렸다. 부는 바람소리가 지옥에서 들려오는 악마의 비명처럼 들었다.

기절하는 바람과 구름이 내 주위를 감쌌다. 하얀색만이 주위를 뱅뱅돌았다. 그대로 지체하다가는 눈에 갇히고 빙빙 돌다가 나가떨어질 것만 같았다. 더 이상의 주위 분별을 할 수 없었다. 눈보라와 안개에 파묻

힐 수 있다는 위협을 초간으로 느꼈다. "이곳에 더는 지체하면 안 된다"는 소리가 환청처럼 들렸다. 나도 모르게 돌아섰다.

산을 내려 올 때는 이미, 내 발자국은 눈에 흔적도 없이 묻혀버렸다. 눈 위로 길을 내며 내려가는 시간에 생과 사의 순간들이 수시로 내 머릿속을 쑤시고 지나갔다. 뒤에서는 눈밭이 다리를 잡는다. 앞에서는 미친 듯이 몸으로 파고드는 눈보라를 견디고 어떻게 내려왔는지 반쯤은 호수의 신이 도와주었다.

이 악천후에 호수에 올랐다는 것은 미친 짓이었다. 그 가치는 분명 있지만, 위험을 감수한 것은 무모한 행동임을 후에야 나는 반성한다. 산행을 마치고 죽을힘을 다해 내려왔을 때, 우리를 보고 있던 관리소 사람들이 엄지 척을 해준다. 대단하다는 의미지만 내 얼굴은 화끈거렸다.

아침에 나를 태워다 준 택시를 다시 콜 했다. 관리소 앞에서 삼십 분을 기다려 기사와 만났다.

일곱 개의 호수 중 다섯 개를 보았다. 순간의 위험을 코앞에 둔 산행에 미련 같은 건 없다.

기사는 우리가 '뜨뿌니 차'로 간다니 자기 택시로 가자고 한다. 배낭을 택시에 싣고 버스정류장에서 소피아로 간다. 내가 뜨뿌니 차를 떠나는 시간에도 비는 내린다. 인구 사백 명이 살고 있는 작은 도시이다. 얼마나 처절했으면 한 컷의 피사체도 카메라에 담지 못했다.

투명한 채, 파랗게 빛나는 호수의 풍경만을 떠올리며 카메라 렌즈를 닦았던 어제를 떠올린다. 하지만, 카메라는 짐으로 얼어 있었다. 언 손으로 휴대폰에 두어 장 담지 않았다면 단 한 컷을 얻지 못할 순간이었다. 내가 십년 전 안나푸르나(4,130m)에 올랐을 때도 이렇지는 않았다.

시작부터 끝까지 악천후 상태로 고통스런 산행이었다.

다 표현되지 않은 남겨진 이야기는 평생을 내성으로 붙어있을 것이다.

## 대박소식

시내 알렉산드로 네프스키 성당과 광장, 알뜰시장 주위를 걷다가 카페에 앉아 행인을 주시하는 게 전부이다. 성당과 묘지를 들러 광장의 초라한 바자르 시장을 돌아보는데 누군가 뒤에서 "혹시, 한국 사람이지요?" 하고 말을 붙였다. 여행 온 지 네 달째 된다는 부부였다.

아예 한국에서부터 트럭을 개조한 캠핑 차를 가지고 왔단다. 차 안에서 모든 숙식을 해결하면서 여행한다고 했다. 그들은 우리를 감탄하고, 우리는 그들을 부러워하다 헤어졌다. 구미에서 산다는 부부는 언어소통으로 많이 불편하지만 사 개월째 여행 중이었다.

언어는 여행의 큰 장벽은 아니다. 물론, 유창한 대화가 된다면야 좋지만, 어눌한 소통으로도 여행은 어디든 가능하다. 그들은 우리에게 자동차 없이 일일이 찾아다니는 여행이 "대단하다." 하며, 자기들은 네비가 안내하는 곳으로 찾아다닌다고 했다.

이처럼 여행은 각자 취향에 따라 여러 가지 형태로 이루어지고 또 여행의 정답은 어디에도 없다. 내 여정이 지칠 무렵. 대박 소식이 전해왔다. 딸과 통화를 했는데도 자꾸 사실인지를 되뇌고 있다.

리라 일곱 개의 호수산행에서 빌었던 염원이 이루어졌다고 믿고 싶다. 믿거나, 아니거나.


## 국경은 마음에도

국경에서 짐을 풀고 체크해 짐칸에 넣은 후, 여권을 받아 차에 올랐다. 버스는 출발 십 미터도 못 가 다시 섰다. 근엄한 얼굴의 경찰이 차에 오른다. 승객들 여권을 다 걷어간다.

한참 후 여경이 버스로 올라 왔다. 사람들이 웃는다. 나쁜 일은 아닌가 보다. 긴장된 시간이 풀어지고, 모아간 여권을 승객 중 한 사람이 모두 받아 한사람씩 호명해 건네준다. 나도 여권을 받아 소피아에서 마케도니아로 입성한다.

풍경이 달라도 매우 다르다. 불가리아 국경과 마케도니아 국경을 지나는 풍경은 확연히 다르다. 불가리아에서 173㎞ 떨어진 마케도니아의 수도 스코페로 들어가는 길에 양몰이 할아버지가 졸린 듯 서있다. 드넓은 밭을 누가 다 매나 싶은 걱정이 들 만큼 밭고랑이 드넓다.

마케도니아, 하면 떠오르는 인물이 있다. 십 년 원정으로 유럽은 물론, 아시아를 걸쳐 대제국을 평정하고 동서양의 문화를 싸안은 시대를 연 고대 그리스 마케도니아 왕국의 알렉산드로스 대왕이다.

그리스 북부 마케도니아 주 사람들이 "마케도니아를 나라 이름으로 사용하지 말라"라는 시위를 자주 했던 나라로 들어왔다. 근접한 그리스와의 국명 분쟁으로 잊을 만하면 국제사회 이슈로 떠오르는 존재감이 희미한 마케도니아는 1991년 옛 유고슬라비아 사회주의에서 독립했지만, 그리스와는 오랜 갈등을 빚고 있다.

이유는 마케도니아가 고대 그리스왕국의 이름이니 그리스 북부 마케도니아 주(州) 영유권을 모방한다며 반발하고 EU가입도 반대한다. 그러나 놀라운 것은 콜카타빈자의 성녀, 테레사가 마케도니아(옛 유고슬라비아)에서 태어났다는 사실이다. 그 상징적 의미 하나만으로도 존재감이 매우 커서 마케도니아는 자긍심으로 충만해 있다.

옛 유고슬라비아 연방에서 독립한 신생국가인 마케도니아는 외형에도 아직은 낯선 느낌을 물씬 풍긴다. 걸핏하면 나라이름 개명을 요구하고 그리스 땅 대부분이 마케도니아 왕국의 영토였다는 이유로 간섭하며 분쟁하고 있어, 이웃 일본이 자꾸만 떠올라 특별한 의미로 내게 다가오는 나라이다.

국력이 약하면 그 설움은 고스란히 국민의 몫이다. 매번 부각시키는 영토 분쟁 그 난제를 겪는 나라만이 느끼는 비애다.

# 마케도니아

# 스코페 색깔

스코페 시내는 조합이 역사만큼이나 어수선한 분위기이다. 도시는 유럽이나 미국을 닮은 모형도를 만들어 놓은 것 같기도 하고, 한국의 세종대왕이 광장에 앉아있는 것도 같다. 색의 조화도, 유럽식 건물 사이로 공사하다 만 개선문도 생소하다. 광장이 좁아터질 만큼 조형물을 늘어놓은 것이 어지럽다.

어느 도시를 가도 이런 느낌은 없었다. 스코페만의 색깔이라고 여겨도 현란한 조명아래 몰입되지 않는 저녁풍경이다. 나사를 조이다 멈춘 듯 건물들이 서 있고 동상들이 조각 전시장에 와 있는 착각마저 든다.

동서남북을 향해 하늘이 좁아 보일 만큼 조각상들이 즐비하게 서 있는 시내는 어느 박람회장에 들어온 느낌이다. 나는 국가든, 사람이든 자기만의 색을 풍기는 것을 중요하게 여긴다. 비록 모자라도 모자란 만큼 그대로의 색을 선호한다.

유럽도 아니요, 미국도 아니다. 이것저것 늘어놓은 도시에서 색을 찾지 못하겠다. 마케도니아의 색은 헤라클레아 구 시가지 비톨라(Bitola)로 가면 찾을 수 있을 것 같다.

스코페 도시는 1963년 큰 지진으로 무너지고 재건되었다. 그런 과거의 아픔이 아직은 완벽한 색깔을 찾아가는 몸부림이 역력해 보인다.

## 마티카 협곡 '누렁이'

스코페에서 하루에 다녀올 수 있는 거리에 깊은 낭떠러지 협곡을 왼편으로 두고 찌릿찌릿 물리치료를 받는 만족도가 있는 길을 걷는다. 여행지가 어디든 여러 형태의 계곡들을 걸어보는데 넓이와 수심이 깊은 낭떠러지 길을 걷는 계곡이다.

어느 구간부터 따라왔는지 누렁이 한 마리가 함께 걷는다. 협곡 아래는 보트를 타고 동굴을 보러가는 사람들이 보인다. 나도 도착점에서 배를 이용해 동굴로 가려 했다. 끝 지점에 와서야 연결 통로를 막아놓은 작은 철문을 발견했다.

이미 걸어온 길이 4㎞이다. 날개로 날아갈 수 없고 뛰어내릴 수 없는 협곡, 왔던 길을 가야 한다. 계획이 와르르 무너졌다. 돌아가는 것이야 괜찮다. 동굴 투어를 못 해 낭패다. 배를 타고 동굴 탐험을 하려던 계획이 무산됐다.

처음부터 배로 접근했다면 좋았을 것을 협곡을 걷고 타려던 계획이, 비수기로 배 끊긴 상태를 모르고 두 마리 토끼를 잡으려다 놓치고 말았다.

뱃전 흔적만 바라보는데 누렁이는 대자로 누워버렸다. 나는 이때다 싶어 잽싸게 간격을 벌린다. 누렁이를 따돌리고 속도를 냈다. 얼마를 걸었을까, 하얀 개다. 마티카 협곡에는 누렁이 혼자가 아니었다. 외롭지 않게 한 쌍이 살고 있다.

협곡 트레킹을 끝내고 버스를 탔다. 앞에 앉은 손님에게 요금을 물어보니 "한 사람당 150데네바"라고 한다. 500데네바 지폐 한 장을 기사에

마티카 호

게 건네니 받지 않는다.

그대로 자리에 앉아 목적지까지 와서 나는 다시 지폐를 냈다. 기사는 고개를 젓는다. 그냥 내렸다.


## 성녀 테레사

밤 사이 내린 비로 여사가 살았던 집, 박물관은 더 싸늘해 사람도 없다. 대문을 들어서니 마당에서 하얀 성의를 입은 수녀님이 반긴다. 머리에는 두건을 쓰고 깡마른 손에는 묵주가 들려있다. 묵주를 입에 대며 나를 반기신다.

수녀님의 동상, 하얀 성의와 해진 슬리퍼 사이에서 발가락이 불거져 나와 빛났다. 사람들의 간절한 기도가 수녀님의 발끝에 닿은 열기가 싸늘한 온몸을 전율케 한다.

수녀님이 딛고 있는 돌이 손자국으로 벗겨졌다. 그 발가락을 나도 만져보고 슬리퍼도 문질러 본다. 성녀 앞에서 발가락을 닦아보는 것 외에는 아무것도 의미 없음을 안다. 돌아서다가 한 번 더 성녀를 바라본다. 인자한 웃음으로 묵주를 입에 대시며 "어서 가라, 가서 참되게 삶을 살아라." 하신다.

빈자의 어머니는 1997년에 인도 켈커타에서 심장마비로 타계할 때까지 헐벗고 굶주린 사람, 외로운 사람들에게 자신을 바쳤다. 18살에 수녀원에 들어가 인도에 파견되어 세계 70여 개국의 병원과 진료소, 임종의 집을 운영하며 평생을 헌신했다.

'허리를 굽혀 섬기는 자는 위를 보지 않는다'며 자신을 가장 낮춘 인류애로 봉사의 삶을 산 성녀의 자기희생이다. 현대 인류사에 큰 획을 긋고 간 성녀의 박물관을 돌아보는 마음이 경건하다 못해 먹먹해온다.

테레사 박물관을 나오는데 누군가 뒤에서 부른다. 어제 협곡을 다녀오며 버스에서 함께 타고 온 청년이다. 그를 다시 만나니 반가웠다. 나는 가방에서 비타민을 그에게 전했다. 청년은 "고맙다."며 좋은 여행하라며 손 흔들고 떠난다.

그도 여행자, 나도 여행자다. 서로 그렇게 스치며 지나고 또 어딘가의 길에서 다시 만나게 된다. 인간의 인연이란 찰나에 엇갈리고 찰나에도 만나는 그런 것인가 보다.


## 열세 알의 사과

비톨라로 가는 길 휴게소, 차에서 내렸다. 농부가 밭에서 따낸 사과는 이슬도 채 마르지 않았다. 승객 중 서너 명은 사과를 사고 나머지는 구경꾼, 이토록 탐스런 사과를 대체 얼만큼 사야 하나 고민하고 있는데 농부가 내 앞으로 다가온다.

농부는 자기 말로 나는 내 말로 사과를 팔고 산다. 동전 주머니를 뒤지다 오십 원짜리 지폐를 내니 농부는 봉지에 사과를 담는다. 하나, 둘, 셋이 넘어간다. 사과봉지가 볼록해진다. 금액을 더 지불해야 하나, 속셈하는데 농부는 봉지를 저울에 단다. 1,200그램, 1㎏가 넘는 양이다.

게다가 덤 하나를 얹어준다. 사과 봉지를 받아들고 갈까 말까 그냥 가 본다. 잡지 않으니 가격이 맞나 보다.

차로 돌아와 세어보니 사과가 열세 알. 이렇게 싸도 되나? 손맛이 담긴 꿀을 먹는다. 산에 물을 먹고 산 아래로 내려온 공기를 마시고 살찐 사과는 겉만 보면 모른다. 오톨도톨 씹어봐야 안다. 관습의 오차는 쉬이 떨어지는 것이 아닌가 보다. 푸르스름해도 농염할 수 있다는 걸 사람들은 모른다. 나도 몰랐다. 푸른 것이 기다림에 붉어진다는 것을.

## 비톨라 고대유적

그리스 남부 국경근처에 있는 영웅 도시 비톨라는 사방 거리로 2㎞ 반경에 드는 작은 도시로, 역사는 이백 년이 넘는다. 고대 로마의 흔적이 남아 있는 헤라클레아 유적지로 접근했다. 인파 없는 유적지에는 관리인만 정문을 지키고 있다.

나는 "늙은 학생"이라고 장난처럼 말했는데 그는 한 사람당 요금 100을 받았다. 입장권을 내게 주고 주머니에 지폐를 넣었다.

기원전 2세기 무렵 유적은 가옥 터와 우물, 원형극장과 목욕탕 등 마

고대유적

을을 이루고 생활했던 흔적들이 고스란히 남아있다. 고대가 내 발밑에서 무너져 내린다. 먼 발치에서 보고 있는 관리인 한 사람뿐, 어디로든 도굴꾼이 들어올 수 있는 방대한 면적이다.

고대 작품들이 흙속에 묻히고 발밑에 깔린다. 소꿉장난처럼 발굴하다 싱겁게 덮어버린 흔적들이 여기저기 흩어져있다. 건축 기둥과 돌 조각품들이 아무 둔덕에나 엉뚱하게 박혀 있다. 제정이 넉넉한 국가였다면 관광 자원이었을 거대한 돌기둥들과 귀중한 조각품들이 땅에 나뒹굴고 발에 차인다.

나는 널브러진 조각품 모양을 보느라 흙길을 밟고 다닌다. 고대유적터가 발밑에서 무너지고 흙에 깔리는 통에 걷다가 언덕을 내려왔다. 원형극장에 앉아 본다. 아스라이 저 아래의 돌문에서 굶주린 사자가 뛰쳐나오는 착각을 한다. 굶주린 한 마리 사자가 달려 나오고 기사는 투구를 얼굴에 쓰고 손에는 커다란 창을 들었다. 눈과 눈에 살기를 품고 서로 달려든다. 목을 서로 움켜쥐고 한바탕 나뒹굴었다. 기사는 마지막 힘을 써 사자의 몸통에 쇠창을 내려친다.

사자는 사지를 떨면서 저승길을 건너가고 기사는 목숨을 연명하고 있다. 황제는 도포 자락을 손으로 감아 허리에 붙이고 중앙 황금 자리에 앉아 그 난투극을 지켜본다. 돌계단을 내려가는 발 폼이 근엄하다. 황제의 손가락 하나로 기사의 목숨은 촌각을 오간다. 그제야 숨을 내쉬고 생명을 돌려받은 기사는 중문으로 사라진다. 기사가 나가고 난 돌문을 한동안 바라본다. 환상의 시공간이 들락거린다.

특히, 모자이크 장식으로 된 바닥 그림은 유적 중에서도 압권이다. 보존 상태가 좋고, 품질도 유행에 뒤지지 않을 만큼 창작력이 있어 당장 어느 곳에 사용해도 손색없을 그림이다. 조각조각 작은 타일방식으로 맞춘 퍼즐조각 같은 그림들이 열주대로 광장에 새겨놓아 당시에는 무척 화려했을 거라 생각했다.

알렉산더 대왕의 아버지 필리포스 2세 시절부터 도시가 발전해 로마 시대에 콘스탄티노플까지 이어갔다. 마케도니아에서 모자이크가 가장 잘 보존된 헤라클레아 유적지다.

모자이크그림에서도 나무가 많아 석류, 무화과 등, 숨은 그림 나무를 찾는다. 그림에는 호랑이가 사슴을 먹는 그림이 있는데 내장까지 묘사한 그림이 사실적이어서 아프리카에서 사자가 물소를 잡아먹던 피비린내 나는 기억이 새록새록 떠올랐다.

유적 옆 건물인 박물관에는 아직 정리되지 않은 유물들이 놓여있다. 사람도 없는 박물관에 귀한 자료들이 방치되어 있다. 대충, 훑어보면 헬레니즘 건축양식 문양들이 떨어져 나온 유물들이 주류이고 사람 흉상, 투구, 건축문양 등이 있다.

방치된 유물들이 흔하고 흔한 돌처럼 뒹굴지만, 실망할 일만도 아니다. 세계 여행지를 가보면 기대에 잔뜩 부풀어 찾아간 곳에서 흠씬 실망한 일이 어디 한두 번이던가.

정리되지 못한 찬란한 유산들이 새로운 복원을 통해 재변신하여 후대로 보존되길 찐하게 바라며 헤라클레아 유적에서 발길을 돌린다.

# 오호리드 호수에 엽서 한 장

정확하게 2,000데나르(44,000원)를 지불했다. 복층인 호텔은 아래는 침실, 위층은 발코니와 휴게실 공간이다. 호텔 측 착오인 줄 알았다.

마침, 결혼 사십 주년 날이다. 조용한 시간을 가지며 지나온 사십 년을 되새김해보는 시간이다. 젊어서 고생하지 않은 삶이 어디 있을까. 나도 철 들지 못한 결혼 초기부터 굽이굽이 돌아 지금에 이르렀다. 틈 없이 살아온 삶이라 뜻 깊고, 의미심장한 열정의 지난 시간들이 값지다.

체크아웃을 하는데 호텔매니저가 묻는다. "편하게 쉬었느냐?" 덜컹, 가슴이 뛴다. 혹시나 방 배정에 문제 있었을까. 그러나 매니저가 환하게 웃는다.

우수리도 받지 않고 "어디로 가느냐?"라고 묻는다. "버스정류장으로 가서 '오호리드'로 간다" 하니 매니저가 차로 역까지 태워다 준다. 정류장에서 대기시간 없이 곧장 '오호리드'로 간다.

마케도니아는 은행도 7시면 연다. 오후 4시에 접어들면 겨울 도시는 사방 주위로 어둠이 빠르게 덮는다. 단풍이 물든 산길을 달린다. 산머리에 하얀 구름을 얹고 호수가 모습을 드러낸다. 호수는 사람을 현혹시키는 마법을 지녔다.

파란 물빛만으로도 풀어야 할 숙제들을 다 해결해 줄 것만 같은 기대감이 몰려온다.

호수가 살아있다. 바다를 빼닮은 호수다. 끝없이 파도 물결을 만들어 간다. 손에 쥘 듯 가까이 붙는다. 호수를 바라보는 유적과 교회. 요새가 언덕으로 올라가 절경을 뽐내고 있다.

엄마와 아이가 호수 옆에서 놀고 있다. 엽서 한 장을 호수에서 건져 어디로든 보내고 싶다. 알렉산더 후예들이 살고 있는 마케도니아 남서부 도시 오호리드는 현재와 과거가 얽혀있다. 고대 유산들이 넘쳐나 굴러다니는 유적 일부에서 아이들은 축구를 하고 있다.

가는 곳마다 전통적인 건물들을 방치해 흉가처럼 서 있다. 오호리드는 마케도니아에서 8번째로 큰 도시다. 알바니아와 국경을 맞대고, 발칸반도의 종교, 문화 중심지로 한때는 365개의 예배당이 있었다. 오호리드 호수 면적이 348㎢, 최대 수심은 285m로 발칸반도에서는 가장 깊고도 아름답다. 발전 속도는 느려도 넘치는 자원으로 무한한 가능성이 잠재된 나라이다.

목화솜 같은 안개가 호수 위를 덮고 있다.


## 파란 색깔

사람마다 여행 색깔이 있다. 내 여행색은 무슨 색일까? 푸른색이고 때로는 회색빛 색깔일 때가 있다. 잘 정돈된 여행지보다 제 멋대로 들쑥날쑥 자라나는 들녘이 좋고, 반듯반듯한 도시보다 반달 모양으로 이지러지는 낡은 초가집이 더 정감 솟는다.

화려한 도시의 조명아래 에너지 넘치는 사람들 모습도 좋지만, 발전 속도를 멈춘 도시는 더 좋다. 속도감이 멈춘 곳에는 분명, 낭만이 묻어

나오고, 지붕마다 문간마다 옛 모습이 눌러 있는 도시에서 한나절을 맥도날드에 앉아 사람들을 구경한다.

그러다 호텔로 가는 길, 사이트에 첨부된 사진으로만 대충 보고 예약한 호텔이 배낭을 메고 들어가기엔 별 다섯 개가 반짝이는 호텔이다. 연회장 같은 넓은 공간, 서너 자리에 앉아있던 손님들이 일제히 우리를 주시한다. 체구도 작은 우리가 큰 배낭을 메고 들어서니 뚫어질 듯 본다. 큰 의자에도 몸을 다 넣지 못한 배가 남산쯤 되는 남자는 앉아 있기도 힘든 몸매이다.

착한 가격과 오성급 호텔은 피로도 풀고 장거리 이동도 대비한 여행의 파란 빛깔이다. 가끔은 입에 넣는 음식은 회색빛이어도 피로를 풀고, 재충전만큼은 파란빛을 원한다. 오늘만은 오성급에 당당해지고 싶다.

오늘, 기차역에서 만난 젊은이가 말했다. 자기는 "만 원 정도로 숙박을 해결하고 다닌다."고 했다. 나도 처음에는 호스텔과 게스트하우스를 전전하고 다녔다. 이제는 세월도 많이 흘렀다. 발칸은 대체로 숙박비가 착하다. 약간의 추위를 즐길 수만 있다면 호텔은 덤으로 선택 폭이 운동장만큼 넓다. 그래서 자기만의 다양한 색을 찾아가는 것이 여행의 묘미다.

# 알바니아

# 티라나로 가는 '여권'

마케도니아에서 알바니아로 넘어가는 아침, 어떤 새로움이 눈에 보일까. 한 나라를 거쳐나갈 때마다 아쉬움은 깊지만 빈 공간을 채워줄 기대로 떠나고 있다. 늘, 새로운 환경과 부딪고 그 상황에 맞는 대처로 여행을 만들어가고 있다. 하루씩 익어 가고 있다. 짐을 풀고, 싸고, 지고, 메고 여행터로 나가는 전사가 된다.

하루에 두 번 운행되는 국제버스에는 이십여 명이 탔다. 마케도니아도 기억 저편으로 멀어지는 길목이다. 오호리드에서 알바니아수도 티라나까지 불과 134㎞다. 넉넉잡아 두 시간 거리이다. 한국의 경기도와 같은 수도 티라나로 간다.

알바니아 입국장. 국경근처에 인접한 마을은 평온하다. 한나절 내린 비로 붉은 지붕 색들이 도드라졌다. 국경을 통과하는 버스는 안내원이 여권 수속을 대행해준다. 세 번 여권을 걷어간다. 여행 동안은 내 목숨과도 같은 사물, 복대를 허리에 차고 있어도 어디로 달아날 것만 같아 습관처럼 더듬고 몸에서 분리시키면 안 되는 그것, 내가 돌아갈 때까지를 보장해주고 나를 지구 끝 어디로든 갈 수 있게 도와주는 요술 램프 같은 사물, 이것이 있는 한 지구 끝이라도 데려다 줄 것만 같은 신주단지이다.

마음으로부터 지구 나무를 심어 열매를 맺고, 그 몸을 빌어야만 어디로든 갈 수 있는 신분 덩어리, 그 나무는 세계로 나를 데려다줄 것만 같은 우주양탄자다. 내 신분, 세상 속으로 들어갈 수 있는 나를 보장해주는 통로로, 이것이 없다면 난 한 발자국도 세상 앞으로 나서지 못한다.

스탬프를 찍는 순간, 모든 행동이 허락된다. 사인은 시작이다. 몸처럼 아니 몸보다 더한 존재감으로 내 몸에 붙어서 기차로, 배로, 비행기로 왔다는 것을 상대에게 알리고 같은 공간 소속인으로 공기를 맡을 수 있는 또 하나의 '나'가 된다.

티라나는 알바니아의 수도로 오랫동안 사회주의 체제의 철권지배자 휘하에서 40년을 건디고 자유의 물꼬를 튼 지 오래되지 않은 나라이다.

내가 버스에서 내려 잠시 환전하는 동안, 나를 마치 동물원의 동물을 구경하듯이 일제히 눈길을 퍼부어 눈 화살을 맞는다. 거쳐 온 국가와는 사뭇 다른 첫 인상이다. 낯익은 가옥들 모습이나 색이 다르다. 통일성을 이루었던 색채가 사라지고 가옥형태도 주택들이 콘크리트 회색빛이 많다.

낮은 지형의 편편한 벌판이 티라나수도로 오는 동안 이어졌다. 국경을 넘자 알바니아의 벙커들이 보이기 시작했다. 마치, 버섯이 이슬을 맞고 땅에서 고개드는 것처럼 구릉지의 산마다 고깔을 쓰고 벙커들이 밀고 나오는 느낌이었다.

도시는 울창한 나무들이 빼곡하게 서 있고 막히는 도로에는 차들이 많다. 수도의 활기찬 기운과 경제, 문화들이 팽팽하게 맞물린 도시답게 혼잡한 모습을 보이고 있다.

오래된 나무에서 새들이 나를 반긴다. 고개 들어 나무를 보니 참새들이 가로수에 올라 어찌나 조잘대는지 시끄러워 귀가 먹먹했다.

길게 칸을 매달고 다니는 시내버스는 터질 만큼 사람을 실었다. 내가 정류장에 잠시 서있는 동안 문도 닫지 않은 채, 출발하는 몇 대의 버스들을 본다. 어느 도시나 다름없이 사람들 바쁜 걸음은 알바니아 수도 티라나에서도 여전하다.

# 버섯벙커

　알바니아 국경을 지나 티라나로 들어오는 길은 산악지대다. 고불고불
능선을 지나 알바니아로 들어오는 초입에서 독특한 풍경을 만난다. 산의
능선마다 모자를 쓰고 있는 모습, 누군가 숨어서 사람이 나타나면 '까꿍'
해줄 버섯 같은 뚜껑들이 산과 해변에 많이 있다. 그것이 '벙커'라는 사
실을 전쟁 박물관에 들렀을 때 알게 되었고, 시내에서 실물을 보았을 때
는 호기심을 잔뜩 가졌다.

　알바니아는 내전을 많이 겪었다. 벙커 종류도 다양하다. 콘크리트로
벽을 만들고 그 위에 뚜껑을 올린 것이 멀리서 보면 무덤으로도 보이고
큰 버섯 모양도 닮아 있다. 네모이거나 둥근 것도 있다. 심지어는 집안
마당에도 있는데, 창고나 곳간으로 사용하고 있다.

　이 벙커들은 무척 견고해 파괴하기 불가능하다. 전쟁 공습을 대비해
만들어진 벙커는 탱크의 전면 공격도 버틸 수 있다. 그런 이유로 전국에
걸쳐 수만 개의 벙커가 1985년까지 만들어졌다. 냉전시대에 구축된 오
만여 개나 되는 벙커는, 그 명분은 전쟁에 대비한 결과물이지만 노동자
들의 피와 땀을 생각하면 쉽게 간과해서는 안 되는 숫자이다.

　알바니아는 공산체제를 벗어난 후, 벙커들을 창의적인 형태로 부활시
키고 있다. 카페, 호텔, 별장 등 전쟁의 포화를 견디고 그 상흔을 치유하
려 애쓰는 흔적 같아 나는 이 벙커가 보일 때마다 일면식 없는 대문 앞
에 기웃거리며 벙커를 살폈다.

　대략적인 벙커 75만 개가 노숙용으로도 사용되지만, 일부는 창의적인
예술가들이 벙커에 살거나 심지어 수영장으로도 사용되고 있다. 기발한

발상의 아이디어다.

　시간 핑계로 빈약한 정보로 맞닥뜨린 벙커를 현지에서 세세하게 대했을 때는 더 깊게 내 안으로 파고들었다. 도심에도, 산에도 독버섯이 피었다.

　여행 처음 기억은 용량이 큰 뇌의 중앙 장치에 저장된다. 중반쯤 여행하다 보면 기억들이 섞여 짬뽕처럼 엉겨 붙고 만다. 마지막 시간의 기억은 아쉬운 자리들이 크게 뇌리에 새겨지며 장대하게 박힌다.

　기억이 찰 때쯤 가물가물하다가 노란 기억들만 여행 끝자락에서 살아난다. 독수리의 나라가 날개를 펴고 있다.


## 비

　알바니아에서는 계속된 비다. 하루도 거르지 않는 비, 그렇다고 앉아 있을 수도 없어 우비 입고 다니는 기이한 여행 형태가 돼버렸다. 겨울이지만 어쩌다 햇살이 나오면 와락 훈김이 들 만큼 훈훈하다. 알바니아는 계속된 전쟁과 독재로 매우 낙후했으리란 생각으로 도착해, 첫 느낌은 모든 내 선입견을 뒤집는 것이 관건이었다.

　내가 묵는 호텔 사장은 호텔과 해변 휴양지에 리조트도 있는 부자이다. 긴 세월 동안 독재에서 사십 년을 숨죽이고 살다 봇물이 터질 듯 자유를 만끽하는 이들의 그 고통이 헛되지 않는 행복한 모습이 덩달아 나도 고래처럼 춤추는 마음이 된다.

긴 칼을 차고 말 달리는, 알바니아 민족 영웅 스칸데르베그 장군의 역동적인 동상이 서 있는 광장으로 나왔다. 장군은 오스만제국에 항거한 인물이다. 뾰족한 모스크의 네 기둥첨탑이 하늘을 찌르는 광장을 돌아 역사박물관 앞에 섰다.

박물관 외벽에 그림을 보다가 '대한독립만세'를 외치는 환청을 들었다. 깃발을 들고 민중들이 외치는 소리가 귀에 들린다.

알바니아의 역사를 톺아보면 우리 역사와 닮은꼴이다. 전쟁의 상흔들을 사진으로만 보아도 우리의 과거가 함께 박물관에 전시되고 있는 느낌을 수차례 갖게 된다.

알바니아는 오스만 제국은 물론, 이탈리아의 지배도 받았다. 나치의 지배를 벗어났지만 다시 40년간을 독재에 시달렸다. 그 흔적들을 알바니아를 돌아보면 쉽게 찾을 수 있다.

동감하는 마음으로 박물관을 나오니 해가 빠짝인다. 언제 날이 흐렸던가 싶을 정도로 시침 떼는 변덕이다. 훈김이 확 닿는다. 날마다 비가 내려 노심초사했는데 하늘이 깨질 것처럼 쨍한 날을 보니 마음도 쨍하다.

발칸이 아닌 어느 유럽에 와 있는 느낌을 받는다. 이탈리아의 지배하에 남은 흔적들이 풍기는 운치라서인가.

# 기사와 설전

택시에 짐을 넣을 때, 기사는 "20유로를 내라" 한다. 현지 화폐도 아닌 유로, 나는 호텔거리도 대략 알고 있다. 흥정할 것도 없이 짐을 내렸다.

다른 택시를 탔다. 기사와 흥정할 이유 없는 미터기다. 도착 후, 비용도 예측대로 대략 맞았다. 잔돈이 모자라 거스름돈을 계산하며 지폐를 건넸다. 기사는 한참 거스름돈을 세다 내 손에 동전 한 주먹을 준다. 어둑한 실내 불빛에서 동전을 셈해본다. 거스름돈이 지폐가 아닌 모두 동전이다.

나는 동전을 기사에게 주고 "지폐로 달라" 말하니 지폐가 없단다. 순간, 의도적인 게 분명했다. 택시 기사가 지폐가 없다는 것은 빤한 거짓이다.

나는 택시에 그대로 앉아 세본다. 십 원짜리 동전과 2원짜리 동전을 잔뜩 섞어서 준 것은 헷갈리게 하는 수작이다. 지폐를 기사에게 주고 동전을 직접 세보라 했다. 기사도 거칠게 나오는 내 행동에 호주머니를 뒤진다. 주머니를 뒤지다 지폐가 따라 나왔다.

나는 지폐 한 장을 낚아채듯 뺏고 동전 다섯 개를 기사 손에 주고 택시 문이 부서지도록 닫고 내렸다. 기사는 내가 알바니아에 처음 입성하는 여행객인 줄 알았을 것이다. 그러나 나는 알바니아에 이미 5일 동안을 적응했다. 구간마다 택시 비용을 섭렵했다는 것을 그는 몰랐을 것이다. 알바니아는 화폐가치가 높지 않아 웬만한 거스름은 손에 가득된다.

세계의 공통점 하나, 택시기사의 바가지요금은 아직도 진행형이다. 호텔에 들어와 생각해보니 좀 지나쳤다. 나도 이제는 여행에 닳고 닳았나 보다.

# 남부 베라트성

마음은 바쁜데 새벽부터 비 오는 소리다. 커튼 사이로 보니 정말 비다. 자리에 누웠지만 여러 잡생각들이 머릿속을 후빈다. 한잠을 자고 여섯 시가 지날 때, 눈 떴다. 다행히 비는 그쳤다.

넓고도 편한 호텔들은 비수기 세일에 들어갔다. 선택의 폭이 넓다. 그에 따른 장단점도 분명하다. 비수기는 탐방시간이 봄날처럼 짧다. 보통 4시 반이면 해가 뉘엿뉘엿 진다. 하루를 짧게 쓰고, 쫓기지만 대신 휴식은 늘어지게 누릴 수 있다.

나는 '티라나'에서 베라트성으로 들어왔다. 베라트 지로카스트라 역사 지구에 위치해 있는 성은 약 2,400년 전에 대지주들에 의해 지어진 성벽이다. 성벽 안에는 사람들이 거주하고 있다.

거대한 성벽 내부를 걷다보면 현재를 떠나 과거에 들어와 있음을 실감한다. 주거 공간 대다수 건물이 13세기에 건축되었다. 과거의 생활반경과 문화를 깊게 엿볼 수 있다.

베라트성 안에 크고 작은 성당이 백여 개나 남아있다. 성 안을 돌아보는 것도, 정교한 성벽에 장식된 많은 조각품들을 감상하는 것도 하루에 거두는 알곡들이다.

성벽 언덕에는 14~16세기에 지어진 건물도 많이 남아있다. 건물들은 강가를 향해 언덕에 즐비하게 들어섰는데 수많은 창은 모두 강가 쪽을 보고 있어 '천 개의 창을 가진 도시'라고도 불린다. 그 아름다운 풍경 때문에 알바니아 명품 유적지로 알려져 있다. 알바니아는 공산주의 잔향도 많이 남아있다. 도시 중심에도 폐쇄적 공산주의자였던 알바니아의 독재자 엔베르 호자가 옛 소련의 침략을 염려해 75만 개의 벙커가 남아 있다.

공산주의 역사를 의미하는 벙커를 사람들이 좋아하지 않지만 파괴할 수도 없어서 현재는 그 잔재를 이용해 벙커에 그림을 그리고 식당으로 개조해 활용하는 노력을 엿볼 수 있다.

사람들은 흔히 베라트를 박물관 도시라 부른다. 성채도 한때는 전투의 무대가 되기도 했다. 오스만 제국의 침략지배를 받기도 했다. 지금은 그런 흔적을 꺼내보지 않는 한 언덕 위로 밝히는 천 개의 창문에 불이 켜지면 다른 행성에 온 모습처럼 보일 뿐이다.

성으로 오르는 계단 구간마다 어둠을 밝히는 작은 탑들에 불이 켜지면 성벽은 극치에 이르고 만다.

## 옛 도시

성으로 오르는 길은 대리석 자갈길이다. 자갈길을 걸어본 사람은 안다. 유리알처럼 반들거리고, 게다가 비 내린 언덕길은 시냇물처럼 자박거린다. 발이 미끄러지기 십상이다. 비포장 산길을 따라 오르니 성벽 문이 나왔다.

팔백 년이나 된 성은 보수하다 만 채 방치되어 있다. 성 안에는 교회 대여섯 곳이 지하와 지상으로 연결된 천혜의 요새다. 마을을 굽어보며 암벽에 있는 누각에 오르니 자그마치 팔백 년을 버티고 있다.

아직도 남아 있는 교회와 전망대, 그 시대 건축법의 견고함을 눈으로 확인하며, 예전 마추픽추에서 보았던 건축기법으로 쌓아올린 돌담을 다시 보고 있다. 교회와 전망대, 팔백 년 전 건축법의 견고함을 눈도장 찍어둔다. 이따금, 돌담에 유적 조각품이 박혀있어 뜬금없는 조합이라 여긴다. 성벽에도 비 내린 흔적은 모두 사라졌다.

성벽에서 보는 마을은 소박하다. 크지 않은 도시, 행복한 사람들이 골목마다 여유의 찻잔을 놓고 담소하는 모습이 친근하다. 오래전 내가 지나온 그 시간에 머물고 있다. 더 느긋하게 아날로그 삶을 고수하고, 배타적이지 않고 자기의 삶을 사는 사람들이다. 친절하지만 분명한 선에서는 더 없이 계산적인 사람들, 남을 속이려 하지도 않고 그저 제몫의 소리를 내는 사람들이다.

성을 돌아보다 평이해 보이기만 한 지하를 본다. 겉으로는 가옥처럼 보이는 막사이다. 가까이 가보니 지하로 연결되어있다. 아찔하면서도 몹시 궁금해 입구로 내려갔다.

위태한 지하계단을 밟고 내려가다 멈췄다. 낭떠러지 지하다. 방대한 면적에 구성된 지하벙커로 팔백 년 전 이곳은 곡식과 성 주민들이 유사시 먹고 살 곡식을 넣어두었던 창고다. 거대하고 아름다웠을 견고한 기둥에는 아직도 섬세한 그림 모양들이 남아있다. 습해서 짙푸른 독의 곰팡이를 잔뜩 뒤집어쓰고 있다.

나는 사진 몇 장 담는 동안 다리가 후들거리고 공포에 갇혔다. 밖으로 나와 기분을 환기시킨다. 옛 흔적이 고스란히 남아있는 전망대로 오르려다 멈춘다. 산토끼나 오를 만한 좁은 계단이 이어졌다. 오랜 시간 잠가 두었는지 두 주먹을 쥐어도 모자랄 만큼 큰 자물통이 녹으로 덮여 있다.

발칸은 어디를 가도 한산하다. 거대유적을 유유자적 독차지하고 돌아 나오니 옛 도시가 나를 따라온다. 추억은 또, 얼마나 이 시간을 기억해 줄까?


## 성벽

종소리는 살아있어 성벽이 그 종소리를 듣고 일어난다. 눈 뜨니 성벽 아래에 들어 앉은 조용한 도시. 종소리 외에는 귀에 들리는 모든 움직임 이 정지된 아침. 미로로 거미줄처럼 엮인 대리석 위를 차가운 바람만이 지나간다.

지붕과 지붕이 나란히 맞대는 골목마다 춥게 비어있는 의자들이 대리 석 위에 앉아있다. 아침이 되고 하루가 시작되면 벌집에서 벌들이 날아 가듯이 기둥에 붙은 사람들이 골목으로 나온다. 커튼으로 사방을 감싸 놓은 옹벽, 검고 스산한 벽 아래로 탑처럼 세워진 둥지들은 그제야 눈뜨 고 종소리를 듣는다.

중세에도 지켜보고, 지금도 지키고 있는 양 갈래의 벽은 내가 하고 온 일을 다 알고 있다는 듯 순간들을 지켜보고 있다. 짓무르도록 바라보는 발칸의 해를 보며 하얀 요트와 마을 깊이까지 들어온 바닷물과 도시가 어떻게 조우하고 있는가를 성벽은 오롯이 지키고 있다.

한 점으로 도시에서 요새로 오르고 해풍이 벽에 묻을 때까지 성벽에 걸터앉아 바다를 훔쳤다는 사실을 너만은 기억해야 한다.


## 코만호를 가다

　페리를 탔다. 페리라 해서 나는 큰 배를 떠올렸다. 손님이라야 고작 15명을 태우고 배는 출발했다. 기름 냄새를 호수에 풍기며 거북이 속도로 가고 있다. 양편으로 절경이 드러난다. 산들의 밑둥을 돌아 호수 어귀에 배를 붙이면 기우뚱 흔들리며 뛰어내리는 손님들을 보는 재미도 쏠쏠하다.

　첩첩산중에서 부녀가 내리고, 어느 부부도 깊은 산골에 내렸다. 겹겹 산중 오지에서 어찌 살까 싶지만, 저들이 가는 곳에는 집도 있고 길도 있다는 것을 나는 안다.

　선장은 운전석에 앉아 정면에 시선을 두고 조타석에 손만 댄 채, 발을 이용해 호두를 까고 있다. 구둣발로 호두를 깨 연신 알갱이를 주워 묘기 하듯 입에 넣는다. 주위 사람과 잡담에도 열중이다.

　하루에 한 번, 세 시간 물 위를 가르는 선장이 지루한 시간을 견디는 방법이다. 호수까지 접근은 버스로 두 시간을 이동해왔다.

　간간이 버스가 산길에 멈출 때마다 산골 아이들이 차에 오르고 버스는 오른편, 왼편 격하게 몸을 틀며 길을 냈다. 버스에서 내린 아이들이 한 줄로 서서 선생님을 따라 학교로 들어가는 모습은 아련하다. 하루에 한 번 오가는 배차 시간에 따라 학교도 문을 열고 닫는다. 아직 코만 호는, 시간이 멈추고 산 너머에서는 내 먼 유년이 살고 있다.

꼬불꼬불, 덜컹덜컹, 흔들흔들 생명력이 고봉준령으로 숨차게 달려들 다가 벼랑 꼬부랑길에 꼬부라진다. 바짝 붙은 드넓은 호수에 바람이 몰아쳐 호수라는 게 믿기지 않을 만큼 물결이 거칠다.

배는 호수를 세 시간 미끄러지듯 가고 있다. 코만호의 페리를 타고 발보나에서 숙박한 뒤, 트레킹을 시작한다. 여섯 시간 정도의 트레킹이 끝나면 소코트라로 돌아가는 계획이다.

알바니아에는 많은 산들이 있다. 하얀 눈을 머리에 이고 있는 산들이 많다. 유명산들을 찾아 트레킹족들이 많이 몰려든다. 암벽 사이로 깊게 파고 든 호수를 바위들이 보자기처럼 싸놓은 산세를 갖춘 곳, 나는 파도와 바람 부는 바다에선 공포가 밀려온다.

인도양에서 죽음의 사선을 넘은 후로는 바다는 트라우마 자체다. 호수가 잔잔해 마음이 평온하다. 풍광들이 더 선명하다.

정작 페리로 호수를 지나는 동안은 졸리듯이 물 위를 미끄러진다. 바위 암벽에 가두어진 호수는 파도를 가질 수 없어 침묵에 잠겼다. 암벽 사이로 깊게 파고든 호수를 바위가 보자기처럼 덮었다.

호수 위를 미끄러지는 코만 호 페리에 앉아 양편 마을에 목가적인 풍경을 보며 호수 깊은 곳으로 들어왔다. 호수를 눈이 짓무르도록 본다.

## '저주받은 산' 트레킹

산으로 접근하는 과정도 까다롭다. 배와 지프차를 이용해 발보나로 들어왔다. 하루에 한두 번 운행하는 교통편 이용은 매우 불편하다. 고스란히 그 과정을 견디면 알바니아 어디로 발길을 옮겨도 아름다운 유적과 명소들이 반긴다. 전 국토가 교통으로 훼손되는 속도가 느리기에 빼어난 자연의 창고를 곳곳에서 만날 수 있다.

알바니아 최고의 자연경관을 자랑하는 공원 산자락 숙소는 겨울이라 몇몇 산장을 빼고는 싸늘한 기운에 덮여 있다. 뜸한 손님을 받거나 오가다 들르는 손님을 받으며 두 곳이 영업 중이라 우리는 산장에 머물렀다. 몸이 얼지 않을 만큼만 훈기 있는 산장에서 오들오들 떨다가 잠들었다.

새벽이다. 차라리 몸을 움직여 추위를 견디는 방법으로 우리는 서둘러 산행을 시작한다. 인적이 뜸해 혼자 산행하기 힘든 상황에 처한 일행이 합세한다.

배편과 지프를 함께 타고 따라붙은 21살 프랑스인, 그녀는 발보나로 올 때만 해도 용감했다. 그러나 혼자 산행은 용기 없는지 함께 가자며 따라붙는다.

우리는 함께 길을 나섰다. 간단하게 오직, 산행에 필요한 준비물만 챙겨 겨울산행의 신속함에 대비해 짐을 줄였다. 배낭도 호텔에 놓고 발보나로 왔지만, 그녀는 내 키만 한 배낭을 메고 따라나섰다.

산행 시간은 6~7시간으로 안내되지만, 그 예상은 어디까지나 숫자일 뿐이다. 배낭을 메고 나서는 그녀에게 갈 수 있느냐? 물으니 "배낭을 저주한다." 했다.

발보나와 세스 트레킹

그녀의 부모는 의사다. 나는 속물 근성이 발동해 부러워한다. "대단한 부자겠다." "공공기관에 근무해서 많은 수입은 되지 않는다." 대답도 겸손하게 돌아온다.

부모가 그 위치면 자부심이 하늘을 찌를 법도 한데 대수롭지 않다는 말에 괜히 나만 속물이 되어 머쓱해진다.

가다 쉬고, 그녀는 배낭 무게로 쉬는 횟수가 잦아진다. '쎄스'로 가는 길은 하늘을 덮은 안개와 씨름하는 길이다. 마음 같아서는 그녀를 두고 달아나고 싶다. 겨울 산행은 속도를 내야 하는데 자꾸 뒤로 처지며 가쁜 숨을 내쉬는 것이 내심 거슬린다.

딸 같은 그녀를 저주받은 산에 혼자 두고 달아나는 것은 저주받을 사건. 그러고 싶다는 생각은 산 정상으로 갈수록, 찬바람이 몰아칠수록 수시로 나를 시험한다.

대체 겨울산을 한 번이라도 다녀 본 그녀인지, 용기만을 가지고 왔는지, 안됐다 싶다가도 마음만 바빠진다. 발아래로 깔린 구름과 하얀 대리석이 온산을 덮고 있는 몽환의 길이 그녀 때문에 다 감상되지 않는다.

사람 없는 산, 구름과 바위, 작은 꽃과 사나운 소나무들이 빽빽 스치는 아름다운 산은 잔뜩 구름을 이고 있다. 이토록 빼어난 절경을 본다는 것은 행운이다.

여섯 시간 반을 걸었다. 좁다란 산길을 십여 ㎞ 오르고 내리며 목적지인 쎄스로 내려왔을 때 오후 세 시, 호텔로 가는 버스가 떠난 후였다.

오지로 들어오는 택시도 없다. 우리 앞으로 지나가던 차 한 대가 섰다. 셋이서 오십 유로, 그녀는 '노우'를 연발한다. 나는 가고 싶지만 단독 행동은 오지에서 '저주받을 사건'이다. 사십 유로로 내려가고 또 그녀는

'노우', 찐 깍쟁이다. 차는 가버렸고 옆에서 우리 광경을 지켜보던 마을 사람이 말했다.

"한 사람당 십 유로씩 주면 자기가 태워준다."고 한다. 나는 "오케이" 했다. 그녀도 하는 수 없이 따른다.

그녀가 밉지 않다. 그럴 것이 그녀는 오 개월 여행이 계속된다. 한 푼을 아껴야 하는 처지란 걸 뼛속까지 아는 이심전심이다. 여행 중에는 자신도 모르게 짜진다. 동전 하나에도 때로는 쌍심지를 켜고 핏대를 올릴 때가 한두 번 아니다. 아주 작은 액수로도 언성을 높이고 때로는 불이익을 당한 거 같아 불쾌한 마음일 때도 부지기수다.

차는 이집 저집을 돌아 다섯 손님을 태웠다. 기사는 금방 멈출 것 같은 고물 벤츠에 시동을 건다. 그가 시동을 걸 때 고개가 뒤로 젖히고 흔들리는 고물차를 몰고 꼬불거리는 꼬부랑길을 오른다.

산행 마친 산을 차는 달린다. 구름에 가리고 덮이며 봉우리가 보일락 말락한 높이까지 오른다. 산에서 보았던 마을을 차로 가며 오른다. 산중 어둠도 가속이 붙었다. 오금이 저리도록 가파른 산길을 구름과 안개가 점령해버렸다. 이렇게 위험한 일은 하지 말자고 다짐했는데도, 고물차에 몸을 실었다.

나는 꼿꼿한 긴장으로 치닫는데 기사는 볼륨을 높이고 노래를 따라 부른다. 뒤에 앉은 손님도 거들어 합창한다. 노래가 아닌 저주다.

옆에 앉은 그녀는 구시렁대는 내 태도를 보고 뭔가 분위기를 읽었는지 가끔 나를 보며 침묵만 지킨다. 남편도 거들지 않는다. 하긴, 세상이 뒤집어져도 과묵 하나로 버티는 사람이니 더 말해 뭐할까.

토끼 눈처럼 빨개진 피곤을 잊고 편하게 눈을 붙이려던 내 생각은 각을 세웠다. 설상가상 기사는 전화와 문자를 확인하고 위험한 산길을 한 손으로 운전한다. 울고 싶다. 더는 못 참고 괴성을 지른다.

"볼륨 좀 낮춰라! 지금, 위험하다."

내지른 소리에 놀란 기사는 볼륨을 낮춘다. 그래도 위험하긴 마찬가지다. 세상에 이런 길이 또 있을까? 산행하며 고도를 높였던 천 오백 미터 이상을 차도 그만큼의 높이까지 오르다 오른 만큼 내리막을 달린다.

움푹 파인 급커브 길을 아슬아슬하게 돌 때마다 내 몸은 공중에 뿌려지는 느낌이다. 고물차 바퀴가 낭떠러지에 아슬아슬하게 걸쳐 있다. 이건 목숨을 내준 거나 마찬가지 형태다. 앞에 차라도 만난다면 어디까지나 뒷걸음쳐야 하는 좁아터진 돌길을 돌 때는 이미 구름 위로 떨어지는 공중서커스다.

이대로 내리막만을 가다가는 브레이크 파열이다. 직속으로 내려가다 속도에 눌려 뒤집힐 것도 같다. 별의별 방종한 생각들이 오간다. 내 심장이 터져버릴 위기 직전, 원수 같은 고물차에서 내려 호텔로 들어서니 직원이 반갑게 나를 맞아준다.

오늘 밤은 극심한 가위 눌림으로 악몽이 덮칠 것이다.


## 현지에서

지나온 여행의 나라들 기억은 아쉬운 자리들로 내 뇌에 장대하게 박힌다. 메모리기억이 찰 때쯤 가물가물하다가 여행 끝자락에서야 살아난다. 알바니아도 저장기억 장치로 넘어가고 있다.

창공으로 나는 독수리가 날개를 펴고 있는 이곳, 어디를 가든 머물고 있는 지역의 현지 음식을 즐긴다. 좋아서보다 알기 위함이다. 선택한 음식이 입에 맞지 않아 낭패감이 들 때도 많다.

잘 모를 때는 현지인들이 몰려 있는 레스토랑을 찾는다. 실패 확률이 낮다. 이들이 즐겨 먹는 음식을 살피며 음식점을 한 바퀴 돌아본다. 그다음 많은 사람들이 먹고 있는 음식을 주문한다. 직감으로 주문한 음식들은 실패 확률이 낮아 언제부턴가 그 방법이 내게 자리 잡았다.

가끔은 비상용 조리 기구를 이용할 때도 있다. 웬만한 재료는 현지 구입할 수 있어 만들어 먹는 재미도 쏠쏠하다. 장기여행을 하다 보면 백미 갈증이 몹시 올 때가 있다. 빵과 고기에 꾸역꾸역 신물이 오를 때는 현지요리 방법도 시도한다.


## 코토르(Kotor)

몬테네그로에서 '코토르'행 버스에 올랐다. 국경을 넘고 수도인 포드고리차(Podgorica)에서 일부가 내리고 나는 70㎞를 더 가야 한다.

몬테네그로 인구의 30%가 포드고리차에 산다. 제타평원(Zeta Plain) 중심인 북쪽에 위치하며 수 ㎞ 근접에는 스키휴양지가 있다. 남쪽으로는 아드리아해에 접근해 있어 관광객들로 붐비는 휴양지로 각광받는다.

기사와 우리, 셋이서 버스가 택시처럼 달리고 있다. 창밖으로는 대리석 형상을 한 산들이 휙 지나간다. 바위산을 돌고 오른다.

알바니아가 산이라면 몬테네그로는 해변이다. 휴양지가 많고, 드넓은 벌판이 눈길을 끈다. 해변이 가까울수록 평지가 이어진다. 몬테네그로도 알바니아와 크게 기온 차는 없다.

발칸 겨울은 스산하다. 호텔도. 레스토랑도 탈모처럼 빈자리가 많다. 이동하느라 건너뛴 점심도 챙길 겸, 음식점에서 접시에 담긴 새우를 나는 손으로 까먹는다. 생소한 습관 하나에도 간극은 끼어든다. 내가 어려서부터 학습하고 반복하며 익힌 내 방식이 가끔은 저쪽과 이쪽 괴리감으로 이색 풍경을 만드는 행위가 된다.

암울한 빛의 산자락에 쓸쓸함만 감춰진 듯 한구석에 자리한, 견고한 옛 성벽이다. 멀리서 보면 잿빛 바위와 산에 가려져 쉽게 눈에 띄지 않지만, 밤이 되면 조명에 반사되어 그 모습이 고스란히 물에 빛난다.

발칸에서도 작은 나라. 성벽 바위가 배웅해주는 코토로 도시이다. 해는 투명해 알바니아에서 비만 보다가 불과 200㎞ 떨어진 몬테네그로 날씨가 송곳처럼 파고든다.

물가는 아주 높다. 여행하기에 부담되지만, 그만큼 빼어난 자연경관을 마음껏 누릴 수 있는 나라이다. 쪽빛바다는 요트를 띄우고 풍요로운 삶을 마을 안팎까지 끌어안고 있다. 관광자원이 풍족한 나라는 그 자연으로도 풍요를 누린다.

코토르만에 위치한 해안도시인 '코토르'와 해안이 활기찬 보드바. 코토르는 1979년 해안지역에 발생한 대지진으로 구시가의 50%가 파괴되었지만 잘 복원하여 유네스코 세계 문화유산으로 지정될 만큼 재건됐다.

## 부드바(Budva)

작은 도시는 분위기 있는 구시가와 수많은 해변 등 볼거리가 다양하지만, 한창 개발 진행중이어서 심한 사춘기를 겪고 있는 분위기다.

천길 언덕 아래에 옹기종기 붙어 점처럼 바다에 바짝 기댄 집들이 아름답다. 그 길을 오르면 구름도, 바다도 한참 아래에 있다. 도시 성곽에 올라본다.

스타리 그라드의 내륙 쪽에 들어선 성벽 주위 폭 1m 될까 한 보도를 걸어가니 아름다운 정원이 어우러진 전망이 펼쳐진다. 그간 웅장한 성곽들을 보다가 오밀조밀한 정원을 보니 시야가 트인다.

해변에서는 조망하는 일 외에는 특별한 감흥이 살아나질 않는다. 더구나 겨울이라 그런가! 산을 돌아 부도바를 지난다. 내가 걷고 떠나가는 길, 손에 차표 한 장 들고 찾아 헤매던 길이다. 몬테네그로에서는 해변을 좋아하는 이들은 천국의 휴양지로 알려져 있지만 나는 이동을 서두른다.

# 코소보

# 프리즈렌

저녁노을을 기대했지만, 코소보 수도 프리슈티나 밤하늘은 정체 모를 희뿌연 안개와 매연이 도시를 잠식했다. 내 머리가 지끈거린다. 시내를 돌아보다 포기한다. 마스크를 써도 고약한 냄새로 두통이 왔다. 봄철 황사와 미세먼지도 이렇진 않았는데 견디기 힘든 냄새가 내 오장을 마구 후빈다. 메슥거리고 눈도 따끔하다.

코소보와 세르비아는 앙숙 관계에 있다. 세르비아로 가는 길이 쉽지 않음을 코소보에서 알았다. 지름길로 한 두 시간이면 세르비아로 들어갈 수 있지만 코소보 국경이 길을 열어주지 않는다.

남한과 북한의 관계처럼 북으로 가려면 중국을 거쳐 들어가는 것과 같은 예다. 돌고 돌아가야 한다. 교통편도 흔치 않다. 이럴 때는 차라리 코소보에 들리지 않고 곧장 세르비아로 갔어야 했다. 일정상 코소보는 제외했지만 결국 알바니아에서 코소보로 국경을 넘었다.

우리 여행은 모든 것이 결정되면 강행한다. 가끔은 의견 대립으로 서로 각을 세우지만 길게 가지는 못한다. 나는 여행루트를, 남편은 모든 교통과 숙박을 담당하여 두 달이 넘는 여정을 끝내야 하므로 냉기류는 잠시뿐, 협의하고 의논하고의 반복이다.

싸고, 풀고, 메고, 강행군하는 것도, 거슬러 오르면 친정아버지 덕이다. 아버지는 평생 술을 못했다. 큰살림을 꾸리느라 논과 밭에서 살았고, 그런 아버지 건강 도움은 인삼과 꿀이 필수였다. 찬장에는 상시 두 식품이 준비되어 언제든 논밭에서 들어오신 아버지가 술 대신 인삼과 꿀물을 간식으로 마셨다. 나도 몰래몰래 타서 먹은 것이 유년의 유일한

프리즈렌 요새

간식이었다. 쌉쌀하면서도 달콤한 인삼꿀물을 훔쳐 먹은 진가를 지금 발휘하고 있다.

코소보는 매우 생소한 나라다. 유럽 발칸반도에 위치해있으며 세르비아 자치주로 있다가 1998~1999년 전쟁을 치르고 2008년에야 독립을 선언했다.

그래서 흔히들 코소보를 '젊은 나라'라고 말한다. 실제로도 어느 시내를 돌아봐도 젊은이들이 참 많다. 2008년 2월17일 독립 선언을 했으나 일부 나라로부터 인정받지 못해 더욱 변방의 나라로만 알고 있다. 국민의 90%가 이슬람 신자이다.

다양한 문화지층을 보여주는 '브리즈렌'의 랜드마크인 옛 도시를 돌아본다. 성에 올라 도시를 가득 채운 빨간 지붕을 조망한다. 유독 뾰족탑의 파샤모스크 이슬람 건물을 중심으로 사방으로 흩어진 모스크는 셀 수도 없다.

빨간 지붕이 아니면 지붕이라 할 수 없다. 나무와 시멘트가 적처럼 서로를 안고 기둥이 되었다. 12시에 일제히 종이 울린다. 마술적 리듬이 시내를 덮는다. 신의 주술이 살아나는 시간이다. 뾰족탑에서 장인의 목소리가 울려 퍼지고 그 목소리는 시내 어느 곳이든 닿는다. 반들반들 빛나는 금속의 둥근 지붕 위에도 닿는다. 누런 돔 위에 구슬프게 닿는다.

몬테네그로와 코소보 물가는 살인적이다. 나는 두 나라를 변방의 나라로 생각하여 잔뜩 기대했지만 정작 물가지수가 높아 마음처럼 녹록치 않은 여행이 된다.

시내가 한 눈에 들어오는 성에서 해가 진 뒤 비스트리 차 강가로 내려간다. 맥주를 즐기는 사람들이 낭만을 이야기하고 모스크에는 조명이 하나씩 밝혀진다.

코소보 수도 '프리슈티나'에서 자주 보던 전 미국 대통령 빌 클린턴 동상과 아파트 벽에 그려진 그림들이 이상했다. 전쟁으로 파괴된 코소보 재건에 그가 힘썼기에 감사의 표현방법으로 '벽화그림'을 그렸지만, 그 설득력이 독특해 그림이 자꾸만 눈에 거슬렸다.

코소보를 여행하는 동안, 주택들이 약간씩 비틀어 지어진 것도 재미 중 하나이다.

하늘을 보고 싶은 마음이 생기질 않는다. 그 원인은 지붕 위로 길게 서 있는 굴뚝이다. 겨울 난방을 하느라 하얀 연기를 끊임없이 내뿜었다.

발칸의 붉은 지붕과 뾰족탑들이 나라마다의 특색을 발하지만 유독, 코소보에서는 매연이 심해 도시에서는 통 머물고 싶은 생각이 솟구치질 않았다.


## 두 번의 국경 넘기

마음처럼 바쁜 일정이다. 조식을 끝내고 당당하게 나왔지만 갈 길이 바쁘다. 매연으로 뒤덮인 아침 광장과 출근하는 사람들의 바쁜 걸음, 교통이 통제된 광장을 잠시 걸어보고 마더 테레사 동상 앞에서 잠시 그녀를 생각한다.

택시로 터미널에 간다. 곧장 사라예보나 베오그라드로 가고 싶지만 세르비아로 접근이 두 나라 간 갈등으로 길이 막혀있다.

호텔 주인은 그 비교를 대만과 중국으로 빗대어 말해준다. 예측한 바지만 상당히 골 깊은 두 나라간 앙금으로 애꿎은 여행자만 곤혹을 치른다. 코소보에서 베오그라드는 지척인데 여행하고 나온 스코페를 다시 들어가야 하다니 난감하다. 길은 돌아가고, 시간과 돈은 줄줄이 샌다.

스코페에서 환전 또 환전하고 버스에 올랐다. 국경을 넘고 또 입국하고 버스는 짐칸을 열고 보따리들 가운데 두 개를 열어 샅샅이 꺼내본다. 지금까지 국경에서 없었던 일이다.

그렇게 베오그라드로 차는 달린다. 지척에서 넘을 수 있는 국경을 교통 차단으로 장시간 돌아오느라 시간이 배나 걸렸다. 중남미 여행 이후 9시간 장시간 이동이다. 곧장 넘을 수 있는 국경을 돌고 돌았다.

국경을 떠나올 때 여권에 도장을 찍어 여행자들에게 주고 난 직원은 얼굴을 펴고 골똘한 생각으로 하염없이 바라보고 있다.

간간히 내뿜는 담배 연기가 아침 공기를 쳐댄다. 한 대의 담배가 다 탈 때까지 길을 바라보던 그의 눈빛이 사라지지 않는 건 여행자라서다.

세르비아 수도 베오그라드의 환경은 쾌적하다. 러시아에서 보았던 건축법 건물이 많이 보인다. 낯선 풍경이 아니어서 서먹하지 않다.

# 세르비아

# 세르비아 '베오그라드'

여행은 예상치 않은 일들과 돌발이익을 가져올 수도 있다. 세르비아 난민 소식이 들릴 때마다 전쟁이 빈번한 나라로만 알고 있던 게 사실이다. 그러나 선입견은 시바강에 버린다.

사람들은 중세 도시를 걷고 고풍스런 건물을 보면서 시내를 누빈다. 퇴근하는 사람들 틈에서 나도 흔들리는 트램 손잡이를 잡고 몸을 부딪다가 내렸다.

84번 트램을 타고 성벽을 올라 시바강을 바라본다. 강기슭에 정박한 유람선들과 여름이면 축제로 불야성을 이루는 시바강이 조용하다.

빨강, 파랑, 초록, 그리고 비둘기를 닮은 잿빛까지 거미줄처럼 엮어진 사선과 사선이 지나가며 도심의 속살을 샅샅이 트램이 훑고 다닌다. 거대한 거미처럼 사람들을 한입에 삼켰다가 그대로 토해내고, 발마다 강한 빨판을 달고 통째로 먹이를 흡입하고 뱉는다.

정적을 가르며 레일 위를 훑고 다니는 거미는 사람들을 무임승차 시킨다. 그래도 거미는 배가 불러 외면해주기도 한다. 허기로 스러질 듯 휘둘리며 도는 트램에게 누군가 카드를 찍어준다.

나도 얼굴이 간지러워 손에 든 동전을 입에 넣을까 말까 하다 그냥 내려 본다. 잡는 이가 없다. 이상하다. 양심을 속였다.

# 노비사드(Novi sad)

발칸에서 한 달이 넘도록 계절에 큰 변화는 없다. 기차 이동할 때 창밖의 풍경도 같다. 타지에 나와 골골하면 마음도, 몸도 골골거린다. 잡생각은 접고 여행지의 풍경에 '퐁당' 빠져본다.

딸들이 물었다. "이제 여행도 슬슬 지겨워지지 않느냐?" "엄마는 밖으로 나오면 기운이 더 나는 사람이라 그런 경우는 없다." 나는 답문을 보낸다.

노비사드는 세르비아의 보이보디나주의 주도로 2번째 도시다. 행정, 경제, 문화 등 모든 분야의 중심 관광지로 한때는 세르비아의 아테네라는 별명을 얻을 만큼 융성한 도시로 노비사드 지젤 다리가 도시를 관통한다.

창밖은 보리인지 밀밭인지 모를 녹색 물결이 출렁이고 있다. 채소들이 자라는 들판을 버스가 달린다. 버스마저 졸린 대낮, 나도 졸음을 참으면서 달리는 들판이다. 인삼밭처럼 줄지어 선 부조물 아래 채소가 자라고 있다.

외계인이나 지어볼 방대한 들판을 누가 다 가꿀까? 생각하는 사이 멀리서 끝자락이 보이려다 하늘로 사라져 버린다.

버스는 옆으로 달았던 해를 꽁무니에 달고 가속을 붙인다. 대도시의 장점은 모두 갖추었지만 그로 인한 스트레스는 전혀 없을 듯 물가가 저렴하다. 예쁜 공원이나, 야외카페에서 느긋하게 시간을 보내는 이들이 여유를 준다.

페트로바라딘 요새(petrovaradin citadel)를 돌아본다. 40m 높이의 평평한 화산암 위에서 강을 내려다보며 우뚝 서 있는 요새는 1692년부터

1780년까지 노예 인력으로 지어졌다. 요새 지하 감옥에는 터키의 지배에 맞선 유명지도자들이 갇혔다.

우직하게 서 있는 시계탑은 그 당시의 모든 사건들을 알고 있다는 듯이 육중한 몸체로 지켜보고 있다.


## 수보티차(Subotica)

세르비아 수도인 베오그라드를 떠나 수보티차로 왔다. 아담하고 한적한 도시는 아르누보 양식의 상가와 집들이 빼곡하다. 도시 전체가 예술품을 간직한 전시관 같다. 건축물 모든 기둥에 새겨진 문양은 내가 박물관에서 보았던 문양들이 주를 이룬다. 마케도니아 헤라클레아(Heraclea) 유적지에서 굴러다니던 문양 양식들이 대부분이다.

유적 문양 기둥들을 수보티차에서 다시 보아도 감회가 새롭다. 로마 시대의 유적이라면 내 뇌리 밭에서 자라나는 하나의 그림이 되어 버렸다.

세르비아에 다섯 번째 도시는 헝가리와 국경이 가까워 헝가리인들이 가장 많이 살고 있다. 중심부에는 아르누보 건축물도 밀집되어 있어 사람들 발길이 끊이질 않는 거리이다. 도시의 중앙을 걷기만 해도 고대에 들어온 착각을 불러올 만큼 사실적인 아르누보 양식을 두루 섭렵하고 나온 실습장 같다.

노비사드에서 수보티차까지는 104㎞이다.

# 수도원(Novo Hopovo) 감동이 사라지다

비 오는 날은 버스를 타자. 시내에서 30킬로 떨어진 옛 수도원을 찾아 간다. 차창에 부딪치는 빗줄기 속도와 와이퍼 씻기는 속도에서 비의 양이 짐작된다.

고즈넉한 마을로 들어서 500m 걷는다. 산자락 위로 십자가를 단 첨탑이 보였다. 인적 드문 산 아래 수도원은 수도사들이 숨어들어 자리 잡아 지금에 이르렀다.

교회로 들어서니 한 사람도 없다. 비 오는 날 수도원을 찾는 사람은 자차를 이용한 두 팀뿐, 비옷을 입고 청승맞게 돌아다니는 이는 없다. 그만큼 우리의 사정은 절박했다. 여행 마무리 단계에서 일정을 진행해야 했기에.

개인 궁전 같은 수도원의 특산품 무인 매대에 놓인 각종 꿀과 과일잼 병들이 내 시선을 잡는다. 화려한 실내는 밖에서 보는 예상을 뛰어넘는 성화들이 걸려있다.

의욕은 행동으로 가능했지만, 수도원을 돌아보고 추위에 떨며 버스를 기다리는 한계가 올 때쯤, 차 한 대가 우리 앞에 깜빡이를 켜고 섰다.

무작정 차에 타고 앞좌석에 앉은 여인에게 "고맙다" 인사했다. 여자는 이 차는 택시라고 한다. 택시라면, 질리도록 타고 있는 내게 택시라니. 가격을 물으니 남자는 주머니에서 지폐 한 장을 꺼내 보여준다. 두 사람이 오백, 오백이면 조금 과하다 싶지만, 선택의 여지가 없다.

목적지에 내려 지갑을 여니 오백이 없다. 머피의 법칙처럼 천 원 지폐를 건네며 내심 불안했다. 아니나 다를까 여자는 삼백만 내준다. 목적지를 바꿨다는 이유다. 거리는 같지만 목적지를 돌아온 이유다. 오백을 주었다면 이런 결과는 없었다.

길을 찾지 못해 차 노선을 잃고 헤매다 여학생의 친절로 겨우 방향을 잡는다. 나는 아끼며 즐겨 찬 액세서리를 빼 학생에게 주었다. "너의 친절을 기억하며 너에게 주는 증표다." 학생은 얼굴에 홍조를 띠며 헤어졌다.

진정성 있는 이들을 만나면 사소한 것 하나라도 내주고 싶다. 그런 이들을 만나면 폭포처럼 감동이 저릿저릿해진다.

택시로 변심해 번복하며 지폐를 욕심낸 부부를 이해하려면 내가 마음을 더 닦아야 하겠다.


## 상처에 새 살이 돋고

드높은 하늘이 별로 가득 찼다. 서정이 흐르는 도시 이미지와는 달리 세르비아의(옛 유고슬라비아) 수도 베오그라드는 전쟁의 아픈 상처가 도시 곳곳에 지금도 남아 있다.

유럽에서는 이 도시만큼 외세 침략과 내전으로 고통 받은 나라도 없을 것이다. 사바강과 도나우강이 합류하는 지점에 도시가 있어 예로부터 지정학적으로 중요한 거점 도시다.

도시는 다양한 주변 민족과 국가의 통제·간섭을 받으며 서로 물고, 물리는 혈전을 치르기도 했다. 도시가 수없이 전쟁을 치르면서 험한 포화로 볼거리가 다 파괴됐지만, 시바강과 도나우강이 하나 되어 높이 솟아 있는 베오그라드 성채가 모진 세월을 힘겹게 이겨내고 있다.

도시의 터줏대감처럼 버티는 외로운 성채(칼레메그단 요새)가 상징적으로 서 있다. 바위산 위에 세워진 성채에 서니 발 아래로 아름다운 두 개의 강과 그 주위 평원이 파노라마로 한눈에 들어온다. 기우는 해가 강물 위로 부서지는 역광이 매우 눈부시다. 2,000년을 지킨 하양도시, 하얀 성채의 요새가 장대하다.

자주 전쟁을 겪고, 파괴가 거듭되면서 파괴 역사 때문에 고대 중세의 유적은 거의 사라졌다. 성벽과 성채만이 도도하게 자존심을 지키고 서 있다. 그것으로 충분한 가치를 빛내고 있다. 세르비아는 지난한 과거들을 반면교사 삼아 더 큰 단계로 도약하는 변화기를 겪고 있다.

작게는 우리 삶도 두 눈을 딱 감고 다음 단계로 넘어버리고 싶을 때가 있다. 나도 살면서 타자로부터 처절한 한 방을 맞고 나면 눈물 흘리고 한숨 섞인 노래 부르며 그렇게 견디는 것 말고는 할 수 있던 게 없다. 내 의도와 다르게 불협화음으로 주위 현실과 충돌되면서 파열음을 만들어내고, 그 경험이 쌓이면서 각자의 길을 찾고 시간은 흘러간다. 반응하고, 견디고 지나다 보면 하찮은 과거가 되어버린다.

"아무리 망가진 존재라 할지라도 희망은 있다"

어느 책에서 읽은 글이 새록새록 살아나는 순간이다.

## 노비사드를 떠나며

새벽, 호텔조식을 포장하는 직원의 인사를 받으며 기차역으로 왔다. 어제 종일 내렸던 비로 촉촉하게 젖은 들판이 더 깔끔해진 초록으로 빛난다. 잔뜩 젖을 먹고 내어놓은 아기 트림처럼 대지는 통통 불었다. 밀밭들이 직선으로 밭의 귀와 귀를 잡고 있다.

길었던 여행도, 잔사고들은 잊어버린다. 새벽에도 남편이 "당신 가방 어디 있어?" 묻자 그제야 내 어깨에 있어야 할 가방이 없는 걸 알았다. 서둘러 배낭만 메고 나왔다.

출발 후, 생각났다면, 대형 사고다. 사고도, 사람 일도 모른다. 자그레브 기차역에 내가 다시 올 줄. 낯익은 공간이 반갑다. 시공간을 넘어왔는데도 전혀 생소하지 않다.

슬로베니아행 밤 열차를 기다리는데 젊은 학생이 다가왔다. 한국사람 만난 것이 처음이라고 한다. 여행 경유지를 물었다. 학생은 이탈리아를 경유했고 나는 발칸 국가들을 돌아보는 중이다.

학생은 "공항에서 사기 당했다." 말한다. 이유를 물으니 "공항에서 10유로를 주고 산 유심 칩이 시중에서는 2유로(3,000)였고 환전할 때도, 높은 환율을 적용해 받았다."는 불만을 이야기했다. "그게 다 여행하면서 치르는 수업료"라는 말을 해주고, "더 주의하면서 여행하라" 위로해준 뒤 각자 자기 자리로 떠났다.

예전, 딸과 슬로베니아로 갈 때 들렀던 역이다. 그때는 크로아티아에서 슬로베니아를 지났고, 지금은 반대로 세르비아에서 자그레브로 국경을 넘는다.

세르비아 베오그라드에서 여덟 시간 만에 자그레브역에 섰다. 사람들은 거의 내렸다. 슬로베니아 류블랴나로 두 시간을 더 달려야 한다.

딸과 내가 역에 섰을 때는 뛸 듯 기뻤다. 몰려와야 할 그 폭풍 감동이 살아나지 않는다. 역시, 첫 감동은 두 번 다시 오는 것이 아닌가 보다. 그 생생한 기억만 그날처럼 회상하고 있다. 기차는 슬로베니아 국경에 그날처럼 섰다. 훤칠한 남자와 여자가 열차로 올라온다. 여경이 내가 준 여권을 몇 장 넘기고 스탬프를 팍 찍어준다.

나는 "땡큐" 그녀는 "웰컴" 답례가 돌아오니 기분이 고래처럼 춤춘다. 입·출국은 이래야 맞다. 자국에서 소비생활을 해주는 손님을 미소로 대접해야 한다. 밤 열차가 낮처럼 환하게 밝아진다.


## 평원

끝이 보이지 않는 들판으로 기차는 심장을 벌떡이며 중심을 가른다. 양편을 떼어내고 중심으로 들어가는 열차는 류블랴나를 향해 달린다. 해가 뜨고, 나도 달린다. 파헤친 심장으로 생동감 있는 피가 흐른다. 그 피를 새들이 쪼고 있다. 늘어진 전깃줄도 졸고 있는 대낮이다. 길게 몸을 늘이고 기차는 들판을 지나고 있다.

언제 길이 끝날지도 모르는 늘어진 들판이 몸을 꼬며 잠시, 주춤하는 사이 그 길에 차들이 이마를 맞대고 건널목에 서 있다. 벌레처럼 걸려있는 들판의 차는 움직임조차 잃은 듯이 굼벵이처럼 기어가고 있다. 밭은 멀기만 하고 논에 자라고 있는 밀밭이 방대하기만 하다. 이 평원을 다 가꾸는 믿기지 않는 현실이 가끔씩 현실로 살아나올 때, 믿기지 않을 때가 있다. 오늘 그런 지점을 지나고 있다.

아침까지 꼬박 24시간을 쏟아 부은 비도 이제 멈추고 많은 사람들이 밖으로 나왔다.

이틀 동안 시차가 맞지 않아 딸과 연락하지 못했다. 아침 눈뜨자마자 휴대폰을 들었을 때, '카톡'. 그 징한 텔레파시다. 딸과는 늘 이랬다. 영원까지 함께 해야 할 고것, 교감은 이제 거의 신기에 들어 서로의 주위를 맴돈다.

추적추적 밖에는 비가 내린다. 비가 오면 좋은 점도 있다. 열차에 앉아 사유하는 일이다.

루마니아와, 불가리아, 마케도니아가 한 배로 닮았다. 알바니아와 몬테네그로가 또 쌍둥이 같다. 같은 자연 조건의 나라들은 같은 음식을 먹는 경우가 많다.

하늘은 몬테네그로가 압권이었다. 알바니아 하늘은 본 날이 거의 없다. 늘 언짢은 사람처럼 흐린 잿빛의 얼굴만 보았다.

아마도, 너무 늦게 발칸에 왔나 보다. 여름이었다면 어땠을까?

# 블루베리 사랑

처음부터 두 마음이었다. 공항 검사대 박스에 태블릿과 카메라, 또 다른 박스에는 배낭을 넣어 검사대로 밀었다. 박스는 검사대를 지나갔다. 나는 두 손을 들어 겨드랑이를 훑은 검시관을 통과해 다음 박스대로 가려는데 검시관이 배낭박스를 잡았다. 그는 배낭 지퍼를 열고 유리병을 꺼낸다. 우연을 믿었던 내 용기가 부끄러웠다.

남편은 옆에서 구시렁 탓하고, 벌어질 상황을 모르지 않아 나는 더 낮이 붉어졌다. 블루베리 잼이다. 맛이 아쉬워 한 병을 넣었다. 검사원은 버릴 것인가 아니면 짐으로 다시 부칠 것인가를 물었다. 순간, 갈등은 초간을 오갔고 "버려라" 했다.

검사원은 병을 분리박스에 넣었다. 둔탁하게 떨어지는 소리가 크게 내 귀를 친다. 담담한 척 대기실로 나왔다. 남편도, 나도 아까운 생각이 든 건 동시다. 남편은 "짐으로 다시 부칠까?" 물었다. 다행히 시간이 충분했다.

나는 "그래주면 좋지" 남편은 검사대로 가 병을 찾는다. 검사원도 흔쾌히 병을 찾아준다. 남편은 다시 갔고 나는 검사대 옆에서 사람들 표정을 훑어본다. 조금 전 나처럼 가방을 풀어헤치는 사람, 물병을 들고 나머지 물을 벌컥 들이키는 사람, 그들의 심리와 나는 다르지 않음을 훑어본다.

하찮은 사물 하나에도 연연하는 심리는 같은가 보다. 배낭여행에 길들여진 내 헝그리 정신이다. 남편이 짐을 수화물 처리한 후 손님대기 줄에서 있다. 소란은 없었고 처음 점검하는 사람처럼 다시 통과대를 나왔다.

포기 못한 보랏빛 블루베리 앞에 나는 맥없이 무너지고 말았다. 검사대 요원들도 내 블루베리 사랑을 알겠다는 듯 입가에 미소로 자꾸 바라본다. 웃어주니 언짢은 건 아닌 거 같아 얼굴이 더 붉어진다.

# 슬로베니아

# 포스토이나(Postojna) 동굴

200만 년 억겁의 시간이 만든 장관을 품고 있는 동굴, 류블랴나 남서쪽으로 가는 이른 아침은 하얀 서리가 잔뜩 내렸다. 세계에서 두 번째로 길고도 넓은 동굴 앞, 놀이공원에서나 타는 꼬마 열차로 2km 정도를 동굴로 들어간다. 동굴 길이만도 무려 20km, 관람할 수 있는 코스는 5.3km 정도다.

꼬마열차가 레일을 달리는 동안, 휙휙 지나는 저승사자 같은 바위가 금방이라도 머리통을 박살낼 종유석들이 화살처럼 튀기며 지나간다. 꼬마열차 속도에 발끝에 잔뜩 힘을 준다. 차가 곡선을 달리는 속도에 이탈하지나 않을까 맘 졸인다.

동굴의 200만 년 유장한 비밀을 보는 순간, 높이와 면적에 빌딩 몇 채는 들어와도 될 규모다. 종유석과, 석순, 석주 등 크기와 모양이 제각각 넋을 놓고 본다.

보통 동굴의 석순이 100년에 1cm가 자란다고 한다. 대체 이 거대한 동굴의 석주들은 얼마의 세월이 지난 걸까?

태어난 지 이백만 년, 세계 두 번째 길이를 자랑하고 있는 동굴, 어마어마한 크기로 붙어있는 종유석과 석순을 품기까지 가늠조차 희박하다.

석순이 자라는 세월은 10cm에 천 년이다. 동굴을 본들 가늠이나 할 수 있는 시간인가. 서늘한 어둠을 더듬고 입만 벌린 채 바라만 본다. 보리알보다 작은 점 하나 만드는 데 사백 년, 손톱만 한 돌기 하나 솟는 데 사천 년의 시간이 걸린다.

동굴체험을 뒤로하고 감동이 채 사라지기도 전에 9km의 거리에 위치한 프레드 자마성(Predjama Castle)으로 향한다. 택시기사는 성으로 가는 동안, 창밖으로 펼쳐지는 자연에 대해 들려 준다. "이 멋진 숲이 예전에 비하면 많이 훼손되어 나무도 많이 죽었다." 얘기한다. 소나무재선충 피해다.

군데군데 단풍으로 물든 산을 보다가 단풍이 아닌 아름드리나무들이 죽었거나 갈색으로 변질되며 시름시름 죽어 가는 상태를 확인한다.


## 프레자마성

123m 바위 절벽 속에 세워진 프레드 야마성(Predjama castle)은 800년 된 고성이다. 13세기에 건축해 16세기에 현재의 모습으로 남았다. 자연 상태로 바위와 절벽에 성을 지었다. 도둑 영웅 에라젬 프레자마스키가 자신을 죽이려던 왕을 피해 숨어 살던 곳이다. 워낙 가파른 절벽이라 외부의 접근은 불가능하다.

안내원이 건네주는 이어폰을 꽂으니 한국어로 설명 해준다. 확실하게 곳곳의 설명으로 이해를 돕는다. 대략, 30여 군데나 되는 곳을 세세하게 설명한다.

성 안은 과거와 현재 모습인 곳도 있고 보수하는 곳도 있다. 동굴과 성이 끝나는 지점에는 팔백 년 전 모습 그대로가 남아있어 현장감이 생생하다.

온몸으로 찬 기운이 들어오고 머리카락이 섰다. 더 이상 오르는 것은 무모한 공포다. 세월이 엉겨 붙은 거무칙칙한 이끼, 축축한 동굴 속, 게다가 오래된 짐승들 배설물이 쌓인 무덤에서 나오는 고약한 냄새에 코가 문드러질 것 같았다.

곳곳이 불규칙하게 파였거나, 어디서도 보지 못한 괴상한 색감의 흙이 음지에서 긴 시간을 보낸 흔적으로 들고 일어나 늪처럼 꺼질 위기였다.

천 길 낭떠러지 샘물도 보았다. 지금도 남아있는 창고 안의 오래된 흔적물, 건물의 미세한 삐걱거림, 기분 나쁜 냄새, 안내 설명을 보면 성이 전부 침략당해도 남은 사람들이 이곳에서 몇 달은 견딜 수 있도록 만든 피신처로 성안의 또 다른 동굴이었다.

이 난공불락 요새에서 프라자마스키는 일 년을 버텼지만 결국은 하인의 배신으로 화장실에서 돌 포탄에 맞아죽었다. 그 당시의 돌덩이들이 놓여있다.

삼십여 명이 살았던 식당과 예배당, 침실, 하녀가 일하던 부엌 등, 한 몸 들어갈 통로의 돌계단을 오르며 눈앞에 나타나는 믿을 수 없는 현장들을 보느라 긴장하여 심장 박동이 자꾸 올라갔다.

당시 죄인들을 다루었던 장소는 휑한 바람이 불었다. 괴기한 바람소리와 찬 기운이 몸에 닿는지 납량특집 한 편을 보고 나오는 느낌이다.

해설을 듣는 둥 마는 둥 불안해하다 발 아래 공간을 보다 소스라쳤다.

목을 매단 사람들이 허공에 대롱대롱 매달려 있다. 조형물이다. 자꾸만 주문을 걸어도 꿈에라도 나올까 두렵다.


▶포스토이나 동굴, 프레드자마성 입장료는 통합입장권 권유, 한국어 가이드 설명 포함

# 크로아티아

창밖에는 비가 내린다. 부침개 해먹기 좋은 날이다. 촉촉하게 비에 젖은 굴뚝으로 밥 짓는 연기가 나오는 아침이다. 음식 섭취한 지 오래된 시간이다.

열차는 슬렁슬렁 달려왔어도 어느새 슬로베니아를 벗어나 크로아티아 국경역에 섰다. 구름을 뚫고 내려앉은 빗방울이 창에 부딪고 사선으로 눕는다. 섬처럼 떨어져 앉아 있는 사람들이 달리는 기차 안에서 서로를 훑고 있다.

일부는 평소와 다르지 않은 길을 가고. 일부는 가방을 열차천장에 얹은 여행자들이다. 나도 비처럼 사선으로 누워 밖의 하늘을 훑고 있다. 누워서 보는 비 내리는 하늘은 모두 엄마의 눈물이다. 불현듯 임께서 가시던 그날의 여름도 이랬다.

하늘이 구멍 나던 그날, 나도 죽지를 잃었다. 튕기듯 머리 위로 지나가는 전깃줄에 그날처럼 목이 감긴다.

국경에서 여권에 도장을 찍어 주고 난 검사원은 잠시 굳었던 얼굴을 펴고 골똘한 생각으로 하염없이 철길을 바라보고 있다.

간간히 내뿜는 담배 연기가 아침 공기를 처댄다. 한 개비의 담배가 다 탈 때까지 철길을 바라보던 그의 눈빛이 사라지지 않는 건 연기도 간이역을 떠나가는 나도 모두 사라지고 마는 연기 같은 인생은 아닌지 돌아본다.

슬로베니아에서 열차로 국경을 넘는다.

두브로브니크 성벽

# 발칸을 회상하며

루마니아 수도 부쿠레슈티 공항에 내렸던 첫날밤은 몹시 추웠고 두려웠다. 서툰 것들과의 첫 만남은 더 깊게 몸으로 파고들었다.

늦은 밤, 어디로 발길을 돌려야 할지 막막했다. 떠나오기 전 예약한 호텔을 어느 방향으로 나가 어떤 버스를 타야 하나부터 풀어야 할 숙제였다.

바람은 밤이라 차가운 것이 아니었다. 물 설고 낯섦의 추운 첫 시작, 그렇게 여행은 두 달을 이어갔다. 루마니아, 불가리아, 마케도니아, 알바니아, 몬테네그로, 코소보, 세르비아 그리고 두 번 방문한 슬로베니아와 크로아티아까지. 대차게 돌았다.

방문국이 많았다는 사실을 이제야 인식한다. 여행 초반은 서두르지 않고 느긋해지자 했다. 바쁠 것도 없는데 그 조바심을 이번 여행에서도 이어갔다. 세르비아에 와서야 속도를 잡았다.

루마니아에서는 잿빛을 떠올렸지만 모두 빗나갔다. 불가리아는 많은 기대감을 충분하게 만족시켰다. 거친 환경과 태초의 자연들을 운집해놓은 박물관 같았다.

마케도니아의 생경한 모습들은 영화 속 한 장면을 빼온 나라였다. 아쉬움이라면 유럽의 어느 한 쪽을 떼어다 놓은 모조품 같은 어설픈 도시는 마케도니아의 과거사를 들여다보면서 모든 것을 이해하게 되었다.

알바니아는 아직도 채, 전쟁의 상흔이 가시지 않은 많은 곳들이 벙커와 전쟁 잔재에 덮여있음을 발견할 수 있었다.

몬테네그로는 소국답게 참 생소한 국가였다. 환경과 자연 그리고 쾌활한 사람들의 모습이 앞으로 발전이 기대되는 분리국가였다.

코소보는 여행 계획 목록에 넣지 않은 변방의 나라로 엉겁결에 근처에서 지나가기 아쉬워 입국했던 나라였다. 방문국가 중 가장 어렵게 입국한 나라로 내 기억에 남은 나라다.

개인 취향이지만 가고 또 가고 싶은 나라는 역시, 크로아티아와 슬로베니아다. 슬로베니아는 하늘에서 내려온 나라 같았다. 세계에서 숲이 가장 잘 보존된 나라로 천혜의 자연조건이 훔쳐오고 싶을 만큼 살기 좋은 나라다. 한 폭의 수채화 풍경(호수와 요새)이 곳곳에 걸린 나라로 생에 한 번은 가봐야 할 나라로 꼽고 싶다. 크로아티아 또한, 사랑하지 않을 수 없는 퍼즐 조각 같은 나라로 퍼즐을 맞추는 기분으로 돌아볼 수 있는 나라이다.

PART 03

중동

Have a Nice Day

# 이스라엘

# 긴장된 밤

모스크바에서 환승 후, 비행기 기체가 이스라엘 상공에서 크리스마스 트리 같은 야경 위에 내려앉았다. 이스라엘 텔아비브 국제공항, 장거리 비행을 끝내면 여행 절반을 마친 듯 후련하다. 한껏 고조된 설렘이 낯선 풍경에 가라앉는다. 솟구쳤던 의욕이 까만 밤을 만나 기력을 잃는다.

길게 이어진 줄, 현지 시간은 11시 35분, 반기는 건 무장한 젊은 군인들이다. 남자들이 입은 치렁한 검은 옷과 넓은 차양의 검은 모자가 이스라엘에 온 실감을 준다.

입국장 대열에서 여권을 냈다. 검사원은 여성, 그 까다롭다는 이스라엘 입국장에서 받은 첫 질문은 "그룹이냐? 무엇 때문에 왔느냐?" 였다.

잘 대답하다 "어디에서 묵을 건지"를 물었을 때 잔뜩 긴장하던 남편은 순간에 "호스피텔"이라 대답한다. 그녀는 놀란 토끼처럼 "호스피텔?" 하고 미소 짓던 얼굴이 순간에 일그러진다. 내가 얼른 "노우, 호스텔" 하고 대답하니 그제야 얼굴이 펴진다. 마지막 질문이 "며칠이나 묵을 거냐?" 나는 10일이라 대답했다.

다음 여행 국가의 여정표를 주니 그녀는 별도로 작은 입국 카드를 만들어 준다. 이스라엘은 중동 국가 중에서도 주변국의 제재를 받는 나라다. 이웃 나라와의 잦은 분쟁이 원인, 그런 이유로 이스라엘을 여행한 후, 다른 중동국을 여행하려는 나는 여권에 도장을 받으면 안 되었다. 이스라엘여행 후 주변국으로 여행계획이 있는 사람은 반드시 유념해야 한다.

떠나오기 전, 이스라엘 입국비로 25세켈을 지불해야 한다는 정보를 얻고 공항에 도착했다. 하지만, 달랐다. 입국장에서 별도의 비용은 받지 않는다. 입국카드만 정확하게 확인되면 문제는 없다.

아무리 많은 정보를 수집하고 떠나와도 언제나 정확한 답은 현지에 있다. 현재에 서 있는 그 자체가 정확한 정보라는 것을 나는 매번 경험한다.

공항에서 환전하고 합승택시를 이용하려 했지만 늦은 시간이어서 쉽지 않았다. 일반택시는 부르는 값이 모두 다르다. 몇 대의 택시를 보내고야 최종 140세켈을 주고 숙소에 도착한다.

어둠이 깊은 야밤에 숙소를 찾아온 것은 스스로도 만족이다. 젊은이들의 소인국 같은 숙소는 참고사항으로 읽어보라는 안내문이 객실 문에 붙어 있다. '45세 이상' 적응하지 못할 수 있다. 문구를 붙인 그 의미를 입실해서야 실감했다.

문 열고 들어서니 청춘들이 일제히 우리에게로 시선을 쏟았다. 내 몸 한군데가 뚫릴 만큼 강한 눈빛이다. 의아함인지, 비웃음인지 모를 미소로 바라본다. 젊다는 당당함 앞에 그렇잖아도 기 눌리는데 청춘들 소굴에 입실하니 오금이 저렸다.

부쩍 청춘 앞에서 주눅 드는 건 내 여행도 십 년이 넘어가면서부터다. 기세도 나이 드는 속도만큼 줄어든다는 것을 실감하는 터다.

나는 빠르게 기운을 환기시켰다. 따끈한 물에 몸을 녹이니 새록새록 의욕이 솟았다.

성지와 역사가 깃든 이스라엘은 얼마나 많은 매력이 숨어 있을까 기대를 안고 침낭 속으로 들어간다.

지금 한국에는 추위가 한창이다. 1월 말 이스라엘 날씨는 평균 15~17°C이다. 아주 선선해 여행하기 좋은 최고의 날씨다.

## 북부도시 하이파

이스라엘에서는 군인들과 거리감이 느껴지지 않는다. 나도 해변에 나와 일몰 시간을 기다리고 있다. 주위에는 군인 가족들이 산책 중이다. 아기를 유모차에 태워 해변을 산책하고 있다. 그 모습이 생소해 이 가족을 눈으로 따라가 본다.

노을 지는 해변에서 아빠가 아기에게 입 맞추고 있다. 옆구리에는 긴 총을 매달고 있다. 그가 걸을 때마다 총대가 옆구리에서 보폭에 맞춰 흔들린다. 위로, 아래로.

호텔에서 이곳까지는 100㎞이다. 한 시간 거리의 하이파.

아침에 세수하며 보았던 청년이 생각난다. 그는 화장실을 정성껏 청소했다. 휴지통을 비우고, 쓸고, 닦는 한국에서는 좀처럼 볼 수 없는 청년의 직업의식이 돋보여 나는 한참을 세수하는 척 그의 행동을 길게 눈여겨보았다.


## 사는 순간이 사고

이스라엘 최북단 로쉬 하니크라에는 석회암 동굴이 있다. 동굴을 가려고 북쪽까지 왔지만 시간은 이미 기울고 있다. 길을 서두르다 이도저도 안 되는 사각지대 시간이 돼버렸다.

신경이 곤두섰다. 되돌아가야하는 대합실에서 용변이 급해 장애인용이 눈에 띄어 들어갔다. 용무를 끝내고 문을 여니 열리지 않는다. 끔쩍도 안한다. 그제야 잘못된 정황이 파악되고 가슴이 뛴다.

나는 문을 세게 두드렸다. 밖에서는 반응이 없다. 말도 없이 남편 곁을 떠나 화장실에 갇혔으니 내 상황을 전혀 몰라 불안은 더 커졌다. 팔이 아프도록 문을 두드린다. 그때, 밖에서 여인의 목소리가 들렸다. "아 살았구나!" 그제야 안도감으로 기다렸다.

밖에서는 긴박한 소리가 들리고 한참 후, 문 앞에 서는 누군가의 발소리가 멈춘다. '딸그락' 소리와 함께 문이 열렸다. 중년의 남자와 나는 서로의 모습에 소스라쳤다. 그 곁에 여인이 서 있다. 문을 열어준 남자는 동시에 같은 생각으로 내 모습에 놀라 고개만 흔든다.

그 웃음의 의미를 나는 짐작한다. 그들의 합작이 아니었다면 나는 불안의 공포에 갇혀 얼마를 화장실에서 피 말렸을 것이다.

급한 '용무였나 보다.' 내 행동을 눈감아주리란 믿음으로 재빠르게 이곳을 빠져 나간다. 아무것도 모르는 남편은 꾸물대는 나를 보며 버스 앞에서 불렀다. "빨리 타" 이 사연을 들으면 남편은 아마도 '아예 화장실을 들고 다니라' 핀잔하겠지.

## 연속된 실수

호텔직원은 여권을 복사하고 내게 돌려줬었다. 그런데 여권이 없다. 과거를 붙들고 역추적으로 돌아가 본다. 여권을 받아 가방에 넣은 것까지만 기억난다.

습관으로 귀중품은 언제나 침낭 다리 밑에 넣고 잔다. 배낭과 작은 가방을 다 뒤져도 없는 여권. 속이 타들어가다 침대 밑을 보았다. 반들거리는 비닐이 침대 아래에 떨어져 있다.

탐정 수사하듯 여권이 침대 아래로 이동한 경로를 추적해간다. 여권을 받아 작은 백에 넣고 그때, 가방을 닫지 않아서 빠졌거나, 가방을 베고 잘 때 떨어졌거나.

추측만 난무할 뿐 여권이 말해주지 않으니 침대 밑으로 들어간 화통한 답을 영영 들을 수 없다.

## 갈릴리행 버스에서

차창이 흔들린다. 성전을 공부하던 아이가 깜빡 조는 사이, 덜컹하며 차 바닥으로 성전이 흩어졌다. 경기하듯 놀란 아이는 차 바닥에 무릎을 꿇고 구르는 성전을 줍는다.

아이 사제처럼 프린트물을 줍는 손이 이제 막 물이 오른 새순이다. 구레나룻 옆으로 머리는 길게 꼬아 양 귀밑으로 내려뜨렸다. 자꾸만 꼬아 내린 머리가 귓불로 내려와 나는 그곳으로 눈길이 자주 멈춘다.

양털같이 꼬아진 머리가, 대롱대롱 매단 구슬처럼 말린 머리가 고대기를 대고 지졌나 보다.


## 골란고원 티베리아스

북부 골란고원은 중동이라는 사실을 잊게 된다. 골란고원(Golan Heights)은 갈릴리에서 발원한 요르단강이 흐르고 호수는 헤르몬산(2,814m)에 눈 녹은 물이다.

고원은 강수량이 풍부하고 토지가 비옥해 가축과 농경이 발달했다. 마치 대관령 고지대와 비슷한 느낌으로 토양은 제주의 전답과 흡사하다.

골란고원은 시리아 영토였다. 고원으로 오니 분지형 저지대가 동산처럼 한 눈에 들어온다. 이 양보할 수 없는 천혜의 대지를 놓고 잊을 만하면 이스라엘과 아랍권의 싸움이 벌어지는 이유를 알 것도 같다.

특히나 이스라엘, 요르단, 팔레스타인 간의 갈등을 우리는 익히 알고 있다. 항시 전쟁의 불씨가 남아 있다는 사실을 요르단강이나, 골란고원 그리고 갈릴리호수에 서보면 안다. 우리나라 비무장지대쯤이나 될까. 여의도의 몇 배나 되는 고원은 전쟁으로 두 동강된 것도 비슷하다.

세계에서 가장 건조한 중동, 그 불모의 사막지역에서 유일하게 녹지를 만날 수 있는 골란고원은 그 자체가 불이고 물 분쟁의 화약고라는 사실을 실감한다. 이 땅에서 푸른색을 잊고 사막과 황폐함만을 떠올렸는데 채소밭을 보니 풍요로 채워진다.

갈릴리 호수가 가까워지는 신호로 안개가 반긴다. 사람들의 발길도 잦다.

헤롯 대왕의 아들 헤롯 안티파스가 도시를 폐허 위에 건립했다. 갈릴리 호수를 바라보며 나지막한 언덕주변으로 죽 들어선 도시는 호수 북부로 요단강이 흐른다.

예수님 제자 중에 베드로가 고기를 잡은 갈릴리에 어부가 많은 것도 호수에 고기가 많았던 이유가 아닐까 유추해본다.

이스라엘 남성들 복장에 유독 눈길이 간다. 머리에 얹은 모자 '키파'와 그들이 즐겨 입는 검은 복장은 근엄한 사제 같아 자꾸 눈길이 간다.

내가 불가리아 릴라 수도원에 머물며, 이른 아침에 사원을 돌다 마주친 사제의 모습과 흡사하다. 발끝까지 닿는 검은 옷을 입고 수도원에서 마주쳤을 때, 조금은 놀라기도 했었다.

갈릴리 호수는 종교인들에게 상징적 의미가 깊다. 흐릿한 안개로 하늘빛이 선명하지 않은 호수를 보는 것이 조금은 아쉽다. 호수 옆에는 수천 묘비명을 적어 넣은 비문이 언덕을 메웠다. 삶의 의미를 깊이 되새겨주는 공동 묘비다.

지금은 겨울, 주변의 각종 놀이기구들이 동작을 멈추고 먼지에 쌓였다. 갈릴리 호수에 유람선이 뜰 때까지 그대로 멈춰있을 것이다.

▶안식일: 이스라엘 안식일(금, 토) 모든 대중교통 운행중단

# 기사의 넋두리

갈릴리(티베리아스)호 서안에 있는 역사적 도시에서 안식일로 발이 묶였다. 오후 열 시 운행되는 대중교통을 마냥 기다릴 수도 없다. 시내는 작은 생필품점 외에는 전부 문을 닫았다. 안식일을 대비하지 못한 결과다.

예수가 열병으로 앓아 누운 베드로 장모, 귀신 들린 자 등 많은 기적을 행하며 오래 머무른 가버나움(Caper na um) 교회. 예수가 물고기 두 마리와 빵 5개로 5천 명을 먹였다는 기적을 일으킨 곳에 세운 오병이어 교회(Church of the Multiplication), 예수가 팔복산 언덕에서 설교한 자리에 세운 팔복교회(the Church of the Beatitudes)를 들러 택시로 이동하는 길이다.

친구 같은 기사는 말문이 터졌다. 자신은 "9,000세켈이 수입인데 세금으로 40%를 낸다." 했다. "버스기사는 좋지만, 택시기사는 힘들다"며 갑자기 이스라엘은 "원유는 안 나오고 가스만 나온다." 말해준다. 자신의 택시가 경유인데 1리터에(2,100원)으로 비싸다고 했다.

"택시비는 비싸나 세금내고 기름값 제하면 아무것도 아니다."라며 묻지도 않은 말을 기사는 거미처럼 술술 풀어낸다. 그는 택시 천장에서 뭔가를 꺼낸다. 자기 가족이 한 달 물 비용으로만 이십만 원이 나간다는 말도 해준다. 이구동성으로 "이스라엘은 기름값보다 물값이 더 비싸다"는 말을 여행자들이 했는데 정말 그렇다.

그는 텔아비브에 비해 티베리아스는 인구가 적어 택시 손님이 많지 않아 큰 재미가 없다는 말도 해준다. 그와 많은 대화를 나눴다. 이동시간이 길어 화기애애한 대화가 한몫을 차지했다.

나사렛은 맛있는 음식점이 많고, 가격이 저렴해서 좋지만, 티베리아스 갈릴리 호수 근방에는 가격도 비싼데 음식 맛은 형편없어 나쁘다는 말도 곁들였다.

기사를 일찍 만났더라면 티베리아스에서 나도 가격보고 놀라고, 맛보고 다시 놀라는 일은 없었을 터였다. 떠나가는 뒷맛이 씁쓸하다. 자신의 택시 모든 기계는 폭스바겐인데 껍데기는 폴란드 생산이라 택시 가격이 비싸다고 뜬금없는 말을 해준다.

## 나사렛(Nazareth)

예수의 부모인 요셉과 마리아가 살던 나사렛은 예수가 수십 년 동안 목수 일을 한 곳으로 유명한 도시다. 예루살렘, 베들레헴은 기독교 최대 성지이다. 세계 각지의 종교인은 물론, 순례자들 발길이 끊이지 않는 곳이다.

나사렛 수태교회가 있어 성스러운 곳이기도 한 교회는 천사 가브리엘이 마리아에게 예수가 태어날 것을 알린 곳으로 추정되는 곳에 세운 교회다. 1955년에 짓기 시작해 1969년에 완성된 오늘날 이 교회는 다섯 번째로 지어졌다.

교회 한가운데 제단 뒤에는 마리아가 예수의 수태를 예측해준 동굴이 있고, 교회의 벽면에는 아기 예수와 마리아를 표현한 각 나라의 작품들이 전시된 인상적인 장소이다.

나는 벽면에 걸어놓은 그림들을 하나하나 찾아가다 마리아가 푸른색 한복을 입고 예수는 색동한복을 입은 한국을 표현한 작품 앞에 섰다. 꽃을 상징해 양손으로 무궁화 두 송이 안에 예수를 안고 있는 마리아 얼굴을 본다. 한복 입은 모습에 절로 미소지었다.

'평화의 모후여 하례하나이다'라는 문구가 눈에 크게 들어왔다. 온화한 모습으로 아기를 안고 있는 마리아는 영락없는 한국의 모성 깊은 엄마의 모습이다.


## 올리브산(MT. Olives)

올리브산은 높이는 800m 정도로 한바탕 땀을 흘리면 오를 수 있는 산이다. 감람산이라고도 불린다. 4개의 봉우리로 이루어졌으며, 예루살렘 동부의 구릉에 위치해 있다.

키드론 계곡 건너 주변 경관이 파노라마 사진에 담기는 것처럼 펼쳐진다. 예수는 이곳에서 체포되었고, 그 후 승천하였다고 전해진 곳이다. 올리브 산에 오르는 입구에는 만국교회가 있다. 교회 옆에는 올리브 나무가 있는데 그 아름드리가 자그마치 2,000년이나 버티었다. 보고 있어도 믿기지 않는다.

예수가 올리브산에서 기도한 후, 가롯 유다에게 배신당하고 대제사장에게 끌려가기 전 눈물을 흘리며 기도했던 바위 위에 세운 교회다. 믿음을 가지지 못한 나도 가슴 뭉클함이 곳곳에서 전해온다. 인근으로는 겟세마네 동산, 눈물교회, 주기도문교회 등 감격어린 장소가 즐비하다.

올리브산 언덕 전망대에 올라서니 눈앞으로 셀 수 없이 많은 유대인들의 묘지가 정돈된 느낌으로 순례 지역을 지키고 있다. 죽어서도 무덤 영혼들은 올리브산을 바라보고 있다. 재림이 있다면 이곳에서부터 시작될 것이라 믿고 있는 영혼들이다.

예루살렘 전경을 올리브 산에 올라 조망할 수 있다는 것이 축복이다.

해 질 녘에는 예루살렘의 전경을 바라보면서 묘지와 황금빛 물든 돔 풍경을 바라볼 수 있다. 숙연함이 바늘 끝처럼 가슴을 찌른다. 세계적 순례자들이 한 번쯤 올리브산을 밟고자 염원하는 이유를 뼈저리게 알겠다.

성모 마리아 무덤인 교회는 많은 계단 아래에 있다. 한참을 경건한 자세로 계단으로 내려가 본 교회는 의외의 모습에 당황했다. 단체로 잠비아에서 왔다는 성지순례객들이 찬송가를 부르며 더위도 잊은 채, 내리막길을 줄지어 내려가고 있다. 축제 분위기로 찬송가를 부르며 내려간다. 나 또한 전염된 것처럼 그 기분에 편승해 그들의 꽁지를 따라붙으며 즐기는 맘으로 산을 내려간다.

# 무명 동굴과 명소들

성곽 언덕으로 오를 때는 그냥 지나쳤다. 전망대에서 내려오는 길에 생략할 수는 없을 것 같아 들어간 곳은 지하 동굴이다. 좁은 통로의 지하 계단을 내려가니 동굴에 공동묘지(Necropolis) 50여 개가 수직 바위벽에 몰려있다. 사도들의 무덤이다.

동굴이 캄캄해 나는 휴대폰을 켜고 벽을 확인했다. 동굴 벽이 전부 곰팡이 냄새와 무서움이 짙어 서둘러 나왔다. 유적과 교회들이 어찌나 많은지 일일이 다 돌아볼 수 없다. 나는 영화나 책에서 접했던 장소들을 살피는 것에 주력한다.

저녁 별이 뜨기 전에 상점은 문을 닫는다. 별이 뜨면 모든 교통수단이 중단되므로 안식일에 들기 전 서두른다.

십자가의 길, 골고다 언덕 거리는 가장 손님들이 붐비는 곳으로 자칫 지나치면 성지를 놓칠 수 있어 긴장의 고삐를 쥔다. 십자가의 길에서 만큼은 귀동냥으로 들었던 그리스도의 수난과 죽음을 생각해본다.

이 길은 예수가 사형 선고를 받고 십자가의 길로 올랐다. 십자가를 지고 계단을 오르다 기력이 떨어져 넘어지기도 한다. 예수는 성모를 만나고, 예수의 제자가 십자가의 무게를 잠시 짊어져 준다. 베로니카가 수건으로 예수의 얼굴을 닦는다. 기력이 다해 예수는 두 번, 세 번, 계단에서 넘어진다.

예수의 옷이 벗겨지고 십자가에 못 박혀, 십자가 위에서 눈을 감은 뒤 무덤에 묻히고 부활하기까지는 신앙이 없는 나도 매년 공중파에서 접해 익히 알고 있다.

통곡의 벽

예수가 십자가를 지고 가다 기력을 잃고 손을 짚었다는 상징적인 곳에 손자국이 있고 사람들은 그곳에서 움직이질 않는다. 그곳들을 기점으로 언덕을 돌아본다. 이제는 현실로 돌아왔다는 것을 알리듯 십자가 골목에도 편의점과 기념품 상점들이 성업 중이다. 한껏 달아오른 열기를 식히고 북적이는 십자가 길을 나와 뻥 뚫리는 광장으로 나왔다.

유대인의 명소인 믿음의 광장이지만 '통곡의 벽'은 상상했던 것보다 넓지 않았다. 광장 절반씩 남녀를 구분한 구역에서 많은 신도가 저마다 간절한 기도를 하고 있다. 염원을 깨알같이 적어 통곡의 벽 틈 곳곳에 끼어 넣은 광경을 본다.

내가 저 깊은 신앙을 알기에는 부족함이 많은 줄 안다. 사람들은 신문도 보지 않고 텔레비전도 자주 보지 않는다. 철저한 종교생활을 하는 이들을 보면 나조차 심오해진다.

## 엔게디 사막

이스라엘 정중앙을 가로지르는 엔게디는 유대 광야의 골짜기로 황무지 사막이 갈라지고 깎여서 작은 계곡 모양을 이루고 있다. 엔게디는 성경 속에 자주 언급되는 곳으로 '들염소 새끼의 샘'이라는 뜻이다.

황량한 사막을 지나 이스라엘 남단까지 내려왔다. 방대한 팀나 공원을 개인으로 찾기에는 역부족이다. 투어를 신청했다. 일인당 58달러다.

이스라엘 사막 지역을 체험하는 계기로 팀나 국립공원을 들러 미츠페라
몬으로 가는 계획이다. 이스라엘 여행은 렌트할 수 있으면 바람직하다.
나는 시간은 좀 걸려도 투어를 선택한다.

사막은 강수량이 극도로 부족하다. 이스라엘 북부에서 짙은 녹색 들
판을 여행 내 보았다. 남으로 내려갈수록 풀 한 포기 없는 광야를 보며
에일랏까지 내려왔다. 이처럼 척박한 유대 광야 면적이 이스라엘 국토의
95%를 차지하는데도 국민들이 잘사는 이유는 무엇일까? 생각해본다.

단 하나, 종교다. 세계 속에 우뚝 뿌리내린 종교의 힘이 척박한 나라
를 기름지게 만든 생생함을 이스라엘 북에서 남까지 오는 동안 느꼈다.

엔게디 마을을 지나 키브츠 엔게디를 거치고 모래바람이 날리는 사막
에 젖무덤 같은 모래 둔덕들이 창밖에서 휙휙 지나간다.


## 더 이상 삭막함은 없다


생물은 접근조차 못할 만큼 타는 대지, 문명만이 이따금 오가고, 사막
군데군데 피는 군인들의 웃음만이 사막바람에 날린다.

척박한 사막에서 군인들을 자주 만난다. 사복을 갈아입고 버스를 타
는 군인, 버스를 보고 맨발로 달려오는 군인. 붉은 사막에 핀 군복의 색
감이 없다면 황량했을, 죽은 땅을 지나며 내내 곱씹는다.

팀나 공원 버섯바위

여행을 수놓다

호텔에 신청한 투어예약이 진행되지 않음을 아침에야 통보받았다. 속 터지는 일이지만 현실이다. 무작정 다른 곳을 수소문해 투어신청 58달 러에 택시는 15,000원 더 추가하면 기동성이 있어서 택시 투어로 결정 한다.

팀나 공원으로 출발한다. 겨울이지만 강한 태양은 머리위로 내리쬔다. 한여름에는 51도가 기본 날씨라고 기사는 말한다. 그는 몇 번씩 내게 물 준비를 당부한다. 사막으로 들어와 그 말을 실감한다.

그와 이런저런 대화를 나누다 눈에 띈 동물, '사반'이다. 사반은 이 척 박한 바위틈에 집을 짓고 산다. 염소나 양을 닮았다. 풀 한 포기 없는 사막에서 무엇을 먹고 살까 싶지만 살아있는 자체가 생태 적응이다.

팀나 공원은 방대하고 경이로운 모습으로 꽉 차있다. 버섯바위, 솔로몬 의 촛대바위, 별별 암석 무늬와 모형을 본다. 바위 사이로 계단이 있어 반대 방향으로 넘어갈 수 있지만, 택시 투어라 참기로 한다.

BC 12세기경 세워진 이집트 암소의 여신, 하토르 신전과 전쟁을 묘사 한 암각화도 살펴보는 재미가 있다. 사람이 살 수 있는 오아시스 지역 외 에는 인간의 삶을 허락하지 않는 곳이다.

붉은 바위산에 구리를 캐내 용광로에 넣어 온도를 높이는 기구들만이 삭막한 사막 흔적들이다. 실감나게 전시해놓은 물건들을 살필 수 있다.

자연이 빚어놓은 걸작들 앞에서 하루 투어를 끝내는 동안 형용사, 부 사, 감탄사만 연발하다 마치고 말았다.

나는 에일랏 터미널에서 버스로 미츠페라몬 국립공원으로 이동한다.

# 분화구 미츠페라몬(Mitzpe Ramon)

억겁의 세월을 겹쳐 놓은 기암괴석, 그 아래로 펼쳐진 분화구 같은 드넓은 사막을 가로지르고 버스는 달린다. 하늘은 날마다 흐릿하다. 브엘세바에서 남쪽으로 50㎞ 거리에 인구 2,500명 정도의 작은 도시가 있다.

분화구같이 움푹 꺼져 있는 독특한 지형으로 1억 년 전에 지구의 지각 변동으로 일어난 화산 분지이다. 자그마치 분화구 길이가 35㎞로 세계에서 가장 큰 분지다. 높은 곳이 해발 1,035m인 '라몬산'으로, 산에 오르니 절경이 한눈에 들어온다.

전망대에 서니 분지의 바람이 쓸어갈 듯 불어닥친다. 단 한 그루 나무가 보이지 않아도 설명할 수 없는 아름다움이 묻어난다.

공원 입구에 숙소를 정했다. 나가는 길을 쉽고 빠르게 하는 방법이다. 국립공원 자연의 위대한 피조물들을 사막 언저리에서 보고 싶었다. 사막 중심부로 들어오기까지 위에서 최남단까지 먼 길을 에둘러 왔다.

밤 버스에서 내려 헤매고 있을 때, 우리 곁을 지나가던 모자가 말을 건넸다. "어디로 가느냐?" 숙소를 말하니 전화를 걸고 통화를 끝낸 모자는 십 분 안으로 주인이 도착한다면서 가던 길을 간다. 그들이 아니었으면 나는 또 많은 마음고생을 했을 것이다.

휴대폰으로 거리를 확인했을 때 700m였다. 잘 아는 길이라면 그 거리는 걸을 수 있다. 하지만, 사막의 중심부에 있는 초행길이며. 밤이다.

모자의 도움으로 우리는 그대로 서 있다가 픽업 온 숙소 주인을 만나 편하게 들어왔다. 믿기지 않는 우연이었다. 우리 곁을 지나가다 도움이 필요하다는 걸 직감으로 알았던 그들의 배려로 큰 고생을 뛰어넘었다.

미츠페라몬

숙소는 텐트다. 사막은 밤이 되면 거침없이 기온이 하강한다. 난방을 했어도, 옷을 겹쳐 입어도 싸한 공기가 텐트 안에 머문다. 새벽, 텐트 위로 떨어지는 빗소리를 듣고 밖으로 나갔다. 비가 물조리개로 뿌리듯 텐트 위로 떨어진다. 네게브 사막에 뿌리는 몇 방울의 비가 아닌 흐르고 고이는 비다.

겨울이면 사막에 세 번쯤 내릴까 말까하다는 그 비를 사막에서 만났다. 지금은 우기라는 말에 놀라고, 두 달에 걸쳐 비가 온다는 그 말에 더 눈을 동그랗게 떴다.

사막으로 들어서자 초록 색깔 베레모들이 먼저 웃었다. 그들 웃음이 사막에 피지 않았다면 삭막함은 더 했을 것이다.

사막이었을 뿐인 이곳에 제일 먼저 불을 밝히는 것도 군인이다. 네게브사막 중심부에서는 모든 것을 지키는 군인들이 있다.

이스라엘 전역 어디를 가나 군인들을 보는 것은 일반적이다. 남녀 구분 없이 찬 긴 총은 내가 지금까지 생각해온 그런 사물이 아니다. 아이들 장난감 같은 놀이기구에 불과하다. 위화감도 없다. 북에서 남까지 총이 '공포'라는 생각을 하지 않았다. 총을 차고 있는 여군들의 모습이 아름다운 것도 이제 알았다.

여군들이 이 사막에 없었다면 그저, 사막은 벌거벗고 험한 꼴만을 보였을 것이다.

나는 이스라엘 네게브 사막, 한복판에 머무르고 있다.

# 히브리어

쉐바역에서 에루살렘행 버스에 올랐다. 아이 옆좌석에 앉았다. 처음부터 아이는 내가 옆에 앉는 것도 모른 채, 히브리어 공부에 몰입하고 있다. 공부하는 모습이 극도로 진지하다. 내가 옆에서 지켜봐도 어지러울 만큼 높은 도수의 안경을 벗고 이따금씩 눈을 비볐다.

눈은 책이 뚫릴 듯 향하고, 중얼거리며 공부를 잘근잘근 씹어 먹는 아이다. 눈이 아픈지 중얼거리며 몰입하다 다음 장을 넘긴다. 아이가 책을 잘못 들었나 하는 순간, 숫자는 바르다. 개미가 기어가며 길게 꼬리를 문 히브리어다. 어른이나 아이나 손에 휴대폰을 들고 고개는 종일 땅만 보는 내 주변 모습에 익숙했다가 무심하게 공부만 하는 아이가 내심 부럽다.

내가 옆자리에서 제 모습을 찍거나 말거나 표정 한 번 바꾸지 않는 아이, 내가 내릴 때까지 책에서 눈을 떼지 않는다. 차를 타도, 길을 걸어도 휴대폰을 보는 사람들과 몇 번을 부딪치고야 마는 생활 경험에 익숙한 당연함이, 그래도 한 번은 아이가 나를 보아주길 바랐던 기대감이 머쓱해진다.

지금껏 사막만을 보고 온 터라 에루살렘으로 가는 버스에 올라 녹색 빛을 보니 배 속에 포만감이 든다. 달라도 많이 다른 풍경. 며칠을 사막 속에서 헤매다 나오니 사막도 함께 버스에 오른다.

이스라엘에서는 마음을 닦고 닦아야 하나보다. 조금 긴 시간이다 싶으면 경전을 손에 들고 생각을 가둔다. 젊은이도, 나이든 이도 경계가 없다. 믿음이란 고개 숙이고 버스 좌석에 얼굴을 묻고 기도하는 것인가 보다. 커다란 히브리어 경전을 팔에 끼고 앉은 저 피 끓는 젊은이는 어디까지 믿음이 닿아 저 자세를 아직도 풀지 않는지.

그의 끓는 피의 온도는 몇 도나 될까?

버스카드를 샀다. 며칠은 더 이스라엘 사람처럼 살아보는 것 그 첫걸음은 교통카드다. 택시 이동을 자주 하다 보면 많은 지출목록이 교통비이다. 교통비로 여행 비용이 마구 새나간다.


## 팔레스타인 베들레헴(Bethlehem)


예루살렘에서 남쪽으로 7㎞ 지점에 위치한 베들레헴으로 가는 길은 험난하다. 예수 탄생지로 예루살렘, 나사렛과 더불어 기독교 성지이다.

지금까지는 안식일이 겹쳐 속도감이 붙지 않았다. 미츠페라몬에서 베들레헴으로 들어오는 길은 이스라엘과 팔레스타 인간의 장벽을 지나야 했다.

버스로 이동해 베들레헴에 도착해야 했으나 나는 겉면만을 돌다 끝내 포기하고 버스에서 내려 택시로 접근한다.

기사는 우리를 어느 작은 문 앞에 내려준다. 칠흑같은 어둠으로 사방 분간이 어렵다. 몇 발짝 걷다 두려워 발길을 돌렸다. 마침, 현지인들이 지나가다 따라오라는 신호를 보내 그들과 함께 밤이라 모르는 상태에서 문을 넘었다.

뭔지도 모르고 들어간 곳이 현지인들만이 드나드는 분리 장벽 쪽문이었다. 주위 분간이 어려운 곳에 택시기사는 "들어가면 된다." 말만 남기고 가 버렸다.

저쪽과 이쪽, 벽 하나 사이에 분위기가 확 바뀐다. 문 하나를 나왔을 뿐인데 달라도 너무 다른 환경. 벌떼처럼 달려드는 택시 기사들의 호객행위에 나는 혼을 뺏다.

비가 쏟아진다. 택시기사들이 우르르 몰려와 자기 택시를 타라며 재촉한다. 나는 그들을 빠져나와 멀찍이 떨어진 택시 한 대를 보았고, 그곳으로 간다.

밤이 아니었다면 베들레헴 체크 포인트에서 여권 검사를 받고 분리 장벽 안으로 들어가야 했다. 그러나 밤이었고 현지 사정을 전혀 모르는 우리를 현지인만 넘나드는 비밀 문에 기사는 내려주었다. 기사는 손님을 기다리고 있었다. "베들레헴은 30분이면 돌아볼 수 있는 곳"이라는 말을 남기고 출발했다.

택시 한 대가 내 앞에 섰다. 30세겔, 숙소로 출발한다. 기사는 내가 암만 숙소로 가자, 했는데 그는 아—멘으로 듣고 근처를 자꾸 헤매다 겨우 호텔을 찾는다. 그때야 나는 그가 헤맨 이유를 알았다.

요르단과의 전쟁에서 승리한 이스라엘이 팔레스타인 지역을 차지했다. 그리고 이 지역을 팔레스타인에게 넘겨주었으나 양 지역 분쟁이 끊이지 않는 곳이다. 어둠이 아닌 낮이었다면 결코, 이런 일은 없었다.

## 현장검증

어젯밤 두려움에 떨던 베들레헴에 비가 억수로 내린다. 비는 오후까지도 계속이다. 나는 그 삭막한 네게브 사막 중심 미츠페라몬을 다녀온 후라 내리는 비가 무척 생소하다.

지독한 악몽의 분리 장벽으로 왔다. 그대로의 모습인데 묘한 기분은 왜인가. 사람과 사람 사이 분리는 정말 필요한 것인가. 장벽에는 많은 그림들이 그려져 있다. 그 뜻을 모두 알 수는 없지만, 자유와 평화를 염원하고 있는 절규의 그림들은 한눈에 알아보겠다.

교도소 담장보다도 더 높은 철옹성벽, 현지인들만이 드나드는 팔레스타인, 이스라엘 쪽문이다. 귀에 못이 박히도록 들었던 이스라엘과 팔레스타인 사이 잦은 분쟁 분위기는 내가 이스라엘 공항에 내리자마자 외교부에서 보내는 문자폭탄에서도 느껴진다. 가자 지구의 접근금지 안내 문구들이 마음의 불안과 공포로 안내한다.

택시로 현장을 무사히 빠져나갔던 기억이 새롭다. 그러나 확인해보니 밤이 불안을 조작했을 뿐이었다. 모든 교통수단은 돌아야만 갈 수 있는 먼 거리를 양쪽 현지인들이 이용하는 분리장벽의 지름길 쪽문이라는 사실을 알았다. 그 밤의 마음 동요만 없었다면 가자 지구도 내 이웃과 다름없는 순박한 사람들이 살고 있는 소박한 도시였다.

# 분리장벽과 그라피티(GRAFFITI)

예술이지만 대접을 받지 못하는 예술이 있다면 '그라피티'가 아닐까? 내가 세계를 여행하면서 무수히 보아온 것이 그라피티다.

언뜻 보면 낙서로 오해받지만 자세히 관심을 갖고 보면 오히려 미술관에서 만나는 그림보다 쉽게 다가오는 감동을 받는 경우가 종종 있다.

딸깍딸깍, 치이익 스프레이 냄새로 주변을 채우고 눈치껏 재빨리 끄적거리듯 그리는 그림, 지저분한 벽들이 글씨와 모형들로 채워져 산뜻함을 준다.

그림들을 자세히 들여다보면 그 안에 메시지를 듬뿍 담고 있다. 'POWER OF CULTURE(문화의 힘)', 'PEACE(평화)', 'LEGACY(유산)'. 알록달록한 위장색 무늬들로 의미심장한 힘이 전달돼 곱으로 쏙쏙 다가와 나는 이런 그림들을 좋아한다.

딱히, 그림을 보면 어떠한 법칙도, 방식도 없는 그저 그리는 이의 심상을 따라, 하고 싶은 말이 들어 있는 그림들임을 단번에 알 수 있다.

도시 응달 벽을 캔버스 삼고, 창고, 폐공장, 폐건물, 굴다리 등 결코 밝지 않은 그림자 내린 곳만을 찾아가는 예술이 '그라피티'다.

낙서로만 취급받아 불법에 쫓기고 예술의 사이에서 줄타기하는 아웃사이더들. 의미심장한 이름과 고양이 눈부터 그림으로 보이는 글씨들, 좋아하는 위인이나 사회적 불만의 메시지와 저항을 알린다. 스프레이를 뿌리고 종적을 감추는 그림, 그들을 부정적 하위문화라 말해도 나는 그걸 믿지 않는다.

그라피티는 대중들이 접하는 곳에서 살아 숨쉰다. 쇠락한 골목에서 끌려 나오는 활기는 낡은 벽에서도 춤을 추곤 한다.

무릇, 예술가는 개성이 있어야 한다고 하지만, 언제나 그 개성은 눈 밖에서 살았던 거 같다. 덮고, 덮이며 불안한 외줄을 타는 거리의 예술가들.

그들의 그라피티는 브라질 할렘가에서, 남아프리카 공화국 빈민가에서, 과테말라 전통시장골목에서 내게 짠하게 마음 울려왔던 그림들이다.


## 팔레스타인(Palestine)

외부 세계로 드러나는 것과, 안팎에서 보고 느끼는 친절한 미소는 달랐다. 순박한 사람들을 만날 수 있는 곳도 팔레스타인 지역이다. 걸핏하면 들려오는 중동 분쟁을 뉴스나 신문지면을 통해 접했다. 그렇게 아는 것이 전부였다.

지금도 이스라엘과 팔레스타인 간의 분쟁은 이어지고 있다. 현지에서 느낄 수 있는 분위기다, 양편의 긴장된 분위기는 물론, 사람들 사이에서도 느낄 수 있다.

평온하고 활기찬 분위기의 가자 스트립(Gaza Strip) 시내에서 과격한 이미지는 찾을 수 없으며, 온통 순수한 사람들 모습만 내 눈에 비쳤다.

엄연한 가자 지구의 주인은 이집트인이었다는 사실이고 아랍인들이 전쟁으로 흩어져 난민이 되어 마치 의붓살이 하듯 가자 지구에 팔레스타인 사람들이 살고 있다.

전통적 모습을 볼 수 있는 구시가와 고층빌딩이 들어선 신시가는 여타 도시와 차이점은 없다. 우려했던 만큼 여행 제약도 없다.

불안을 잔뜩 안고 팔레스타인 가자 스트립으로 들어간 것은 우연이었고, 의도치 않게 현지인들만이 드나든다는 장벽 문((쪽문)을 밤이라서 넘었다. 그것이 장벽인 줄 알았다면 나는 지레 겁으로 몇십 ㎞라도 택시로 돌아 돌아서 왔을 것이다.

팔레스타인으로 들어가는 관문 검문소 외에는 모두 장벽으로 둘러쳐진 거대 수용소 같은 느낌에 장벽 지역을 가는 것은 마음도, 가는 방법도 불안 그 자체다.

분리 장벽에 자유를 열망하며 그린 그림들은 한 점 한 점 소홀히 넘길 수 없는 깊은 울림의 메시지들을 담고 있다. 분리 장벽, 그 높은 장벽은 거리와 높이로 나누는 것이 아닌 두 지역의 마음벽이었다.

## 예수 탄생교회(Church of Nativity)

팔레스타인서안 지구(West bank)의 베들레헴 예수 탄생교회는 몇 번의 보수를 거쳐 지금의 형태를 갖췄다. 기독교인이라면 꼭 들러야 하는 순례지이다. 교회로 들어가려면 누구라도 몸을 낮춰야 한다. 1m 20㎝의 낮은 겸손의 문은 약탈자들이 말을 타고 침입하는 것을 방지하는 목적이었다.

좁은 문을 통해 안으로 들어갔다. 11개의 돌기둥이 보이고 바닥의 대리석 모자이크가 드러난다. 초기 교회의 흔적이다. 보수 중인 교회는 사람들로 북적인다.

예수 탄생지 굴은 허름하다. 다만, 예수탄생교회의 가장 화려한 것은 아름다운 스테인드글라스의 성화만이 투명한 빛 반사로 화려하게 실내를 밝혀준다.

정교회 소속의 제단과 십자가와 예수상 아래로 동굴이 있어 따라내려가 본다. 신약성서의 마리아와 요셉이 마구간에서 예수를 낳은 예수 탄생 자리와 만났다. 예수가 태어난 자리에는 다윗의 별이 번쩍이는 은박으로 빛나고 있다. 사람들은 몸을 낮추어 은별에 입맞춘다.

라헬의 무덤과 예수구유동굴 교회들을 관람한다. 예루살렘과 베들레헴의 검문소 옆에 위치해 있어 찾기 쉬웠다. 배고파 우는 예수에게 젖을 주다가 흘린 한 방울의 젖이 우유 빛으로 바뀌어 바위를 물들였다는 교회 입구에는 아기예수에게 젖을 물리는 마리아 상이 있어 상징적 뜻 깊은 성지이다.

많은 여인들이 풍족한 모유 수유를 기원하는 간절함에 바위 곳곳에는 젖을 먹이고 있는 마리아 상이 있다. 간절함을 담는 마음은 신앙도, 토속과 같은 맥락일 것이다.

# 요새 마사다(Massada)

예매창구 앞에서 마사다행 교통편을 문의하니 창구직원은 "크로스"라고 말한다. 믿을 수 없어 사해로 바꾸어 물으니 사해는 버스운행이다.

여행하다 보면 직감이란 게 있다. '사해' '마사다'는 같은 방향이다. 개찰구에 사람들이 모여 있어 나도 대열에 합류한다. 마사다행 운행을 인터넷을 통해 현지인들은 알고 있었다. 창구 직원은 이를 몰랐는지, 이른 새벽이라 틀린 안내를 내게 해줬다.

창구직원을 믿고 그대로 포기했다면 또, 발이 묶일 수 있었던 하루다. 이래서 배낭여행은 누구도 정확한 안내를 보장해주지 않는다. 그저, 발로 뛰고, 묻고, 확인하는 것만이 놓칠 수 있는 타지의 서툰 안내를 뛰어넘을 수 있다. 포기하지 않고 의심해 알아본 것이 마사다행 버스에 오르는 계기다.

이스라엘에서 네게브 사막을 지나며 에일랏으로 내려가는 길. 북 사해와 남 사해 중간쯤 오른쪽으로 펼쳐지는 고원에서 '마사다'가 신비하게 나타난다.

유대 광야 바다에서 밀려나와 어느 분지에 정착해 있는 섬처럼 보인다. 멸시받고 핍박으로 얼룩진 광야의 눈물처럼 떨어져 나온 분지 섬은 끝도 없이 평원 위에 외롭게 멈춰 있다.

로마군에게 쫓기고 쫓기다 유대인들이 게릴라전으로 버티던 마지막 요새이다. 유대 땅 마지막 보루인 '마사다'를 지키기 위해 천여 명의 어른은 물론 967명의 인원이 삼 년이나 집단 거주했다.

마사다

난공불락 요새를 로마병사들이 토담을 쌓으며 접근해오자 유대인의 저항군 지도자 밴 야이르는 "로마군에 붙잡혀 온갖 치욕을 당하느니 차라리 오늘밤 자유인으로 죽자"라는 마지막 연설을 하고 자신들 가족을 직접 살해하는 참극을 일으킨 요새다.

요세푸스의 『유대전쟁사』를 보면 저항군들은 가족을 모두 죽인 후 10명의 남자를 선출하여 그들이 나머지 사람들을 죽이고 다시 한 명을 뽑아 나머지를 죽인 뒤, 자신은 스스로 자결하며 최후를 맞았는데 당시 5명의 어린이와 2명의 노파가 살아남아 이 비극을 전했다고 전해온다.

마음 같아서는 편도만이라도 걷고 싶었지만, 사해를 방문해야 하는 시간이 촉박해 광야에 뱀처럼 구불거리는 길을 케이블카로 삼 분 만에 올랐다. 소금기를 가득 담은 사해의 바람은 우뚝 솟은 마사다 성벽을 감싼다. '마사다'는 산 정상에 테이블 모양의 성체를 가진 철옹성이다.

페루의 마추픽추가 산비탈을 이용해 도시를 형성했다면 '마사다'는 평편한 운동장처럼 드넓은 요새가 인상적이다. 마사다는 세계에서 유일한 죽음의 바다 사해를 동쪽으로 끼고 있다. 북서쪽은 미국의 그랜드캐니언 같은 협곡이 굽이치며 사막으로 끝이 보이지 않는다. 수직 절벽은 완벽하게 적으로부터 보호될 수 있는 천혜의 요새다.

탁 트인 시야로 협곡이 굽이쳐 흘렀을 흔적과 유장함이 성에 서보니 더 새롭다. 오른편으로 눈부시게 푸른 사해가 근간에 있다.

궁전을 둘러보고 나면 마사다를 본격적으로 보게 된다. 눈길을 잡는 군데군데 커다란 25개의 물 저장고. '마사다'에는 물이 한 방울도 나지 않는다. 어떻게 이들이 수 년 동안 이곳에서 살았는지 알 수 있는 유대인의 지혜를 엿본다. 세월에 다듬어진 돌덩이 하나에도 지혜가 빛난다.

지나가는 바람에 이들의 영원한 자유가 느껴진다. 비록 이곳은 앙상한 폐허로 변했지만, 조각에 새겨진 천여 명 이름은 사해가 마르지 않는 한 영원하게 빛날 것이다.

예루살렘이 함락된 후에도 로마에 대항했던 유대인들의 본거지 마사다 요새. 자결로 끝을 맺은 피 묻은 현장이다. 지금도 신병 훈련을 마친, 이스라엘 군대 혹은 어린이들이 이곳에 올라 조국 방위 서약의식을 치른다니 이스라엘 군인들을 이해하는 폭이 훨씬 깊어진다.

마지막 사람이 모든 성곽과 건물에 불을 지르고 자결하며 '마사다'는 역사의 뒤안으로 묻혔다.

이천여 년이 지난 오늘, '마사다'에 방벽과 방어탑, 불탔던 식량 창고, 물 저장고, 무기고, 대중목욕탕 그리고 수영장이 구비된 별장 등 유적 흔적을 돌아보며 가슴 뭉클한 시간을 보낸다. 헤롯왕의 궁전, 곡식 창고, 믿기지 않을 만큼 잘 보존된 빗물배수로와 비둘기 사육장까지. 비둘기는 당시 사람들의 단백질 영양을 책임지는 조류였다는 사실이 새로운 발견이다.

## 사해(Dead Sea)

마사다 국립공원에서 출발해 사해를 옆에 끼고 버스가 달리는 동안, 하얀 소금 알갱이들이 호숫가에 쌓여 있는 정경을 본다. 예상한 시간보

사해

다 일찍 사해에 도착했다. 사해는 이스라엘과 요르단에서도 찾을 수 있다. 두 나라 국경에 위치한 지구상에서 가장 낮은 바다로 수면의 높이가 지구 평면보다 400m 낮다. 엄밀히 말하면 바다가 아니라 호수다. '사해' 하면 떠올리는 그림이 있다. 물 위에 온몸을 맡기고 신문이나 책을 보는 장면을 많이 접했다.

가장자리는 하얀 염분에 덮여 내가 이스라엘을 북에서 남까지 오가는 동안, 다섯 번을 마주했다. 겨울에도 한낮에는 호수 곳곳에 사람들이 떠 있다. 나도 사해에 몸을 담그는 순간, 발바닥에 닿는 예리한 소금 돌기들이 밟히는 통증으로 곤혹을 치른다. 제대로 된 준비를 하지 않은 채, 바다로 들어가다 발바닥을 돌기와 부딪쳤다. 아프지만 아무 일 없는 듯 염수 속으로 들어갔다.

내 육중한 몸이 물위에 둥둥 뜬다. 물속에 몸을 맡기고 살며시 사지를 올리니 믿기지 않는 일이 일어난다. 해 보니 재미있어 자꾸 바다에 몸을 맡긴다.

사해는 일반 바다보다 소금기가 10배 짜다. 깊은 곳은 더 짜서 익사 사고는 없어도 입에 들어가면 그대로 병원신세를 져야 할 만큼 치명적이다. 사해머드는 류마티스 관절염에 특효로 정평이 나있다.

약간의 찬기를 견딘다. 여름의 사해 해변은 몹시 붐비고 물빛이 비취색이다. 지형적으로 독특한 자연 경관을 보는 재미도 많다. 고온과 건조한 기후로 사해만의 특이한 지형형태를 보인다. 일 년 강수량이 겨우 100㎜에 그칠 만큼 건조한 지형에 파란 호수가 있다는 것이 비현실적이다.

바다에 잠시 지체했나 싶은데 2시간을 호수에서 놀았다. 예루살렘으로 가서 요르단 가는 버스를 타야 한다. 다섯 시 반, 시간은 마구 흐른다. 금요일 안식일에 대비하지 못한 결과다.

이스라엘 여행은 참으로 힘들다. 일주일에 금, 토가 안식일에 든다. 시내와 모든 공공장소는 세 시만 되면 거의 전멸하다시피 거리와 상가는 문을 닫는다.

마사다와 사해를 방문하고 시내로 왔을 때, 상점들은 전부 문을 닫았다. 시내는 자가운전자와 택시만이 운행되고 있다. 택시는 부르는 게 값이다. 어제 묵었던 호텔도 배로 값이 뛰었다. 배를 지불할 수 없어 배낭을 찾아 다른 호텔로 옮긴다.

문제는 종일 제대로 먹지 못했다. 음식점들이 문을 닫아 어디서 저녁 먹을 사정도 되지 못해 숙소 주인에게 부탁한다. "배고파 죽을 것 같다. 먹을 것 좀 줄 수 있느냐?" 주인은 사정을 이해한 듯 맛있는 빵과 야채를 준다.

내 굶주림이 그에게 닿았다. 한 차례 받았는데도 쟁반에 다섯 가지 여유음식을 준다. 생선이다. 안식일이 겹쳐 호텔 비용은 높아졌어도 빵과 계란을 정성으로 내일 아침 음식까지 챙겨주니 만족은 덤이다.

천장이 궁전 같은 호스텔 한 채를 둘이서 공유하니 마치 내 집인 것 같다. 안식일을 두 번이나 보내는 통에 사 일은 손 쓸 수 없이 낭비한 느낌이다.

영적인 땅, 긴장감과 갈등이 끊이지 않는 현실, 중동의 많은 나라들로부터 왕따를 당해도 단 한 번도 동토를 빼앗기지 않은 근성의 땅.

다만, 안식일에 대비해야하는 것이 조금 불편하다. 금 오후부터 토요일까지다. 모든 활동을 중단한다. 교통마비 상태다. 안식일이 되면 사람들은 집에서 기도로 소일해 시내는 한산하다.

사해, 골란 고원, 엔게디 국립공원, 네게브 사막, 홍해, 에일랏은 자연 그대로의 민낯을 보는 재미도 흥분 자체다. 속살을 들여다보는 대서사의 자연을 마주할 수 있다.

대자연 앞에서 제각각 표현 미사어구는 많다. 근사하고 특별한 표현이 필요하지만, 나는 말문이 자주 막힌다. 황야라고, 메마른 지면이라고, 어떻게 저 거대한 바위가 사막에 존재했을까 물을 때가 자주 있다. 버섯모양 같기도 한 거대한 바위산을. 신이 가지고 놀다 버린 것 같은 맨질 맨질한 바위들은 이 세상의 것이 아니다. 군데군데 떨어져 있는 사막의 미운 군중처럼 떨어져 나온 바위들이 유배지 같다.

메마름을 잊도록 사막을 지키는 군대마다 커다란 짐승이 되어 있기도 했다. 불쑥불쑥 그들이 나타날 때면 내 동공은 팽팽하게 확장되었다.


## 국경

두 나라 간의 호칭이 다르다. 이스라엘에서는 알렌비 브리지(AllEn Brlige)라 부르고, 요르단에서는 후세인 킹 보더(King Husseing Border)로 국경을 호칭한다. 국경 다마스쿠스로 가려는데 안식일로 전철마저 운행하지 않는다. 우왕좌왕하는 우리 앞에 택시가 섰다.

가격 절충을 끝내고 국경으로 출발한다. 기사는 호탕한 성격이다. 흔히 우리들은 팔레스타인이라고 발음하지만 현지인들은 '팔레스티나'라는 칭호를 쓴다고 말해준다.

택시를 타고 가는 길에 장벽들이 계속된다. 장벽으로 나뉜 양편을 팔레스타인과 이스라엘인들이 정답게 살고 있다. 대로를 기준으로 두 지역으로 나뉜 곳을 지날 때마다 기사는 자가용 구분하는 법을 알려준다. 하얀 바탕 번호판은 '팔레스티나' 차량이며, 이스라엘 차는 노란 바탕의 번호판이라 말해준다. 그 말을 듣고 나는 주위로 차 번호판을 찾아 구별하느라 눈길이 바쁘다.

예루살렘 시내를 벗어나 외곽으로 나가는 길에는 광야나 사막에서 생활하는 아랍계 베두인의 거처가 산 언덕에서 자주 눈에 띈다. 그들의 생활상을 지켜보다 사해로 접어든다.

아스라이 요르단의 산과 마을들이 눈에 선명하게 들어온다. 이제는 떠나는구나. 이 길을 가기 위해 안식일, 교통 아웃으로 70불을 지불했다 (80,500원).

출국장으로 들어가 출국세를 내고, 요르단 입국장으로 가는 버스를 탔다. 무임으로 입국장까지 가나 싶었지만 웬걸, 입국장에 도착해 또 10달러를 낸다. 긴 시간을 기다려 여권을 받은 뒤, 나는 요르단 입국장을 나왔다. 입국은 간편했다.

요르단 패스, 요르단 입국을 위해 떠나오기 세 달 전에 구입했다. 패스가 있으니 요르단 입국은 간단하다. '나는 당신의 나라를 오려고 이미 많은 비용을 지불했소.' 하는 약속이나 다름없는 일종의 증명서다.

입국장을 나오니 길이 막막하다. 버스기사가 택시 타는 곳을 자세히 안내해주었다. 비싼 출국세를 내고 요르단 땅을 밟으니 느낌이 확 다르다.

전통복장에서 풍기는 생소함인지 아랍어인 깨알 같은 글들이 보인다. 이스라엘보다 아주 착한 물가와 교통비가 몸에 닿았다. 현지인이 전해 준 말처럼 한 사람당 50데나르, 합승택시로 암만에 들어왔다. 국경에서 암만까지 45㎞를 둘이서 10디나르를 지불한다.

요르단에 도착해 여성들 옷차림 변화를 본다. 전통적인 아랍인 복장이다. 더 중동다운 진면을 본다.

# 요르단

# 암만

아직까지는 요르단은 우리에게 낯선 여행지인지 모른다. 세계 7대 불가사의 건축물 중 하나인 페트라는 알아도 그곳이 요르단에 속해 있는지는 관심두지 않으면 헷갈릴 수 있다.

어느 여행지와는 느낌부터 다르고, 시작부터 거친 여행지이다. 붉은 사막의 바위산, 사막에서 유목생활이 익숙해 있는 베두인들이, 아라비아의 로렌스가 낙타를 타고 달리던 무대가 있고, 상상 못 할 기암절벽에 고대왕국 도시를 돌아보는 '페트라'. 기대감에 부풀어 있다.

요르단은 중동 지역 국가들에 비해 석유도, 자원도, 결코 풍부하지 않은 나라이다. 물질적 풍요는 정신적 가치를 결코 뛰어넘을 수 없다는 것을 요르단에서는 알게 된다.

거친 자연 앞에서도 사람들 얼굴을 밝게 해주는 비법이 있어 거대한 붉은 사암과 모래사막으로 발길이 끊이질 않는 요르단만의 강점이 있다.

도시 한복판에 있는 로마원형극장인 로만 엠피시어터(Amphitheater) 유적을 돌아본다. 베두인의 생활이 궁금해 원형극장 왼편에 있는 민속 박물관(Folkdore Museun)에 들렀다. 그들의 전통의상과 보석, 장식품, 모자이크 벽화가 전시되어 있다.

인간의 생활이란 우주 공통으로 다 비슷하다. 고대 사람들 생활상도 인상적인 물레, 맷돌, 자개가 박힌 장롱이 눈길을 끌었다. 현재 암만 시내에 남아있는 유적들은 대부분 로마시대의 건물들이다. 폐허로 남은 유적들도 그 규모가 방대하다. 수도가 될 때까지 암만은 한 촌락을 유지했다. 번화함보다 소박함이 묻어나는 도시다.

빌딩들이 들어선 암만 중심가를 걷다 보면 중앙우체국 근방으로 여행사, 은행, 레스토랑이 밀집된 거리다. 누구나 접근이 자유로운 시내 유적은 내국인은 물론, 여행자에게는 축복이다. 중심가에서 멀지 않은 위치에 로마목욕탕&로마원주(Roman Baths& Rome Columns)가 있어 접근이 쉬웠다.

원형극장은 고대 필라델피아 유적 중 보존된 건축물로 거의 완벽하게 남아 있어서 자꾸만 눈을 의심하며 바라보게 된다. 6,000명을 수용할 수 있는 극장이 그대로 남아 있다니 놀랍다. 극장은 지금도 휴식공간으로 이용되고 있다.

요르단 대표적 여행은 페트라, 와디 럼, 암만, 제라시, 느보산, 케락, 마다바, 사해, 아카바 외에도 자연보호구역이 많다. 만일 허락되는 삶이라면 몇 달은 살아도 되겠다.

## 제라시(Jerash)

암만에서 제라시까지는 버스가 자주 운행된다. 요르단도 금요일과 토요일이 휴업이다. 여행 일정에 특히 신경 써야 했다. 시내 북부 터미널에 내려 두어 발짝 옮길 때, 반기는 사내가 있었다. "제라시, 제라시" 두 사람이 4디나르, 가격은 대중교통의 두 배지만 택시는 지름길을 이용하므로 시간이 단축된다. 46㎞ 거리에 6,400원 정도다. 나는 그를 따라간다. 두 사람이 더 택시에 앉아 있다. 이내, 출발한 기사는 가속도를 붙인다.

열주대로 광장

덜컥 겁이 났다.

46㎞를 달려 제라시 유적 앞에 내렸다. 중동의 '폼페이'라 불리는 이 유적지는 폐허에 묻히고 허물어져 언제 복구될지 모를 시간을 담대하게 버티고 있다. 유적지로 들어서니 개선문을 닮은 하드리안 황제의 정문(Hadrian's Arch)이 반긴다. 개선문 입구에서 마차를 탄 병사가 경기장으로 내달릴 만큼 넓은 운동장을 한참을 걷는다.

위용으로 기둥을 받치고 있는 제우스 신전(Temple of Zeus)과 길게 늘어선 열주로 광장에 유적을 마주할 때는 감탄으로 헛바람이 자꾸만 샌다.

님페움(Nymphaeum)은 AD 191년에 세운 것으로 사자머리를 화려하게 장식한 3층 높이에 2단으로 된 돌 분수탑이다. 그리스 신화에 나오는 춤과 노래와 물의 요정 님프에게 바쳐진 신전이다.

아르테미스 신전(Temple of Artemis)은 제라시의 수호신인 아르테미스 여신에게 바쳐진 장대한 신전으로 제우스의 딸이며 아폴로 여동생으로 사냥과 풍요의 여신으로 제라시 유적 중 가장 높은 곳에 세워져 보는 내내 위용을 뽐낸다.

아르테미스 신전이 제라시 유적 중 '불가사의'로 꼽히는 이유를 나는 이곳에 와서야 알게 된다. 남쪽 극장과 북쪽 극장, 두 개의 목욕탕, 이름을 다 알 수 없는 많은 신전들이 거대한 운동장만 한 면적에 흩어져 있어 눈으로도 유적군을 다 담지 못하겠다. 지진으로 유적이 파손되어 잊고 지내다 1806년 재발견 될 때까지 수 세기 방치되어 오늘에 이르렀다.

지친 채 800m 정도를 걷다 고대도시 규모로 이오니아 양식의 석주에 도착해 압도당하는 느낌을 받는다. 어떤 석주들은 세월이 비껴갔는지 문양만이 닳았을 뿐, 당시의 족적을 더듬기 충분한 상태로 남아있다. 이십만 평이나 되는 유적을 다 돌아보지 못하겠다.

비록 허물어져 흔적만 남아있어도 돌이나 석주 문양들은 하나같이 예술적 가치를 가득 품고, 눅눅한 습기를 머금은 채 사방으로 흩어져 있다. 돌 하나를 들어본다. 유적 어느 부분인지 모를 문양이 내 어릴 때 방앗간에서 하얀 절편에 찍어낸 문양 같아 한참을 손에 쥐었다가 내려놓는다.

매년 7월이면 유적에서 두 주간 페스티벌이 열린다. 한때는 기독교인들이 제라시 유적을 차지한 시기여서 14개나 되는 교회가 남아 있다.

바람이 유적기둥을 치는 소리가 승냥이 울음처럼 들린다. 방대한 유적을 돌다 스스로 지쳐 먼 곳 아스라한 어귀는 끝내 포기하고 만다. 허물어진 유적을 돌다가 지쳐버렸다. 쌀쌀한 날씨에다 오후 들어 하늘빛이 흐려진다. 막 유적지를 나오는데 빗발이 떨어진다.

나오는 길, 잡화점주인이 나를 잡는다. 손가락만 한 호리병에 낙타 그림을 모래로 채워놓았다. 신기해 서성이니 16달러를 부른다. 병 속에 넣은 사막의 모래다. '샌드바틀(Sand Bottle)'이다.

암만으로 가야 하는데 엄청난 소나기가 내린다. 우산을 쓰고도 감당할 수 없는 비다. 소나기를 피하러 들어간 상점에서 케피야(Keffiyeh) 두건을 써보다 충동에 덜컥 사버렸다.

# 다시, 사해

요르단에서 이스라엘을 바라보며 그날과 다름없이 아카바로 가는 길, 사해를 또 지난다.

내가 이스라엘에 머물 때, 사해와 팀나 공원, 미츠페라몬 국립공원을 오가며 몇 번이나 보았던 길을 반대편에서 보고 있다. 거대한 공룡이 누워 있다가 그대로 화석이 된 형태의 산들도 지난다. 때로는 큰 하마들이 물속에 등을 보이는 듯 반들거리는 회색 동산 모습도 보인다.

바로 뻗은 길이 이스라엘 풍경이라면 요르단은 분지를 이룬 형태다. 이스라엘이 황량한 사막이라면 요르단 지형은 흙과 모래, 그리고 거만한 바위가 굴러 떨어진 엄청난 양의 돌들을 산에 뿌려놓은 것 같다.

가끔 유목민 베두인들이 큰 천막을 치고 양과 가축을 방목하는 모습이 거친 산을 부드럽게 만지고 있다. 4시가 되는 오후 거대한 암반들만 흩어진 산을 보다가 시시때때로 암벽의 빛이 다름을 발견할 수 있다.

아직은 산 중턱을 가리지 않은 낮빛이 바위의 색을 장밋빛으로 물들이고 있다. 그 아래로는 살빛 암반들이 큰 봉을 보며 조아리고 있는 풍경이다.

그 살벌함과는 동떨어진 녹색 채소들이 믿기지 않게 자라고 있다. 거대한 암벽 아래는 또, 작은 암반들이 몸을 낮추고 층층을 이룬다. 식물들이 자라고 있어 비현실처럼 머릿속을 시원하게 뚫어 준다.

# 케락 가는 길

암만 해도 그렇지, 풀 한 포기 안 나오는가? 암만 가도 그렇지, 황량한 벌판뿐이네.

아침내 비가 오더니 터미널에서 케락으로 떠날 때는 하늘이 깨질 만큼 화창하다. 하늘에 떠 있는 구름은 떼어낼 것 같이 가까운 거리에 있고, 피폐한 사막은 간격을 좁히며 사람을 잇는다.

암만에서 130㎞ 달려온 케락, 지렁이가 기어간 자리. 조개가 모래 위를 지나간 글자들. 한 자를 모르는 어둠 속에서도 밥은 먹고 산다. 여행의 기쁨이다.


## 케락성(Kerak Castle)

모스크에서 읊조리는 주술 소리에 잠이 깼다. 새벽 4시 40분이다. 이 시간이 되면 일제히 확성기에서 들리는 기도소리가 아카바 시내 전체를 깨운다. 그저 누구에게는 소음일 뿐이요, 곤한 잠을 깨우는 원인 같아 불편하다면 그건 듣는 이의 착각일 것이다.

인구 7만 명 요르단 남부에 위치한 케락 도시는 대부분 기독교인들로 해발 1,000m에 위치한 언덕에 고대 십자군 성이 있다. 긴 석조로 된 길고 둥근 방들이 있어 성의 정상으로 오르면 사해와 왕의 대로를 비롯해

멋진 풍경들을 한눈에 조망할 수 있다.

성은 묘하게도 유럽풍과 아랍식이 어우러져 그 어디에서도 보지 못한 특색을 찾아보는 재미가 쏠쏠하다. 케락성(Kerak Castle)에서 곧장 가려던 페트라, 예측이 빗나가 다시 아카바로 가서 페트라로 가야 한다.

요르단 길은 모두 직선으로 통한다. 거대한 암반들이 구불거림을 허락하지 않는다. 그 방대한 암벽 사이로 곧장 길을 뚫으면 지름길이 되겠지만 끝이 보이지 않는 사막 벌판의 길은 모두 아카바로 연결된다.

그곳에서 다시 페트라로 가야 하는 사고를 냈다. 요르단을 여행하다 보면 왕의 대로(King's Highway)와 사막 대로(Desert Highway)를 자주 이용한다.

시간 제약이 있는 여행자는 시원하게 달리는 사막 대로를 이용하지만 나는 성경에도 언급되어 있는 길, 왕의 대로를 이용하며 그 운치를 마음껏 느껴보고 싶었다. 경사지고 또 구불구불한 길을 돌아 마다바, 케락, 소박, 타필레, 그리고 페트라로 이어지는 요르단의 심장을 담은 길이다.

페트라와 와디 럼(Wadi Rum) 사막 투어 후, 아카바에서 배를 타는 게 획이었다. 여행은 늘 변수다. 아무리 계획이라는 틀을 다듬고 짜 맞추어도 사상누각이 되어버리는 경우가 많았다. 그나마, 붉은 사막이 있어 마음을 보듬어 준다.

# 모세의 샘 페트라

사암에 숨어 진주처럼 빛나는 영롱한 페트라는 태초부터 지금까지 사라지지 않는 발그레한 장밋빛이다. 탐험가가 아니었다면 결코 세상 밖으로 빛을 볼 수 없었을 페트라는 사람들이 몰려오는 광경을 사암 사원마다 문을 활짝 열고 바라보다가 얼굴을 붉게 물들인다.

우리 모두가 죽기 전에 한 번은 와봐야 할 곳으로 꿈꾸고, 세계 7대 불가사의 건축물로 꼽히는 페트라는 영국이 "셰익스피어를 인도와 바꾸지 않겠다."고 했듯이, 페트라도 요르단 사람들이 "중동에 산재한 석유를 다 준다 해도 바꿀 수 없다."고 자랑할 만한 국보 관광자원이다.

오대양 육대주 관광객이 물밀듯 들어오는 명품 관광지, 높이 200m가 넘는 위용을 떨치는 바위산과 협곡인 '시크(siq)' 지역을 지나 갑자기 마주친 페트라의 얼굴 '알카즈네'에서 말문을 닫았다.

6개의 원형 기둥을 쳐다보느라 고개를 뒤로 젖히고 기둥을 받쳐주는 헬레니즘 양식을 감상하느라 한참을 서서 움직이지 못한다. 알카즈네는 고대 도시 관문이다. 바위산에 숨어 있는 어마어마한 페트라를 다 돌아보는 것은 불가능이다. 내가 삼 일 동안 어디서부터 어디까지를 돌아보아야 후회 없을까? 그것만이 관건이다.

사방을 붉은 사암으로 병풍 쳤다. 바위산을 깎아 만든 고대도시는 규모와 그 정교함의 극치를 보여준다. 가만히 있어도 입이 자동으로 열린다.

고대에 멈춰진 '영원한 시간'이 그대로 묻혔다. 아직, 절반도 발굴되지 않았다는 페트라. 감히 그 규모를 짐작이나 할 수 있을까.

페트라는 입을 굳게 닫고 있다. 낮에만 보아서도 안 되고 칠흑 같은

알카즈네

어둠 속에 하늘의 별에게 안내받으며 보아야 한다니 그 낭만과 운치로 가슴이 뛴다.

찍다 지치고, 걷다 지치고, 보다 지치는 페트라가 아니고는 볼 수 없는 거대 자연 걸작품들, 페트라에서는 돌에도 꽃이 핀다. 일곱 빛깔이 바위에 피고 장미꽃도 피었다.

페트라에 왜 장밋빛이라는 수식이 붙었는지 바위를 잡고 억겁의 시간을 들여다본다. 바위틈 암반을 보면 무슨 말이라도 나올 것 같은데 입은 더 굳게 닫힌다.

나무의 나이는 안다고들 하는데 왜 바위의 나이는 모를까? 바위의 나이를 더듬다 가당치 않은 짓이라는 걸 깨닫는다. 숨이 턱턱 막히는 계단 바위를 오르자 눈에 다 넣을 수 없는 광경들이 발 아래로 펼쳐진다. 하늘만이 온전하게 볼 수 있는 지상의 놀라운 기적이다.

다리에 힘이 풀리고, 무릎 연골이 서걱거릴 때까지, 바위에 검은 옷이 입혀질 때까지 페트라에 머문다. 나귀와 낙타가 지나가고 모래는 낙타 발굽에 누웠다. 바위에 굴을 파내고 바위들이 굽어보는 곳에는 나바테안인의 흔적이 곳곳에 있다. 나귀도, 낙타도, 나도 눈망울에 피곤이 전 하루다. 페트라도 낮 동안 시끄러워 커이 커이 소리를 지른다.

하늘이 문을 닫을 시간, 페트라도 서서히 문을 닫는다. 불빛이 하나씩 알전구를 밝힐 무렵에야 서걱거리는 발길을 돌린다. 이미 사람들이 내 뒤로 한참을 보이지 않는다.

페트라는 2,000년 전부터 존재하며, 고뇌의 벼랑에서 청춘의 홍조처럼 붉히는 얼굴이다. 오직 베두인들만이 들어갈 수 있는 금지된 땅이었다. 이스라엘 민족을 이끈 아론은 여기서 숨을 거뒀다. 페트라에 있는 아인 무사 샘물이 그렇다. 비록 오를 수 없는 산으로 영원히 내가 닿지 못할 땅을 멀리서 조망만 해본다.

어럼풋이 하얗게 보이는 무덤이 아련하다. 천년 고도의 세월을 접할 수 있는 '페트라'에 있다는 것이 믿기지 않는다.


## 페트라에서

오전 열시, 페트라를 다시 찾았다. 어제 보았던 원형극장과 왕들의 무덤 일부를 다시 연결해 나간다. 사암을 깎아 돌계단을 만들어 놓아 발과 무릎에 고스란히 충격으로 더해진다. 페트라의 하이라이트 '알카즈네'를 쏙 빼닮은 수도원 북쪽 끝까지 가는 목표다.

사암과 암벽 사이를 올라 돌계단으로 한참을 오른다. 바위마다 핀 꽃과 사암들을 보느라 나는 한시도 바위에서 눈을 뗄 수 없다. 마치 천지 창조 그림을 끝도 없이 보는 것 같다. 끝없는 동굴과 무덤은 지금 사용한대도 손색이 없을 만큼 섬세하고 아름답다.

바위를 깎아 만든 왕들의 무덤은 당시의 건축술이 얼마나 견고했는지, 인간의 손길이 얼마나 위대한지, 무덤의 기하학적인 무늬들과 바위 한 조각도 헛되게 쓰지 않은 놀라운 기술을 발견한다. 시간 흐름이 만들어 놓은 동굴의 분위기, 자연적으로 생성된 화석들, 어느 것 하나 예술품 아닌 것이 없다.

바위 계단을 오르다 발길을 잡는 꽃 한 송이를 본다. 바위는 얼만큼 세월을 건디고 이 꽃을 피워냈을까? 돌처럼 제자리에서, 돌이 되어 건디고, 돌 같은 시간을 빠져나와 이르고 만 자리에 풀썩 주저앉아 깊은 계곡으로 떨어지는 사암의 어두운 면을 보고 있다.

돌계단에는 나바테아인들이 잡다한 물건들을 늘어놓고 팔고 있다. 나뭇가지 하나로 차를 끓이고 나무 한 가지로 빵을 구워 먹는 이들을 보며 계단을 오른다.

물컹한 살이 붙은 사람들을 등에 태워 계단을 오르고, 내려가느라 애꿎은 나귀와 말들 숨소리가 바위를 울린다. 페트라 안내소에서 받아온 책자에는 굵고 방대한 면적에 고루 흩어진 명소들이 15군데로 나와 있다. 어느 한 군데 책자에 나오지 않아도 명소 아닌 곳이 없다. 산 전체 바위가 서 있는 그 자체로 위대하다. 돌계단을 밟을 때마다 무릎이 시큰거린다. 무릎 한계는 여기까지만 허락하는 신호다. 이쯤에서 마무리하란 암시이다.

나오는 길도 분가루를 뒤집어 쓴 묘한 봉우리들이 신령하게 따라 붙는다. 저기, 봉우리에는 신들만이, 별들만이 아롱다롱 매달릴 것이다.


## 페트라 단상

보고 있어도 믿기지 않는 고대 과거들이 떠돌다 바위산을 열고 죽은 넋이라도 마중할지 모른다는 착각에 홀리듯 걷는다. 사암을 깎아 만든 해발 950m 바위산에서는 대체 무슨 일이 있었을까? 붉은빛의 겉면만 훑어보다 가파른 계단을 오른다.

한때, 부귀영화를 누렸던, 능통했던 무역들이 바위산에 숨 쉬고 터번을 두른 남자가 어딘가에 살고 있을 것 같다. 나바테아인의 보금자리, 고대도시를 더듬다 머리통이 바위틈에 부딪친다. 혼, 넋이 뒤섞인 옛 도시에서 당나귀 발굽소리가 온 바위산을 호령하며 쩌렁댄다.

무덤과 오벨리스크를 지나면 하늘이 작은 부분을 열어 보이며 협곡이 빠끔히 갈라진다. 바위에 걸린 조각상들을 보느라 자꾸 허리는 뒤로 젖혀진다. 손끝이 바위사막으로 들어온 암벽을 주물럭거려 만든 수로에 눈길이 꽂히고 협곡커튼을 젖히며 '알카즈네'가 나온다. 빛이 암벽에 개화한다. 가설과 전설만이 숨겨진 비밀을 안고 있는 속에서도 손으로 바위를 깎은 사실만은 '참'임을 본다.

망각에 묻혀 방치되다 살아난 암벽 바위산에 깊게 몸을 숨긴 어딘가에 더 깊은 죽음들이 숨어있는지 찾아본다.

알카즈네 거리를 지나니 파사드 거리다. 원형극장(Amphitheater)에서 바라본 왕가 무덤들이 즐비하다. 원형극장을 위주로 많은 잡상인이 나와 호객행위를 하고 있어 내 발길이 점점 느려진다.

바위산 탐방도 겨우 시작, 전체 면적의 10%만이 내 앞으로 나왔다. 이쯤에서 녹초가 되어버린 몸, 페트라의 숨겨진 비밀에 묻혀 압사할 것 같은데 의구심은 가라앉지 않는다.

알 쿱타 산의 절벽을 깎아 만든 웅장한 왕족(Royal Tomb)들 무덤이 계곡 절벽을 차지하고 죽 늘어서 있다. 페트라에 무덤이 총 500여 개가 있다니 각 무덤이 제 번호를 가지고 있어, 무덤 마을 관리하기조차 힘들

무덤 숫자다.

우른 무덤, 실크 무덤, 왕궁무덤, 코린트인의 무덤, 섹스티우스, 플로렌티누스 무덤 등. 내 눈으로 확인한 무덤만 대략 30여 군데다. 붉은 사암 사이를 찾아다니며 둘러보다 한 되의 땀은 족히 흘린다.

왕들 무덤은 육칠십 톤에 달하는 바위를 깎고 뚫어 만들었다. 규모와 그 주위를 상징해주는 말안장, 왕의 상징인 독수리 표시 모자가 있지만 지금은 다 벗겨져 몇 안 되는 그 때의 그림을 본다는 것이 보고 있어도 믿기지 않는 현장이다.

아직도 주위의 산 어디에선가 불쑥 쏟아져 나올 것만 같은 왕들의 계곡은 아직도 발굴 진행형이다. 언덕에 있는 왕족 무덤에 서서 잠시 땀을 닦고 내려다보니 무덤 앞으로 죽 뻗어 있는 60m의 열주대로(Colonnaded St) 페트라 심장부 길에 해당되는 로마시대 시장터가 거창하다.

시장터는 예나 지금이나 가장 번화가 통로에 위치해 있는 현실을 볼 때, 당시에도 절묘한 위치에 자리했음을 느끼겠다. 열주대로 앞으로는 계곡도 지나고 있다. 주위로는 나바테안인들이 숭배하던 신들의 신전이 모두 모여 있다.

기원전 1세기 후반에 세운, 페트라에서 가장 큰 대신전(Great Temple) 건축물. 사원의 규모가 거대하고, 신성한 공간으로 입구에 4개의 거대 기둥을 보는 재미도 특별하다. 중앙에는 300여 명 정도가 앉을 수 있는 공간도 있다.

날개 달린 사자들 신전(Winged Lions temple)의 사자는 나바테아인 주신 중 하나로 페트라에서 중요하게 여기는 신전이다. 중앙제단에는 대리석 계단과 석주가 와디무사 계곡까지 이어진다. 여러 차례 지진으로 신전은 파괴되어 그 기능은 오래전에 멈춘 듯하다. 긴 세월을 견디며 부식이 심해졌음을 내가 만질 때마다 부석거리며 표피가 떨어진다.

페트라 유적 중 가장 최근인 1990년에 발굴된 곳으로 열주대로의 오른편 언덕에 있는 비잔틴 교회(Byzantine Church)는 특이점을 많이 볼 수 있다. 화재와 몇 차례에 걸친 지진으로 땅 속에 묻혀 있었다. 이 교회에서 가장 볼만한 것은 6세기에 만든 교회 바닥의 모자이크 그림이다.

물고기, 곰, 기린, 표범, 새 등을 표현한 그림과 물고기든 여인 모자이크의 표현이 시공간을 초월해 믿기지 않을 만큼 사실적이어서 온몸에 소름이 돋았다.

허물어진 흔적만 남은 교회 벽면이지만 모자이크로 장식되어 있는 그림 상태가 선명한 것도 놀랍다. 바닥만은 잘 보존되어 그 현장들을 카메라에 담을 수 있었다.

열주대로 끝쯤에서는 기념비적인 문으로 테메노스 문(Temenos Gateway) 도로를 만난다. 이 문은 페트라의 상업 지대와 신성한 지역을 구분하는 문으로 다른 신전으로 들어가는 신성한 문이다. 동물이나 기하학적 내용의 꽃무늬 조각품들이 문에 장식되어 있다. 자세히 조각된 문양들을 들여다보면 세밀한 표현력이 어느 박물관에 소장되어도 손색없을 작품성이 있다.

문을 지나 협곡 사이로 걸어가니 알 데이르로 올라가는 계단이 나온다. 반대편으로 깎아지른 계단을 올라 200m쯤 오르니 또 다른 협곡의 절경들이 숨어 있는 광경을 보았다.

숨 고르느라 서 있는 사이, 눈앞 바위 협곡으로 움직이는 물체가 보인다. 사람이다. 바위와 바위 사이 암벽이 아슬아슬 걸려있는 그곳에는 사람이 살고 있다. 가축들이 검은 점처럼 움직인다. 나바테안인이다.

## 아드데이르(Ad-deir) 가는 길

페트라에서 알 카즈네 건물 다음으로 웅장한 건물은 알 데이르 수도원(AL-Deir)이다. 뜨거운 태양 아래 가장 멀리 있는 1.25㎞ 거리의 바위산과 계단을 오르는 데는 재차 인내심 무장이 필요했다. 낙타를 탈 것인가 고민했다. 목적지까지 왕복 2.5㎞. 탐방 안내도 안내도에 맞추어 걷기로 한다.

돌계단과 거대 붉은 사암이 굽어보는 외진 길, 거침없는 오르막이다. 인적도 뜸하다. 그도 그럴 것이 사람들은 살짝 알 카즈네와 탐방로만을 돌아 나간다.

땡볕의 극심한 노동 대가를 바라지 않는 사람들이 정점을 찍는 곳에서부터 시작되는 노동의 길이다. 계단은 좁았다가 넓게, 낮았다가 높게 변덕이 심하다. 그나마 베두인 생활을 엿보기하면서 힘을 내 걷는다.

바위산의 주인은 베두인, 그들 앞으로 세계인들이 앞 다투며 발도장을 돌계단에 찍는다.

동굴에 거주하거나 상품점을 열어 살아가는 베두인들은 300여 계단의 고통을 순응으로 감내한다. 자신을 다스리는 수도의 길로 조율하는 사람들 외에는 암벽이 뒷걸음친다.

세찬 바람이 냉장고 문을 연 듯 몸에 와 닿는다. 몇몇이 먼저 도착한 곳에서 일제히 바라보는 그곳, 바위산의 경사도를 진흙쯤으로 주무르며 사람과 자연 합작품 얼굴에 발도장을 남긴다.

바위로 길을 낸 고대를 생각하다 보면, '아드데이르'가 얼굴을 내민다. 단아한데도 웅장한 형용사 조합이 모두 알 데이르에 들어 있다. 폭 47m, 높이 48.3m의 건축물이 땅에서 치솟았다. 나바테아 왕 라벨 2세의 무덤이었다가 예배 장소로 사용된 수도원은 기우는 햇살을 받아 빛도, 나도 힘을 잃었다.

사는 것이 다 이런 것, 석양이 드리우자 '아드데이르' 가 다른 옷을 입는다. 하늘은 환한데도 검붉은 사암이 기염을 토하며 달이 걸린다. 자연이 빚은 색과 결을 보면서 안으로 나도 층의 결을 심어본다.

수도원 맞은편에 베두인 카페가 있다. 땀을 식힌 후, 심호흡을 하고 알 마드바(AL- Madbah)로 오른다. 카페 뒤로 산길 200m 정상에는 나바테아인들이 그들의 신이라 칭송했던 알 마드바(높은 곳)에 많은 성역이 있다.

4개의 계단으로 연결된 웅덩이다. 나바테아인 아주머니가 민속신앙으로 보이는 행동을 하고 있어서 나도 한참을 정신 팔려 그 모습을 바라본다.

페트라의 최정상 전망대에서 몸을 한 바퀴 돌리니 전경이 다 눈에 들어온다. 시원한 바람을 맞으며 사방이 트인 아래로 사해와, 이스라엘 지역까지 보일 것 같다. 오는 동안은 숨이 턱까지 차올랐지만, 나바테안인의 차 끓이는 생활 모습을 마주할 수 있어 위안된 길이다.

사람들이 페트라를 찾는 목적은 알 카즈네다. 바위산을 통째로 위에서 아래로 깎아 만든 성전까지를 보고 가는 사람들이 많다.

# 와디 럼(Wadi rum)

호텔손님을 픽업한 20인승 버스는 만석이다. 가이드는 한 사람씩 "어디서 왔느냐?" 묻고 투어 신청을 받았다. "와디 럼에는 택시도, 버스도 없다"며 투어를 권한다. 나는 딱 잘라 "오직 와디 럼만 간다." 말했다. 가이드는 돌 씹은 표정으로 더 이상 권하지 않는다. 불편한 눈빛을 서로주고받으며 와디 럼에 도착했다.

교통비 7디나르(2인)를 지불하고 내리자마자 현지 투어 차량들이 내주위를 에워쌌다. 투어 가격도 천차만별이다. 그 주변을 나와 손님 두 명이 있는 곳으로 갔다. 한 사람당 10디나르씩이다.

투어가 시작된다. 책자에 소개된 명소에 내려 돌아본 후, 다시 차량에 오르는 반복이다.

와디 럼 계곡은 세계에서 가장 아름다운 사막 절경이 수두룩하다. 광활하지만 아주 조용한 요르단 최대 관광지이다. 2㎞의 사막 폭과 19㎞ 길이를 가진 붉은색을 퍼다 모래와 섞어 놓은 듯 이색풍경이 펼쳐진다. 끝없는 사암 바위들을 양 폭으로 갈라놓은 협곡 기암절벽 표면은 바람에 침식되고 모래가 갉아내 마치 동물이나 괴물들이 사암 속에 숨어든 형태를 하고 있다.

해 질 녘 노을에 변하는 모래 파노라마 마술은 장관이다. 겨울시즌 사막 투어는 오픈카에 앉아 고추바람을 몸 전체로 막는 고통을 감내하는 일이다.

오픈 차량에 서서 사막의 속살을 미친 듯이 더듬고 있다. 바람에게 몹시 두들겨 맞고 나니 감각이 사라진다. 차가운 바람이 드세도 단 몇 분

바위 다리

만 태양이 숨 쉬면 살갗을 무작정 태우는 곳도 사막이다.

와디 럼은 베두인들의 거주지이다. 고대 삶의 방식을 유지하고 있어 이들 생활상을 눈여겨보는 재미도 쏠쏠하다. 살을 태우는 더위와 살 떨리는 추운 겨울도 사막이다. 와디 럼 투어는 모두 지프로 진행한다. 기괴한 형상들 사암을 따라 지프는 모래바람 꼬리를 만들며 달린다.

사막투어 백미는 바위 다리(Rock Bridge)이다. 요술램프처럼 생긴 다리로 오르려면 다리를 떨면서 박아놓은 쐐기를 하나씩 밟고 올라야 한다.

너른 마당바위를 죽을힘을 다해 기어올랐다. 다리 위에 서 보려다 포기한다. 부들거리는 두 다리로 도저히 바른 자세로 설 수 없다. 금방이라도 미끄러져 그대로 내 몸이 산산조각나는 공포가 엄습한다. 네 발로 기다시피 엉거주춤하다 바위를 기어서 내려왔다.

폼 나게 두 팔을 벌리고 서 있는 혈기 강한 남자도 평생에 한 번 남길까 말까한 명장면을 피사체에 담는다. 훔쳐내고 싶은 명장면이다. 5시간 지프 투어가 끝나고 내 볼은 얼기 직전, 감각이 한참 후에야 돌아온다.

거대한 암봉과 기암괴석들이 거인이 먹는 새송이버섯 형상을 하고 있다. 그런 바위가 투어 시작 후 붉은 모래와 바람, 바위만을 보았다.

택시 기사들이 다가왔다. 교통편이 없다던 가이드 말이 내심 불안하던 차에 택시를 보니 눈이 번쩍 뜨였다. 아카바까지 택시로 현지인과 합승하여 15디나르에 편하게 이동한다. 와디 럼에 도착하면 버스도 없고, 택시도 없다며 영업에만 몰입했던 가이드 말을 의심한 내 예감은 적중했다. 배낭여행으로 얻은 예지 같은 것이다.

오지가 어디든 사람 사는 곳에 길은 있다. 길이 있으면 반드시 교통도 있는 법이라는 사실이다. 게다가 와디 럼은 요르단 관광명소다.

세계적으로 많은 여행자들이 들어오는 명소이다. 그들이 모두 자차만을 이용하는 것은 아니다. 또, 여행자들 중에는 아날로그 방식으로 여행하는 이들이 더 많다는 사실을 안다. 그들도 우리처럼 대중교통을 이용한다.

와디 럼에서 사막 투어 후, 밤 별을 세려면 야영이 필수다. 겨울시즌에는 살인적인 추위로 숙박은 어렵다. 와디 럼 사막 투어로 대만족이다. 사막의 숙박 텐트들은 모두 비어있다. 별을 보지 못한 아쉬움을 추위에 떨지 않은 것으로 대신한다. 겨울투어는 잘만 흥정하면 주인의 배려로 아주 저렴한 비용으로도 투어를 진행해준다.


## 아카바(Aqaba) 항구에서

물빛이 하늘을 닮았다. 요르단에서 이집트로 가는 지름길, 아카바 항구로 왔다. 고대에 솔로몬 왕이 해상무역을 했던 항구이다. 아카바 항은 요르단과 이집트를 오가는 관문으로 해안은 거친 파도가 높고 물빛은 고등어 등처럼 푸르다.

출국세 10디나르를 낼 때만 해도 국경직원들 얼굴은 밝았다. 내 여권을 보던 직원이 다른 곳으로 간다. 자기들끼리 주억거리다 창구로 와 여권을 들고 묻는다. "왜 여권에 도장이 없느냐? 어떻게 왔느냐?" 생각지 않은 물음에 잔뜩 긴장한다. "여권은 새로 발급받았고 도장은 따로 받았다." 이스라엘 입국장에서 만들어준 조그만 증명서를 보여주었다.

새 여권 발급 후, 첫 여행이라 여권이 깨끗한 것을 문제 삼는다. 직원은 증명서와 여권을 가지고 또 다른 곳으로 간다. 돌아와 묻는다. "그룹으로 왔느냐?" "아니다. 둘이서 왔다. 우리는 부부다." 부릅뜬 눈으로 우리를 쏴보더니 여권을 던지듯 내준다.

경비 써주고 나갈 때는 출국세도 내건만 홀대가 괘씸하다. 여권을 내 앞에 던져도 그제야 탈 없이 앞으로 나갈 수 있음에 안심되는 밤이다. 사람들이 항구로 들어온다. 밖에서 보면 그저 그런 항구 같지만, 홍해다. 반대편은 이스라엘 에일랏이다.

밝혀진 바다에 불빛이 무척이나 아름답다. 홍해와 사해를 나눈 두 나라는 아주 불편한 관계다. 양국의 반감된 마음을 나는 택시기사들로부터 수도 없이 들었다. 왜 이스라엘이 여권에 도장을 찍지 않고 따로 조그마한 증명서를 해주는지를 항구에서 절감하는 순간이다.

나는 요르단 여행이 끝날 때까지 이스라엘 텔아비브 공항에서 만들어준 작은 증표를 소지하고 다니며 증명해야 했다. 두 나라는 걸출한 천혜의 자연을 나누었지만 애꿎은 여행자는 불편을 곱으로 떠안아야 했다.

# 밤사이 홍해

잉크 물빛을 간밤에는 몰랐다. 의자에서 눈 떴을 때는 온몸이 춥고 아팠다. 머릿속은 퉁퉁 부푼 풍선처럼 두 시간 눈을 붙였다. 억수로 피워 대던 담배와 승객들이 밖으로 들락거리는 홍해 밤바람이 배안으로 불어와 온몸에 냉기가 솟는다.

매번 몸이 힘들면 볼거리는 많았다. 담배 냄새와 추위에 시달리며 후회하다 토막잠이 들었고 눈을 떴을 때는 하룻밤을 온몸으로 치열하게 건뎌냈다. 뱃전으로 나와 물빛을 본다. 저 물빛으로 내 몸은 고통스런 후회에서 빠져나올 수 있었다.

어젯밤 크루즈에는 트럭과 차들이 배안으로 무한정 들어갔다. 배의 규모가 빌딩 같아서 사람보다 물동량이 더 실리는 광경을 나는 멀찍이서 지켜보았다.

8시간 홍해바다 물길을 가르고 이집트 누에바항에 도착할 무렵부터 이집트 정경이 눈에 조금씩 들어온다. 뱃전에서 살짝 본 이집트는 붉은 민둥산들이 아침 햇빛을 받아 더 빈둥댔다. 산은 붉은 미소로 홍해를 바짝 붙들고 있다.

# 이집트

# 후르가다(Hurghada)행 돌발

홍해에 내렸다. 이집트 수도 카이로에서 남으로 내려오느니 지름길인 뱃길로 남에서 북으로 가려던 내 계획이 막혔다. 연결된다던 후르가다행은 항에 와서야 운항이 없는 사실을 알았다. 헛길을 왔다. 잠수정 배도 여름 시즌이 지나 운항이 멈췄다.

흩어지고 조각난 여정퍼즐을 다시 맞추어 나간다. 카이로행 버스에 앉아 시골길을 달리는 유년의 기억으로 빠져본다. 안 좋은 기억들은 쉽게 무너져야 우리는 살아갈 수 있다. 큰 실수나 계획이 틀어져도 다시 길을 잡아 싸륵싸륵 인생의 노를 저으며 간다.

이스라엘 풍경이 사막과 광야, 황토빛이라면 요르단은 핑크빛이었다. 이집트로 가는 길목은 청기와를 올린 지붕 빛이다. 나라마다 색이 확연하게 다르다. 그 색들을 만나고, 색마다의 질감들을 찾아본다.

후르가다(Hurgada)는 다이버들과 피서객들 천국이다. 저렴한 비용으로 바다 스포츠를 즐기는 이들이 장기간 머물다 가는 젊음이 팔딱거리는 도시이다. 시골마을에 불과한 후르가다가 유럽인들의 휴양지로 탈변신하면서 멕시코의 칸쿤도시를 연상시킨다.

차이점이라면 칸쿤은 최고의 리조트들이 들어선 휴양지로 각광받지만 호르가다는 주머니 사정이 두둑하지 않아도 스쿠버 다이빙을 즐기고, 잠수정으로 해양을 즐길 수 있는 세계 모든 사람을 끌어안는 천국 휴양지이다. 특히, 탈 변신 속도가 느린 '다합'을 가고 싶었지만 모든 것이 불발되었다.

다이버들의 메카이자 홍해의 바닷속은 위치에 따라 달라지는 팔색조 같은 매력을 지녔다. 나는 바다를 좋아해서 후르가다로 가려 했던 것은 아니다. 빠른 지름길을 찾던 것이 정확하지 않은 현지인 정보만 믿고 실행했다가 낭패 보는 결과를 또 가져왔다. 경비, 시간을 배로 소비하고야 여정을 다시 밟는다. 사는 것이 다 굽이굽이 돌발이다. 감정의 격렬한 파고를 맞을 법도 한데 오히려 원초적 에너지가 솟아 나온다.

물이 투명해 바다를 떠다니는 보트 그림자까지 그대로 물밑에 비추는 스포츠 천국에서 그 사실을 확인도 못하고, 발을 들이지도 못한 채 '호르가다'를 버리고 말았다.

## 카이로 가는 길

이집트는 대한민국의 10배가 넘는 땅덩이다. 홍해를 끼고 호르가다 항으로 가려던 뱃길이 불발. 버스로 카이로에 가는 동안, 홍해는 오른편에서 함께 달린다. 모래사막을 자그마치 8시간 달리는 거리다.

방대한 사막 땅, 더위를 건디는 긴 시간, 사막에 물웅덩이를 몇 번 본 것 외에는 나무 한 그루 없는 빈 토양과 직선만을 달린다. 이집트 사막지대를 지나며 모래바람과 하늘을 덮는 황사 현상, 무섭게 날리는 모래로 눈을 반쯤 뜨고 있어도 눈이 까끌해 하늘을 바로 볼 수 없다.

드넓은 사막에 비닐과 쓰레기만 날리고 모래 속에 파묻혀있던 색색봉지들이 나풀거리며 도로로 날아든다.

비닐을 피하느라 차가 자주 주춤거렸다. 사고 위험보다 이 많은 쓰레기들을 어쩌나, 왜 사람들은 사막을 달리며 쓰레기를 버리는가? 의문스러웠다. 방대한 사막도로 가드 레일에는 잡쓰레기와 비닐이 걸려 바람에 날렸다. 사막으로 유입된 쓰레기 봉지들은 모래바람에 휩쓸려 훈장처럼 사방으로 날고 펄럭거린다.

자칫 잘못하면 대형 사고를 낼 수 있어서 마음 졸이는 동안, 기사는 단련된 운전 솜씨로 연신 비닐이 유리창으로 달려들 때마다 묘기하듯 달관된 표정이다.

인간의 이기는 모래 벌판까지 그냥 두질 않았다. 저 날리는 깃발들을 다 처리하기에는 드넓고 황량하기만한 사막이다. 이집트로 가는 길, 황폐한 산들이 거대공룡 모습으로 누워있다. 능선마다 검은빛을 띤 공룡이 누워있다. 능선 하나가 일어나 산을 털어내며 걸어 나올 자세로 괴물처럼 버스로 달려든다.


## 아스완행 열차

람세스 기차역에서 아스완행 열차에 올랐다. 나는 카이로에서 줄곧 인도를 생각한다. 세계 문명의 발상지인 두 나라는 사람들 외형도, 도시도 닮았다. 질서 없는 도로 교통체계가 그렇고, 사람과 차가 뒤섞이는 거리가 그렇다. 굳이 위생을 따지고, 질서를 논할 필요도 없다.

카이로에 들어서면 고막을 찢는 소리들과 익숙해져야 한다. 차는 긁히고 흠집은 기본, 폼생폼사를 고수하는 사람들은 카이로에서는 곤욕을 치를 것이다. 살인적인 담배냄새와 매연에 숨이 턱 막힌다.

12시간째 달리는 기차, 두 평 남짓한 공간에 세면대와 생활공간이 있다. 열차는 단독 오피스텔 형태를 취하고 있다. 내가 탑승했던 시베리아 횡단열차 이등석에 비해 사생활 보호 장점을 극대화했다.

기차와 더불어 우버 택시의 장점도 여행하며 많이 경험했다. 콜 하면 어디서든 신속하게 내 위치로 와준다. 여행하며 바가지 요금을 피할 수 있어서 자주 이용해왔다. 기사가 요금을 직접 수령하지 않아 회원 가입된 카드로 후 결제되므로 내릴 때, 요금 확인만 정확하게 메모해두면 되었다. 카이로에서 남단 아스완까지는 하늘길로 두 시간 소요다. 열차는 열세 시간. 경비 절감과 차창 밖의 풍경들을 나는 원했다.

이집트 제2의 도시 '룩소르'를 지난다. 아스완을 들러 다시 돌아와야 하는 역이다. 한 봉지 과자를 다 먹을 시간만큼 잤나 했지만 두 시간을 잤다. 카이로 시내의 기억과 구겨지고 긁힌 차 경적소리들이 아스완에 와서야 묻히는 것 같다. 목가적 전원이 이집트라는 사실을 사막만 보고 왔던 잿빛 기억들을 걷어낸다.

진초록 풀들과 늘어진 야자수 잎들이 빼곡하다. 밭이랑에 이슬이 맺힌 아침시간이 윤기 흐른다. 논이거나, 밭이거나 푸르다는 건 생명이다. 양배추, 사탕수수가 자라고 있는 것을 보지 않았다면 나는 사막만을 생각했을 것이다.

풍족한 물이 흐르고 바나나 나무들이 서 있다. 아침이 자라고 있다. 드넓은 생물들 꿈틀거림이 발아래 있음을 상기하는 아침이다.

# 엘레판티네섬(Elephantine island)

고대나 현재나 이집트인에게는 자궁, 탯줄과 같은 신의 축복인 나일강이 있다. 이집트 문명의 생명줄이다. 아프리카 빅토리아호에서 발원해 북동쪽으로 이집트를 지나 지중해로 흘러들며 길이는 약 6,671㎞로 세계에서 가장 긴 강이다.

아스완에서 펠루카(felucca)를 5분 정도 타고 강 건너편 마을 엘레판티네섬에 내렸다. 섬이라야 길이 2.4㎞ 됨직한 시내 맞은편에 미운 오리처럼 밀려나 있는 작은 마을이다.

나일강은 문명도 정반대인 둘로 나눴다. 진흙 벽돌을 쌓아 원초적으로 살고 있는 사람들은 아스완 시내 삶과는 동떨어진 차이를 보인다.

마을에는 의외로 있을 건 다 있다. 진흙에서 건진 유적과 박물관이 있다. 유적터는 넓지만, 복원은 멀어만 보인다. 고고학 유적지 입구부터 박물관 입구까지 이르는 계단은 그리스와 로마가 이집트를 지배하던 그레코-로만시대(BC 330~AD 641)에 건설된 것이다.

마을 정경과는 다르게 박물관만은 잘 보존되고 있다. 군데군데 증축되는 새 건물들이 주변과 도드라져 보이지만 세월의 때가 묻다보면 그 또한 조화를 이룰 것이라 믿고 싶다.

누군가 진흙담에 박아 둔 유적들이 생동맞고, 뒹구는 진흙을 뭉쳐 만들다 만 흙들이 섬으로 떠돈다. 문명이 비켜간 마을에 하루는 소박하다.

반갑게 우리를 부르는 사람이 있다. "어디서 왔느냐? 들어와 구경하라" 못 이기는 척 안으로 들어갔다. 대규모 양식장이다. 시설이며 갖은 향식식물과 상추, 허브 등 큰 규모로 자동화 시설까지 갖춘 농장이다. 안내해주는 곳곳을 돌며 식물들을 살피다 그는 음료를 권한다. 나는 그의 친절한 행동에 음료 두 잔을 마셨다.

나일강물을 끌어와 정화시켜 물고기를 양식하는 설명과 두 달, 세 달만 키우면 물고기가 배로 커진다는 담소를 그는 들려준다.

"당신은 정말 부자군요" 아니란다. 주인은 독일 여자이며, 자기는 "일만 하는 사람"이라 했다. 나는 헤어지며 음료도 마신 터라 인사로 약간의 팁을 내었다.

그 참한 인상이 돌변한다. 구경하고 차를 마셨으니 200파운드를 내란다. 매번 당하는 일인데 또 잊었다. 지나친 친절은 언제나 흑막이 있다. 그의 요구를 절충해 반으로 자르고 나왔다.

내가 너에게 친절을 주었으니 너는 내게 충분한 대가를 지불해야 한다는 서구 방식이 맞을 수 있다.

나름으로 자진해 성의를 표시하려다 갑자기 돌변하는 그의 얼굴에 내 속은 뒷걸음치다가 분을 밟은 것처럼 찝찝함에 활활 타오르고 말았다.


## 나일강에 누워

새벽에는 서늘하던 날이 오후 들어 온도가 급상승한다. 대차게 달려온 후 휴식은 파급적인 효과가 있다. 크루즈침대에 누워 나일강 푸른 물을 바라본다. 강물 위를 미끄럼 타는 물 반동과 주변으로 적당하게 짙어진 녹음을 몇 미터 간격에 두고 누워 호사를 누려본다.

사막을 떠나올 때 살갗을 잔인하게 태운 햇살도 한 열기를 내리고 졸음 담긴 오후를 내준다. 그대로 잠들어도 좋을 시간, 사람들이 그토록 크루즈 여행을 선호하는 이유를 나일강에 누워보니 알겠다.

온몸을 맡겨도 좋을 네 시의 햇살이 졸음을 몰고 온다. 이제, 코옴보이다. 지금까지 수차례 여행 착오로 실타래처럼 엉킨 매듭을 풀고, 길을 찾는 반복의 연속이었다. 졸음이 밀려오는 여유가 깨질까 살포시 안아주는 네 시의 오수.


## 선상 돌발

크루즈 스케줄에 맞춘 안내에 따라 새벽 6시 30분에 '룩소르 신전'들을 보고, 배로 돌아와 식사하면 되었다. 약속시간 밖으로 나왔을 때, 느낌이 이상했다. 실내가 조용하다. 안내에 물으니 사람들이 밖으로 나간 상태다. 식사도 새벽 다섯 시 반에 시작된 것을 알았다.

새벽 5시 전화벨이 울렸고, 잠결에 받은 전화를 대충 듣고 끊었다. 그때 바뀐 아침스케줄 시간을 전해주었지만, 잠결에 나는 흘려들었다. 그결과는 고스란히 내 몫으로 남았다. 이도저도 할 수 없는 남은 45분, 예약해둔 '룩소르' 계획들이 물거품이 되었다. 유명 관광명소들을 편하게 접근하고자 크루즈에 올랐던 명분들이 전화 한 통에 싹 날아가 버렸다.

한바탕 불길이 지나갈 법도 한데 가끔은 깊은 실망이 불길을 뛰어넘을 때가 있다. 말문이 닫히고 의욕은 나락으로 곤두박질치니 더 느긋해진다.

방에 들어와 나일강 언저리부터 붉은 물이 드는 시간, 새벽 여섯 시 일출을 본다. 물결주름도 미끈거린다. 강변 둑을 바라본다.

어느새 강기슭에 나와 낚싯대를 던지는 사람이 있다. 애꿎은 사탕수수 단물만을 빨고 나일강에 버린다. 짐을 가득 실은 나룻배가 바짝 크루즈 옆을 지난다. 내 기분만큼이나 짐이 무겁다. 나일강변 둑을 바라보다 나귀 등을 타고 가는 사내를 본다. 등짐이 무거워 휘청거리는 가는 나귀다리, 어느 삶인들 흔들리고 휘청대지 않는 생이 있을까. 나일강도 울다가, 웃다가를 반복하며 한쪽만으로 기우는 삶을 허락하지 않는다.

어제도, 오늘도 내 주변을 기웃거리는 돌발은 강한 흡입으로 호시탐탐 주위를 더듬고 다닌다. 실수와 연결고리 틈새를 노리며 히죽히죽 웃고 있다. 나일강이라서일까. 불편한 심기도 오래가진 않는다.


## 아스완 투어

아부심벨(Abu Simbel)은 아스완에서 남쪽으로 240㎞ 떨어진 수단 국경에 위치해 있다. 이집트에서 가장 건조한 지역이다. 방대한 면적에 유적지들이 흩어져 있어서 택시로 돌아본다.

신전은 바위를 조각해 뚫어 만든 것으로 두 개의 신전이 나란히 놓여 있다. 람세스 2세의 태양신전과 왕비 네페르타리에게 바친 작은 신전이다.

1979년 아스완댐 건설로 인한 수몰을 피해 옮겨진 뒤, 유네스코 세계문화유산에 지정되었다. 석상은 낫세르 호수를 바라보는 자세로 거대한 바위산 두 개를 차지해 람세스 2세 자신과 부인을 위해 증축한 장엄한 신전이다.

신전 입구부터 22m 높이의 람세스 석상 네 개가 나란히 서 있다. 의자에 앉아 양손을 무릎 위에 올려놓은 자태와 발밑으로 왕비와 왕자들 입상들이 늘어서 있어 람세스 2세 위세를 엿볼 수 있다.

네페르티티의 아름다운 긴 목이 사람들을 빨아들이고 있다. 이집트 신전들은 그 규모가 상상을 초월한다. 유적들을 돌아보다 감시원들이 자진해서 저지르는 불법 때문에 나는 헷갈려야 했다.

안내에는 분명 사진 촬영이 안 된다고 썼다. 감시원은 눈감아준다는 몸짓을 취해온다. 가뜩이나 호기심으로 찾은 유적지에서 사진 촬영을 하고 싶지 않은 여행자는 없다.

나도 휴대폰에 사진 몇 장을 담고 마음 표시 하지만, 이들은 절대 작은 액수는 받지 않는다. 또, 촬영한 여행자를 적발하면 반드시 금품을 먼저 요구한다. 액수가 성에 차지 않으면 그대로 경찰에게 가자고 엄포한다.

여행자는 잔뜩 겁먹는 것이 당연하다. 불법을 저지른 게 되니까 나도 그만, 그 유혹에 걸려 곤혹을 치르다 큰 지폐 한 장을 그의 주머니에 넣으니 못 이기는 척 받고 휴대폰을 내준다.

촬영을 방조한 뒤 뒷북을 치는 이들, 심지어는 비밀장소를 안내해주고

금전을 요구하는 수법을 알고 난 후, 유적지에서 휴대폰 관리에 초긴장한다.

이집트는 거대하고 웅장한 유적이 대부분이다. 관람하다보면 우람한 돌기둥 뒤에 몸을 사리고 있다가 슬금슬금 나오는 감시원들이 있다. 정식 감시원인지 아니면 여행자를 노리는 꾼들인지는 알 수가 없다. 다가와 "대단한 그림이 있다"느니, "환상적인 곳이다"느니 호객하며 안내해준다. 친절에 현혹돼 따라가면 순한 얼굴이 악마가 되어 곤혹을 치르는 이들을 여럿 보았다.

후발주자로 여행하는 사람은 필수로 유념해야 할 사항이다.

## 룩소르

왕가의 계곡(Valley of the king)이다. 계곡에 집중된 왕들의 무덤은 이집트 신왕국시대의 파라오들로 바위를 파서 만든 암굴 묘이다.

굴을 뚫거나 계곡 밑바닥을 파서 만든 묘소로 이를 테면 왕들이 묻힌 공동묘지 같은 곳이다. 험준한 계곡에 깊이 잠들어 있던 보물들과 남아 있는 벽화들을 감상하는 것이 압권이다.

황량한 계곡에 있어 지금도 복원은 계속되고 있지만 숱한 도굴꾼들에 의해 무덤 일부는 훼손되고, 환경기후에 시달리는 곳으로 일부만 공개되었다.

그중에서도 유일하게 도굴되지 않은 무덤이 있다면 투탕카멘 무덤으로 그가 어린 나이에 죽어 초라하게 묻힌 불우한 왕이어서 도굴꾼들이 그의 존재를 잘 몰랐기 때문에 도굴이나 훼손을 피할 수 있어 벽화 색이나 보존상태가 제일 양호했다. 당시 발굴된 유물들은 모두 카이로 박물관에 있다.

밖으로 나와 머리가 익을 것 같은 더위로 눈을 반쯤은 감고 주변을 돌아보니 메마르고 척박한 왕가의 계곡은 흙먼지와 불모지처럼 버려진 형태를 하고 있어 표현하기 어려운 환경이다.

하트셉수트 '장제전'(Temple of hatschepsut)으로 왔다. 기원전 15세기에 건립된 나일강 서안에 있는 고대 이집트 여왕 장제전은 석회암으로 깎아지른 절벽 바위 아래 3개의 단으로 위풍당당하게 서있다. 그의 신전으로 가는 계단을 오르면서 생각한다. 이집트를 떠올리면 언제부턴가 람세스 2, 3세와 하트셉수트 그리고 클레오파트라가 무색할 만큼 매력적인 네페르티티 왕비가 늘 따라다녔다.

몇 년 전 이집트를 다녀온 친구가 선물해준 '네페르티티' 목걸이를 차면서부터다.

하트셉수트는 이집트 유일한 여왕이다. 강력한 군주 모습을 보여주기 위해 그녀는 남장에 수염을 달고 이집트를 통치했다. 그녀의 탄생을 알리기 위해 새긴 그림을 장제전 입구에서 만났다. 벽화에 어머니가 임신한 모습이 그려져 있는 것이 특이하다.

신전은 여왕의 시아버지인 투트모스 1세의 부활과 여왕 자신의 부활을 기리며 세운 것이라 전해지기도 한다. 거대 신전을 시아버지의 부활을 기리며 지었다니 그 효심이 하늘에 닿는 것 같아 괜스레 나는 하늘을 한 번 처다본다.

　하트셉수트 진가만큼이나 황금빛으로 물들 때면 장제전도 강하게 빛을 발한다. 장제전 경사로 거대석상의 머리에는 독수리가 뱀을 깔고 앉아 있는 상징이 인상 깊다.

　룩소르 가로등이 커질 무렵이면, 사람들이 가게 앞에 나와 물담배를 즐기고 거리에 역 문이 열리며 봇물처럼 사람들이 쏟아진다. 땅만 파도 유적들이 넘쳐 난다.


## 멤논의 거상(The Colossi Memnon)

　서안 투어 시작점에 있는 거상이지만 택시로 온 투어에서 기사는 마지막에 멤논 거상 앞에 내려준다. 사암으로 된 석상 앞에 서니 높이에 내 몸이 눌리는 기운이다. 자그마치 거상의 높이 21m나 된다. 같은 모양 두 개를 조각하여 신전 입구에 세웠으나 지금은 큰 지진으로 파괴되었다. 덩그러니 남아있는 발부터 머리끝까지 하나의 돌로 만들어 놓은 놀라운 석상이다.

　이집트 더운 기후로 인한 오랜 시간과 밤이 되면 싸늘한 기후의 자연 훼손이 자연스럽게 거상인 사암에 스며든다. 석상의 거대한 다리에는 기록문자들이 흐릿하게 새겨져 있다. 사암이 병풍처럼 둘러진 계곡에 있는 유적들과는 달리 평평한 들판에 덩그러니 서 있는 두 석상을 보는 감회가 생뚱맞은 느낌보다 처연하다.

# 고대 보물창고 룩소르

목이 컬컬한 매연과, 말들의 분 냄새와, '마담'이라는 하루 수십 번은 더 듣는 명사와, 보행에 방해될 만큼 따라붙는 호객꾼들, 거리를 벗어나 땡볕이 내리쬐는 길 위를 달리는 말 발굽 소리와, 낙타 등을 치는 눈곱 낀 젊은 마부들을 만나고, 무너진 유적에서 싹텄던 문화가 꼬물꼬물 숨을 쉬며 걸어 나오는 룩소르.

차바퀴 소리가 룩소르 시내를 울리면 나일강변으로 모든 길이 통하고 그 유유한 강물에 발길이 끊이지 않는 사람들을 만난다.

푸석거리는 흙먼지만 풀풀 날리는 벌판에도 굴러다니는 고대 역사가 숨 쉬는 테베(Thebes)의 땅, 룩소르는 아스완에서 200㎞ 남쪽 나일강 동쪽 제방에 위치해 있는 고대 도시이다.

언급만으로도 가슴 뛰는 카르나크 신전, 룩소르 신전, 하트셉수트의 장제전, 왕가의 계곡, 아스완 댐, 미완성 오벨리스크, 누비아 박물관들을 대차게 돌았다.

카이로를 지름길로 가려다 불발되었던 눈물의 후르가다항 등이 산재한 열린 박물에서 고대의 도시를 보았다. 신전들이 땅 속에, 바위 속에, 진흙 속에 잠들어 있다가 털고 일어나는 무한한 자원이 묻힌 땅이다.

룩소르에서 유적들을 돌아보는 내내 의구심이 솟았다. 자원에 채이고 사람들이 물밀듯 들어오는 룩소르에서 누군가는 열린 보물창고에서 한번쯤은 곤혹을 치르고 떠날 것이다.

벌처럼 달려드는 호객꾼들과 언쟁이 지속되고, 우람한 돌기둥들이 유적터만 맴돌고 있는 자원은 아직도 깨어나지 못하고 있다.

지금도, 자원은 발굴 진행형이다. 깔아놓은 자갈처럼 밟히는 보물 창고다.


## 밤 열차로 시작점

아스완 크루즈를 끝내고 룩소르, 코옴보를 거쳐 열차 두 평에 갇혀 밤을 새우며 시작점인 카이로에 도착했다. 이른 아침, 호텔 벨을 눌렀다. 뚱뚱한 남자가 잠이 덜 깬 눈으로 나를 맞는다. 이른 새벽 단잠을 깨웠으니 자신이 방해받은 느낌도 들겠지만, 웃어주니 덩달아 내 맘도 편해진다.

나는 짐만 두고 내친 김에 전철을 이용해 기자지구로 향한다. 이른 시간에도 각자 방법으로 거대 피라미드와 스핑크스 앞에 사람들이 와글와글 모였다. 말발굽에 채이는 모래와 날리는 흙먼지, 먼지가 입안에서 서걱거린다.

발이라도 잘못 옮기면 그대로 낙타와 말분에 미끄러져 분 밟은 기분이 된다. 말도, 낙타도 둔덕으로 사람들과 함께 오른다. 유적군마다 고약한 지린내와 분 냄새, 무너진 유적 안에 버려진 온갖 쓰레기들과 가축 냄새들이 기자 지구를 점령했다.

거대 돌잔치인 피라미드와 스핑크스가 없다면 갈빛 모래 언덕에 이 많은 사람들이 진치고 있지 않았을 것이다. 사람과 가축이 풍기는 냄새, 사람과

가축이 훼손하는 유적을 보기 위한 많은 날들을 나도 기다려 왔었다. 두 곳의 대명사에 걸맞는 잔치가 한바탕 끝나고 나니 조금은 허탈감이 찾아온다.

몸은 이집트 돌무덤 앞에 있는데 풍족한 과일, 락시, 위생은 약으로 쓰려도 없던 노점상들. 그런 것들을 먹고도 설사 복통 없이 무탈하게 돌아왔던 세 번의 인도 여행이 자꾸만 생각난다.

인도에서 소라면 이집트에서는 말과 낙타, 노새들이 거침없이 내놓는 분이 그대로 길바닥에 널브러진다. 그 모습을 보는 것은 인내심을 한계까지 끌어올린다. 피라미드와 스핑크스가 묻는 듯하다. 너는 이집트를 어디까지 아니? 그늘 하나 없는 사막이지만 밤이 되면 쌀쌀하다가 한주먹 빛이 모아지면 그대로 불이 된다.

태워도 타지 않는 것들이 있다. 남아 있는 터에서 벌어졌던 고대의 구축물들이 살아 튀어나오는 시간이다. 지금은 모래도, 스핑크스, 피라미드도 말이 없다.

오직, 한 사람을 위한 그 사람을 위한 망자의 염원들이 사각추형 묘의 형식으로 모래와 사막의 한가운데를 지금까지 달구었다.

나는 사람들 곁을 나와 황량한 모래 위에 서 본다. 사막에서 진화는 찾아볼 수 없다. 과거가 오늘, 이들의 웅성임을 예견이나 했을까, 거대 돌 하나만 빼어내면 무너질 낡고 푸석한 석상 위에 피곤에 지친 듯이 엎드린 사람 닮은 사자는 문명 앞에 서서히 꺼지고 있다.

시끄러운 바람이 지나가지 않았다면 영원히 잠자고 있을 어느 무덤에서는 귀청이 아프도록 오늘 이야기를 들어야 할 것이다. 왕족 가를 바라보는 동안, 시야에 개미 군단 병정들이 몰려온다. 사람이었다가 개미이었다가 사자이기를 고집하는 멀리 보이는 석상들이 시야에 걸린다.

기자지구 모래바람이 숨소리마저 말리는 땡볕도 감수하고 말고삐를 들이댄다.


## 낙타의 눈물

이집트를 여행하며 한 번은 느꼈을 기자 지구에서 낙타, 말, 노새 동물들이 인간 앞에서 어떻게 시름하고 있는가를 보게 된다. 카이로 시내에서 쉽게 접근할 수 있는 피라미드와 스핑크스 유적은 기자지구 관광 명소이다.

입장권을 사고 입구를 들어서자 먼저 반기는 것은 낙타와 말이다. 피라미드는 세계 7대 불가사의 건축물이다. 고대 이집트의 국왕과 왕비 무덤 형식으로, 돌로 쌓아올린 피라미드 무덤이다.

4,500년 전에 지어진 건축물로 정사각뿔형식을 갖춘 피라미드는 여러 곳에 흩어져 있는데 그중에서도 멘카우레왕 피라미드, 카푸레왕의 피라미드, 그리고 쿠푸왕의 대 피라미드이다.

피라미드는 상상이 어려운 돌 무게로 쌓아진 건축물이다. 돌 규모도 짐작마저 희미해서 손으로 주물러서 만든 메주를 생각한다. 메주를 하나하나 거대하게 쌓은 후, 상상으로 확대해보는 것이다. 스핑크스 또한, 고대 신화에 나오는 상상 속의 동물로 인간의 머리, 사자 몸통. 새의 날개, 그리고 뱀의 꼬리를 의미하는 거대 석상이다.

카푸레왕의 피라미드를 지키는 괴물은 전체 길이 약70m, 높이 약20m, 폭 4m에 달하는 규모로 자연석 그대로를 조각한 거대 석상 작품이다. 네 발을 다소곳이 모으고 전면을 주시한 채, 내가 움직이는 대로 따라다니는 착각에 몇 번이나 주위를 왔다갔다 해본다.

4m나 되는 얼굴은 생전 카푸레왕의 모습을 닮았다는데 믿거나 말거나. 개연성 있어 보인다. 군데군데 보수한 흔적이 보인다. 날마다 많은 관광객 앞에서 영원히 버틸 수 있기를 바라는 순간이다.

피라미드와 스핑크스 대면의 감동이 채, 사라지기도 전에 동물들이 배출하는 분 냄새가 진동한다. 게다가 낙타들은 부상당한 채 주인이 끄는 대로 고통 받는 낙타들이 많았다.

사람을 태우고 행동이 굼떠 착착 등에 감기는 채찍을 건더낸다. 아무 표정 없이 사람들은 동물들 등에 앉아 휴대폰을 보거나 입이 찢어질 만큼 즐거운 비명을 내지른다.

이집트는 동물의 권리라는 개념이 정착되지 않아 낙타, 말, 노새는 이들의 생계수단으로만 생각하는 것 같다. 대한민국 정서라면 애완견 한 마리도 홀대했다간 당장 공중파의 유명세를 치를 테지만, 낙타 투어가 수천의 이집트인 생계 수단의 버팀목이 되는 현실로 사람을 몇씩이나 등에 태우고 사막을 달리며 절뚝거리는 낙타를 본 나는 자꾸 눈살이 찌푸려졌다.

동물보호단체 요원들이 이 광경을 목격했다면 그냥 두지 않았을 것 같다. 많은 관광객들이 몰려있는 피라미드와 스핑크스 주위는 동물들 냄새와 주변에서 풍기는 심한 악취로 파손된 유적 환경을 실감했다.

기자에서 동물투어가 사라지면 환경이 조금은 쾌적해지지 않을까 생각했다. 인적 없는 기자지구외곽을 돌아보며 스핑크스, 피라미드 유적은 그 어디에도 견줄 수 없는 걸출한 걸작임은 틀림없는 사실이다.

낙타와 나귀 등에서도 휴대폰에 몰입된 사람들이 낙타가 흘리는 눈물을 알까?

## 알렉산드리아 파로스 등대

한 시대를 호령했던 알렉산드리아 대왕. 고대 세계 불가사의 하나인 파로스 등대가 있었던 그 흔적을 찾아 이른 아침 기차역으로 향했다.

카이로 시내에서 하루에 다녀올 수 있는 왕복 7시간 거리이다. 열차이동은 내가 선호하는 교통수단이다. 환경을 파괴하지 않고도 한 번의 궤도 설치로 영구히 사용할 수 있는 철로를 이용하므로 현지 터전을 여행 동안 훼손하지 않는 마음에서다. 어느 곳을 가든, 여행지들이 파괴되는 현장을 너무도 많이 보아왔다. 나 또한 그런 대상의 일부는 아닌지도. 여행이 쌓이면서 알게 되었다. 열차에 오르면 마음이 편하다. 왕복시간에 독기를 빼내고 오롯이 자신의 시간에 빠져들면 된다. 지독히 피워대는 담배연기에 목이 잠기는 악조건만 없다면.

열차로 가는 길가에는 노점상에서 내놓은 빵 위를 파리 떼가 먼저 맛보고 내뺀다. 보이지 않는 먼지와 매연이 덮은 빵을 입에 넣고도 탈 없이 살아오고, 살아간다. 열차도 담배 냄새에 배었다.

밭이랑마다 야채들이 자란다. 내 주위를 방정맞게 날아다니는 파리들만 없으면 좋으련만. 이집트는 축복의 땅이다. 역사의 많은 흔적들을 모조리 간직하고 있다.

어제는 카이로 고고학 박물관에서 5시간이 넘도록 전시물을 관람했지만 다 보지 못했다. 유물들을 제대로 이해하는 시간도 없이 나는 지쳐버렸다.

박물관에 놓인 고대 관들이 벌떡 일어설 자세였다. 특히, 많은 아가들이 강보에 덮여 아직도 누워있는 왕들의 관 옆에 놓여있다. 오싹한 느낌이었고, 강보에 싸여 관에 누워있는 아가들이 내 뒤를 따라오는 느낌이었다. 목관에는 무수한 상형문자들이 박혀 있다.

박물관에서 유독 사람들이 모여 있는 곳은 투탕카멘의 황금마스크와 황금전차, 그가 사용했던 유물과 집기들이 전시된 공간이다. 누런 금빛이 사람들의 눈길을 끌었다.

111kg의 황금 투탕카멘을 여신들이 지키고 있다. 파라오들의 유물이 거의 도굴되었지만 유일하게 투탕카멘만이 그대로 남아 3천여 점이 넘는 유물들이 전시되고 있다.

유물들을 전시하다 창고에 방치된 채, 보자기에 덮여있는 유물들도 보게 되었다. 다 전시하지 못하고 유물들이 남아도는 이집트는 축복받은 나라이다.

알렉산드리아 성채(카이트베이 요새)는 웅장하다. 희미하게나마 파로스섬에 세워진 모든 등대의 원형인 등대흔적을 생각했지만 고대 등대 흔적은 어디에도 없었다. 1994년 알렉산드리아 바다 속에서 높이 4.55m 무게12t에 이르는 여인상을 비롯한 등대 잔해 수백 점이 발견되었다.

고대 파로스 등대 자리에 세운 카이트베이 요새는 15세기에 건축되었다. 알렉산드리아역에 걸린 그의 용감한 모습에 한 번 더 그림을 보았을 뿐이다.

파로스 등대의 견고한 내부 설계그림과 완성된 파로스 등대는 많은 자료가 나와 있어 대략 사진이나 책자를 통해 알고 있다. 어느 흔적이라도 있을까 기대했지만 역시나 요새만이 그 자리를 대신하고 있었다.

한국 화폐 8,400원을 지불하고 하루 여행을 했다. 돌아가는 길, 너무도 착한 가격이라서 열차표만 들고 7번 홈으로 신나 달린다.

세상 속에는 소박하기만 한 여행지들이 많아서 오늘 하루는 아드레날린 폭포수를 맞는 날이다.

# 그리스

# 느닷없이 그리스

다음 여행국가로 가려던 항공편이 발목을 잡았다. 목적했던 튀니지의 수도 튀니스로 가려고 했는데 급기야 여행 국가를 다시 물색했다. 여행하며 변수야 늘 있어서 놀랄 것도 없지만 꿈에도 생각지 않은 그리스 티켓이다.

내 버킷 리스트 중 한 국가이기도 하다. 그렇지만, 그리스만은 한여름에, 여행 폼도 갖추어 방문하고 싶었던 나라다. 튀니스행 항공권이 불발돼 겨자 먹는 심정으로 그리스 항공권을 예약하고 말았다.

계획했던 튀니지행 불발, 차선책으로 택한 나라. 최대의 변수 그리스로 가는 기내에서 생각한다. 그리스만은 그리스이니까 그럴 듯하게 여행하고 싶었다. 여행 도중에 발권하려던 계획이 무산되고 이집트에서 주변국을 찾다가 선택한 나라가 그리스였다.

5분을 연착한 비행기 기체가 하늘로 올랐다. 눈곱 낀 듯이 시야가 흐리다. 내가 땡볕을 머리에 이고 하루를 헤맸던 기자지구 스핑크스와 피라미드, 그 방대한 유적이 성냥갑 모형처럼 보인다.

카이로 창공은 모래 빛이다. 이륙 한참 후에야 파란색이 눈에 들어온다. 이집트 공항에서 차도르로 눈을 가린 여인의 눈빛과, 웃음기 없는 굳은 얼굴로 기계처럼 여권에 도장을 찍고 눈인사도 없이 기체에 올랐다.

상공에서 본 카이로시내와 이집트에 산재한 유적들이 하나의 거대퍼즐모형으로 촌락을 이룬 그림이다. 원형 경기장 같기도 하고, 유적을 떼어 여러 곳에 뿌려놓은 것 같은 절제된 명소들 이 하늘에서도 확연하게 눈에 들어온다. 잠깐을 날았다. 사막을 벗어난 지점에서 논밭의 녹색이 튀어 나왔다.

서양사의 첫 시작을 알리는 고대 그리스는 한 번은 우리 모두가 책 페이지를 찾아 아테네를 펴보았을 것이다. 나중에 더 멋진 폼으로 방문하려고 마음 한편에 숨겨 놓았던 찬란한 그리스를 우격다짐하듯 선택했다.

현재가 누리고 있는 모든 밑그림은 이미 기원전 이야기지만 근대와 오늘날 경제까지를 모아놓은 여행지라서 더 기대가 크고 특별함으로 다가오는 설렘이 있다.

## 신들의 부름인가

두여 시간을 날았을 뿐인데 달라도 몹시 다른 풍경, 파란빛에 눈이 시원해진다.

아테네로 들어오는 동안, 깨끗한 환경과 치밀한 숲이 이어진다. 그리스의 상징, 올리브 나무들이 반겨주는 관문이다.

하늘에서 본 들쑥날쑥한 해안선이 거대한 공룡이 발가락을 펴고 있는 섬 같았다. 왜 그리스가 섬나라인지를 하늘에서 보았다. 매연이 없다. 준비 없이 들어선 아테네, 섬과 신들의 나라, 느닷없는 방문이지만, 그리스를 제대로 접근하고 싶었다.

파란 물을 가득 채운 풀장을 끼고 있는 집들을 본다. 그간 삭막함에 지친 눈의 피로를 풀어준다. 알싸한 겨울이지만, 작은 꽃들이 가득 핀 언덕을 본다. 얼마 만에 보는 꽃인지 잔뜩 몸을 낮춘 하얀 꽃, 노란 꽃들이 내가 걸었던 제주 올레 길을 연상시키는 다정함으로 다가온다.

이집트 더위에 적응되었던 몸이 아테네로 들어오니 몹시 춥다. 바람까지 불고 하늘은 회색구름들이 그리스 섬처럼 떠다니고 있다.

호텔 체크인하고 승강기를 타려는 나를 불러 후덕한 인상의 지배인은 지하철, 버스터미널에서 가방이나 지갑을 조심하라 당부한다. 유럽의 소매치기 주의보는 입소문이 아니라 예전에 딸이 피해 입은 당사자로서 더 실감하는 터다.

# 아크로폴리스에서

"죽기 전에 에게해를 여행할 행운을 누리는 사람에게 복이 있다." 그리스 작가 니코스 카잔차키스가 언급했다. 나 또한 행운과 복을 받은 것 같아 더 진한 삶을 살고자 다짐해 본다.

도시언덕에 우뚝 솟은 파르테논 신전이 하늘을 받치고 시내를 굽어본다. 고대 예술품들이 뒹굴고, 줄지어 나오는 유적뿌리들이 싸륵싸륵 솟는다. 예술품마다 표정과 숨쉬는 느낌이 비처럼 내린다. 흩어진 대리석에서 고대가 꿈틀거리고 그리스 사제들 주름치마가 바람에 나부낀다.

고대 흔적들이 털고 일어날 듯해 예술품들 자세를 보다 움찟 놀라기도 한다. 근육과, 여인들이 걸친 실루엣을 기웃대고 대리석도 만져본다.

아크로폴리스 창작물 앞에 서본 이들은 안다. 깨진 허벅지와 떨어져 나간 얼굴, 영원히 찾지 못할 여인의 팔 하나가 유독 마음을 사로잡는다. 다시는 오지 않을지도 모를 시간들이다.

지금까지도 잘 보존된 아테네 헤로데스 아티쿠스 음악당(Herodes Atticus Odeon; 현지어 명칭)에 설치된 중앙무대가 생물처럼 움직인다. 현재로 살아 있다.

음악당은 161년 전에 지어진 것으로 5천여 명까지 수용할 수 있는 건물이다. 연극과 콘서트, 오페라 공연이 열리는 축제 장소로도 개방된다.

마리아 칼라스, 엘톤 존, 조수미 등 세계적으로 족적을 빛낸 가수들이 저 음악당에 섰다.

# 디오니소스 극장(Theatre of Dionysos)

아크로폴리스 언덕을 오르며 마주친 극장의 규모에 놀랐다. BC 6세기에 건축되어 여러 시대를 거치며 극장 면모를 갖추었다. 대리석으로 만든 좌석들은 변함없이 처음 자리를 지키고 있다. 거의 모든 좌석은 등받이가 없는 형태였으나 유일하게 맨 앞줄 67개 좌석만이 등받이가 있다.

상류층과 지배자들이 사용한 좌석이다. 나도 황제처럼 좌석에 앉아본다. 어찌나 차가운지 벌떡 일어났다. 여름이라면 한참을 앉아 시원함을 느껴보았을 것이다.

극장 의자에 앉아 마주본, 떨어져 나간 거대 석상 아래에 눈이 멈췄을 때, 그곳에서 무릎을 꿇고 깊은 고민에 몰입해 있는 곱슬머리 얼굴과 마주보았다.

고불거린 머리에 텁수룩한 수염, 주름진 옷자락을 부드럽게 손에 걸치고 있는 모습이다. 살아서 걸어 나오는 고대의 철학자와 신들을 만나고 있다. 대리석에 눌린 저 자세로 수세기는 견디었을 석상 앞에서 나는 꼼짝할 수 없다. 디오니소스의 일생을 주제로 만들어 놓은 부조조각상이다.

이 찬란한 유산은 많은 부분이 소실된 상태로 방치되었다가 2002년에야 재건축했다는 사실을 믿을 수 없어 극장에서 한참을 서성였다.

# 고대, 로마 아고라

열어놓은 자연 박물관 아테네 유적들을 찾아다니다 지쳤다. 그중 내면 깊이 다가온 유적이 고대 아고라와 로마 아고라이다. 고대 아테나의 정치, 경제, 사회, 문화의 중심지로 BC 6세기 초 솔론(Solon) 시대부터 공공장소로 사용되기 시작한 아고라 유적이다.

배수 시설과 정부청사를 만들고 시간이 흐르면서 광장중심으로는 법원, 신전, 상점, 시장 등이 조성하며 커졌다. 아고라에서는 웅변가들의 연설을 들을 수 있었다. 고대 아고라에서 박물관 외부 회랑을 보는 감탄에 빠져본다. 도리아식 기둥과 이오니아식 기둥이 늘어선 회랑에 압도당하는 기운이다.

박물관을 나와 언덕 위에 있는 대장장이의 신 헤파이스토스 신전을 돌아본다. 비교적 원형을 유지하고 있는 신전이다.

다시, 로마 아고라(Roman Agora)를 돌아본다. BC 11~19세기 로마시대에 고대 아고라를 대체할 목적으로 만들었다. 고대 아고라 동쪽에 위치한 대표적 건축으로 주리우스 케사르와 아우구스투스 시대에 만든 오데온(Odeion)으로, 아그리파가 BC 15세기에 만든 콘서트장이다. 많은 건축물이 무너져 그 당시의 모습을 상상력을 동원해 그려본다.

북쪽으로는 초기 교회 터 위에 세운 페티에 모스크(Fethiye Mosque)가 있다. 그 옆에는 아그리파의 조각상과 온전한 형태로 유일하게 남아 있는 바람의 탑(Tower of the Winds)을 본다. 팔각형 외관으로 된 건물로 내부는 삼층으로 되어 있다. 건물 안에는 풍향계와 물시계가 설치되어 있는데 오늘날 기상청 역할을 했다는데 설치물은 보지 못했다.

내부 상단에 바람의 신 아네모이(Anemoi)가 조각되어 있다. 8면의 벽면에는 아테네 신들이 조각되어 있는 것이 퍽 아름답고 인상 깊다. 그 아름다운 신들의 조각들을 살피느라 팔면을 돌아 올려다보고 있다가 고개가 떨어져 나갈 통증이 인다. 몸도, 마음도 벽면을 따라 돌아갈 때쯤, 파란 하늘 아래 새겨진 팔각 면의 신들이 탑 안으로 걸어 들어가는 착각을 한다.

로마 아고라에 남아 있는 건축물 중 상태가 온전한 것은 '바람의 탑'이 유일하다. 아쉬워 다시 한 번, 탑 안으로 들어가니 보답이라도 하듯 신은 바람을 보내준다. 아고라에서 달궈진 얼굴이 시원한 바람에 식는다. 아고라 골목골목에 그려놓은 그라피티를 감상한다.

어딘가 하나의 그림 속 신화가 나를 반길 거라는 기대에 잔뜩 부풀어 있다.

## 아고라에 그림 한 점

고대 그리스의 석학들이 총집결된 그림 한 점을 아고라에서 본다. 수없이 보았던 그림이 땡볕에 반쯤은 바래버린 채, 고대 아고라 표지판에서 대면한다.

1483년~1520년에 라파엘로가 바티칸서명의 방에 그린 프레스코화 '아테네 학당(The School of A thens )이다.

라파엘로는 그리스 철학자들을 소재로 그만의 독특한 방식으로 그림을 표현했다. 철학자들을 원근법으로 흥미롭게 묘사한 그림이다. 미술로는 교본 같은 명작으로 우리 생활에서 많이 접했던 그림을 아고라에 와서야 자세하게 들여다본다.

그림이 흥미진진한 것은 그 유명한 고대 석학들을 그림 한 점에서 모두 볼 수 있기 때문이다. 나는 유적을 돌아보다 조금은 바랜 그러나, 사실적인 그림 앞에 섰다.

한참을 쳐다보고 있으면 카메라 렌즈를 밀고 당기는 느낌을 받을 수 있다. 바로 원근감이다. 유독, 그림중앙으로 눈이 모아지는 이유는 아리스토텔레스와 플라톤 모습이 눈길을 잡아당기는 듯해서다.

그림 가운데에 붉은 천을 두르고 오른 손으로 하늘을 가리키는 그가 플라톤이다. 역시. 두 철학자가 그림의 '아우라'를 만들고 있는 곳에 내 눈길도 멈추고 만다.

플라톤의 오른편은 제자 아리스토텔레스이다. 두 철학자는 각자 손에 자기의 저서인 책을 들고 서 있다. 바로 앞 계단 한가운데 누더기 옷을 반쯤 벗은 채로 포즈를 취한 사람이 바로 디오게네스이다. 기인이었으나 현세의 천재바보쯤으로 당대의 석학으로 알려진 인물이다.

또, 무엇인가를 열심히 쓰고 있는 사람을 들여다보는 이는 그 유명한 수학자 피타고라스이다. '아테네 학당' 그림은 몰랐어도 어려운 수학에 골머리를 앓아서 피타고라스만은 내게도 인상 깊은 인물이다.

오른편 앞쪽을 보면 많은 학생들에게 둘러싸여서 무언가를 설명하고 있는 반짝반짝 빛나는 대머리 아저씨. 그가 기하학으로 유명한 유클리드이다. 등장인물을 다 그리기에도 벅차고 지면이 좁다는 생각이 든다.

그럼에도 그림들이 질서정연한 느낌을 받는 것은 원근감이다.

마치, 사진 속에서 철학자들이 금방이라도 걸어 내 앞으로 나올 것 같은 사실감과 착각에 빠지기 충분한 그림이다. 사람들이 제각각 그림에서 일어나 걸어 나올 것만 같다.

보고 있는 내 시선이 원근법을 따라 중앙으로 모아지는 이유는 자주 사진을 찍어 보면 아는 이치다.

한참, 그림 속을 들여다보니 머리가 어지럽다. 그림 속 인물이 많아도 터질 것처럼 답답하지가 않고, 학자들이 살아 움직이는 환상에 빠진다. 눈길을 돌려도 자꾸만 그림에서 사람들이 따라다닌다. 대체, 몇 명의 철학자를 그린 거야? 자그마치 54명. 이건, 천재만이 가능한 일이다.

나는 숨은그림찾기로 그림 속 철학자들을 퍼즐 맞추는 재미에 빠져 있다가 내리쬐는 땡볕에 현기증을 견뎌내야 했다.

아크로폴리스, 헤로테스, 아티우스 플로 필레아, 에릭신전, 니케신전, 파르테논 신전, 아크로 폴리 전망대, 디오니소스 극장, 올림픽 경기장, 산티그마광장, 플라카, 아고라… 이름 언급도 숨차다.


## 델피에서

고대 그리스인들이 성스럽게 여겼던 신탁 장소 델피로 가는 길은 몹시도 춥다. 그리스도 11월~3월까지 겨울이다.

델피 신전

비가 내린다. 아테네를 벗어나 한 시간 반을 가는 동안 비는 멈추고 해가 나왔다. 논들은 물을 가득 담고 농부는 논둑을 다듬는다. 농사준비 시간이다. 분홍 봄꽃들이 피기 시작했다. 노란 꽃들이 들판을 채워나간다.

그간, 담배연기와 매연과 기침에 시달렸던 나는 그리스 쾌적한 자연환경이 선택한 맞춤같다.

아테네로 오던 날, 산에 눈으로 착각했던 설산은 눈이 아닌 돌이었다. 하얀 대리석, 그리스의 대리석은 산에 지천으로 깔렸다.

델피는 아테네에서 178㎞ 떨어진 파르나소스 산 경사면을 이루어 우뚝 솟아있다. 바위절벽이 가로막고 있는 형태의 유적이다. 주위로 유적들이 흩어져 있어 자칫 놓치기 쉽다.

신화는 델피에도 서려 있다. 제우스는 독수리 두 마리를 날려 세상의 중심을 찾는다. 각기 동쪽과 서쪽으로 날린 후, 두 마리 독수리가 만나는 곳을 세상의 중심으로 정했다.

세상의 중심에 원추형 돌을 땅속에 묻어 델피(Delphi)라 했다. 델피는 신성한 곳으로 대지의 여신 가이아의 신전이 이곳에 있다. 아폴론은 가이아의 신전을 지키던 왕뱀 퓌톤(Python)을 활로 쏘아 죽이고 신전의 주인이 된다. 슬퍼하는 퓌톤 부인을 신전의 사제로 삼아 사람들에게 신탁을 했다. 신탁이 소문나면서 델피는 그리스 전체를 아우르는 성지가 되어 1987년에 세계문화유산으로 등재되었다.

델피에 바람과 비가 섞어 내린다. 우비를 입고 옷깃을 여며도 요새에서 불어오는 바람을 피할 수 없다. 온몸이 떨리다가도 구름이 주춤하는 사이로 햇살이 나오면 온기 가득차는 파탈 같은 날이다.

고고학 박물관, 아폴론 신전이 있는 유적지를 돌아보고 잘 닦아진 도로 아래쪽에 있는 유적을 찾았다. 날씨 탓인지 몰려온 사람들이 유료 구역만 돌아보고 정작 무료인 김나지움을 지나쳐버린다.

고대 김나지움은 현재의 체육관, 구청이나 시청의 종합문화센터쯤으로 그리스 석학들이 모인 곳이기도 하다. 복원도를 보니 앞쪽으로 보이는 기둥이 열 개로 뒷면까지 합하면 20개다. 그 규모의 짐작이 상상 초월이다. 지금은 세 개의 기둥만이 남아 있다. 방문하는 사람들이 쉽게 건물 앞에서 발길을 떼지 못하는 이유다.

나는 추위를 온몸으로 견디고 아테나 프로나이아까지 걷는다. 그리스에서 아름다운 건축물 중 하나로 꼽히는 톨로스(Tholos)가 반긴다. 방대한 터에 그늘이 없어 여름에 왔다면 추위보다 더위로 더 지칠 만한 유적이다. 적당한 자리에 빛이 모이는 유적에서 준비해온 점심을 먹는다. 토스트 한 조각을 입에 물고 사방으로 고개 돌리니 찬란한 고적의 동영상 한 편이 눈에 담긴다.

새끼 독사 한 마리가 밤의 냉기를 예측 못 하고 서둘러 나왔다. 화려한 줄무늬가 고와 나뭇가지 하나를 들고 뱀 머리를 건드렸다. 꼼짝하지 않는 화사한 뱀이 그대로 동사한 채, 겨울잠을 자고 있다. 머리는 처들고 눈은 뜬 채로다. 곧, 따사로운 햇살이 뱀 등을 녹이는 날, 저 눈을 뜨겠지.

델피로 신탁을 받으러 왔던 사람들이 신의 말씀은 '피티아'를 통해서만 들었다. 피티아는 어린 처녀로 초기에만 가능했다. 일종의 영매자이거나 내가 네팔 '쿠마리 사원'에서 이 층 창문으로 얼굴을 살짝 보여주던 '쿠마리' 역할은 아닌가 하는 생각을 델피에서 떠올린다.

깎아지른 언덕 절벽을 이용해 정돈된 아담한 마을과 목가적인 풍경의 전원 마을, 심난하게 굳은 날, 유적지를 돌아보는 것은 고대에 신탁을 받으러오는 심정만큼이나 인내심을 시험하는 마음 무장이었다.


## 델피의 아폴론 신전(Temple of Apollo)

신전은 큰 지진으로 파괴되었다가 지금의 모습을 BC 330년에 증축했다. 길이 60.32m, 폭 23.82m, 규모에 총 38개의 화려한 도리아 양식기둥으로 세워졌다.

그 아름다움을 상상으로만 해본다. 남은 기둥이 진품 같지만, 그마저 복원된 것이라 한다.

검은빛 대리석으로 된 3m 정도의 제단만이 남았다. 신탁을 받으러 온 사람들이 제물을 바친 곳이다. 그러나 세월을 건디어오며 지금은 검은 대리석처럼 퇴색되었다.

신전으로 오르는 길에 신탁에게 바친 헌물을 보관해두던 창고와 보물 창고들 세계의 중심이 된 옴파로스는 전망대처럼 높은 탑처럼 서 있다.

신탁하는 파티아가 강신술로 마귀와 신접하던 장소 유적은 마치, 고인 돌처럼 몇십 톤은 될 만한 돌들이 쌓여 있다. 파티아가 앉았다는 피톤의 삼각대는 이스탄불의 히포드롬에 빼앗겨 유황연기가 60m나 뿜어 나왔다는 장소에는 구멍 뚫린 돌이 있어 개연성 있어 보인다.

신전에 남아 있는 돌에는 고대 현인들의 격언이 새겨져있다. 단 한마

디도 알 수 없는 새김이지만 귓가에 들리는 듯했다.

신전의 문지방에는 "너 자신을 알라(Know yourself )"가 새겨 있다. 그러나 소크라테스가 이곳에 신탁을 얻기 위해 왔다가 이 글을 보고 깨달은 그러니까 '너 자신을 알라'는 소크라테스가 남긴 명언이 아니라 고대 현인의 글귀를 인용해서 한 말이라는 것을 델피에 와서야 알았지만 그 또한 참인지 알 수는 없다.

어느 것이 참인지는 몰라도 고대 현인들의 알 수 없는 글들이 아폴론 신전 돌에는 무수히 새겼다는 진실이다.

축제와 종교적 행사를 위해 지어진 고대경기장은 아폴론상의 가장 위쪽에 자리 잡았다. 500명을 수용할 수 있는 관중석도 그대로 남아 있다. 사용해도 손색이 없을 만큼 잘 보존되어 지금도 축제가 열린다. 이 험준한 산세에 방대한 규모의 신전을 증축한 것은 놀라운 기적이다.

신전, 원형경기장을, 지형이 험한 산에서 유적을 보는 경외심은 말문을 자주 막았다. 집채만 한 대리석돌덩이들을 쌓아 정밀하게 다듬어 조각한 갖가지 조형물들과 바위에 새긴 알 수 없는 고대의 글들, 새긴 글을 단 한 자라도 읽을 수만 있다면, 그들이 하고자 새겨 넣은 문자 모양만을 바라본다.

유독, 눈에 들어온 거대한 돌덩이 수로는 층층으로 포개져 부드럽게 닳아버린 물 흐른 고랑이 있어 유장한 시간의 흐름을 돌덩이 수로에서 본다. 걸작이다.

델피에 조성된 고대의 유적 군을 돌아 전원 마을에서 언 몸을 녹이려 카페로 들어왔다. 유적문양이 새겨진 컵에 갈색 라테를 담아 하얀 올리브 잎을 그려준다. 머리에 써야 하나, 목에 걸어야 하나 한참을 음미하다가 잔인하게 올리브 잎을 마신다.

## 아테네 소매치기

피레우스 항구로 가는 전철을 탔다. 평범한 중년 여인이 내 옆으로 왔다. 전철이 덜컹 밀리는 순간, 앞으로 멘 내 가방을 살짝 스치는 느낌을 받았다.

여인은 스카프를 손목에 감았다. 전철 흔들림을 이용했지만, 나는 느낌으로 그 수작을 간파했다. 자기 수법이 들통난 걸 여자도 느꼈는지 다음 정거장에서 내렸다. 한시름 돌리나 싶었는데 청년 둘이 전철에 오른다. 나를 보는 눈빛이 영 싫다. 아니나 다를까 사람이 전철로 들어올 때마다 내 앞으로 좁혀 온다. 남편에게 "중앙으로 가자" 했지만 "벽에 기대서 있겠다." 한다.

그들 눈빛이 싫어 나는 전철 중앙으로 들어간다. 그때 소란이 인다. "뭐야?" 돌아보았다. 내 뒤를 따라 오던 남편을 남자 둘이서 발로 막으며 바지주머니에 손을 넣었다. 마침 주머니에 든 메모지를 돈으로 알고 빼냈다.

남편은 가지라며 메모지를 전철 바닥에 팽개치고 내 옆으로 왔다. 우리를 보고도 이들 누구 하나 간섭하지 않는다. 나서지도, 누가 말리는 사람도 없다.

할머니 한 분이 내리며 나를 그 자리에 앉힌다. "어쩌려고 소리는 지르느냐 못 본 척 피해야지 그러다 앙심으로 가해할 수도 있다."며 남편에게 조언해준다.

전철 소매치기는 노년 할배부터 중년 여인, 젊은이들까지 구별이 없다. 나이든 여성이야 그렇다 쳐도 바지를 뒤진 건 청년들이다. 그도 멀쩡하게 차려입은 옷이며, 얼굴이며 남의 주머니나 탐하는 행색이 아니어서 할 말을 잃었다.

이들의 소매치기방법은 하나같이 굼뜨고 어설프다. 우리 주머니를 탐냈지만 나 또한 눈에 불을 켜고 방어해 불미스러운 결과는 발생되지 않았다.

신들과 고대철학자들은 아테네 땅에서 벌어지는 이들 행태를 과연 어떻게 변론해줄까? 주름진 도포자락을 옆에 끼고 걷는 현자들은 내 오늘 일을 알고는 있을까?


## 산토리니행 페리

산토리니는 그리스 모든 풍경을 함축해 놓은 곳이다. 산토리니에 간다면 더 그럴 듯하게 가고 싶었다. 그간 여행은 오지로만 다니는 여행이었다.

'산토리니' 만큼은 산토리니이니까 맨얼굴이 아닌 화장기를 하고 옷가지도 다소 갖추고 화려하게 시각을 흔드는 파란 바다로 향하고 싶었다.

느닷없이 들어온 현실은 자다 일어나 고양이 세수를 하고 질끈 스카프만 동여메고 전철에 올라 피레우스(Piraeus) 항구로 이동한다. 아직은 어둠이 사라지지 않은 전구 알만이 대낮처럼 밝히는 피레우스 페리 항구(Piraeus port Authority S A)에서 페리에 오른다.

블루스타 페리에 올라 에스컬레이터를 타고 오르다 눈에 띈 간판에 놀란다. 대우 조선에서 제작한 산토리니행 페리다. 편한 좌석을 찾아 배낭을 놓고 다시 밖으로 나왔다.

오랜만에 한글 앞에 서본다. 사진을 찍어주겠다는 승무원 친절에 '코리아' 인증샷을 남기니 상쾌한 새벽이다. 겨울 산토리니행 페리에 이방인은 둘뿐이다. 그러나 내가 그리스에 머무는 동안은 이들과 다를 것이 없다.

새벽시간 3천 명이 승선하는 페리 좌석들은 빈곳이 많다. 여름 성수기와는 차별화된 겨울 시즌에만 느낄 수 있는 분위기다. 지중해의 많은 섬들로 눈호강하면서 제주도의 25분의 1쯤 되는 산토리니는 어떤 모습일까? 잔뜩 기대감으로 들뜬다.


## 파로스

산토리니로 가는 길 파로스 항구에 닿았다. 손님들이 올망졸망한 짐들을 들고 내린다. 하얀 집들이 빼곡하게 비탈 언저리를 채우고 있는 풍경이다.

살아보지 않은 행성을 찾아드는 외계인마을 같은 상상화를 통째로 섬에 걸었다.

승선원들이 배와 뭍이 맞닿아진 지점에서 바다와 육지를 분리시킨다. 어쩌면 그리스를 떠올리고 에게해와 하얀 파도, 파란색의 앙증스런 교회 돔을 상상만 했던 그림들이 이렇게도 한 치의 오차 없이 들어맞을까.

페리 선상으로 나가니 겨울바람이 칼이다. 바람이 뺨을 때리는 통에 잽싸게 들어왔다. 체면이고 모양새고 다 접고 한산한 페리의 긴 의자에 누워 부족했던 쪽잠을 청해본다. 파로스에서 손님을 단절시킨 공간은 배로 넓어졌다. 한여름에는 꿈도 꾸지 못할 여유가 덤으로 안겼지만 추위는 고스란히 내 몫이다.

햇살을 받은 물이 잉크 색을 풀었다. 물 위에는 하얀 집들이 알알이 들어박혀 있다. 자연을 이용할 줄 아는 이들은 물빛도 집의 색깔도 온전하게 맞추어 쓰나보다. 초록산 밑에 강한 잉크 물결이 살랑거리고 그 빛을 받은 집들도 그림자 물결 따라 흔들린다. 섬과 색의 조화가 절묘하다.


## 산토리니

블루 스타 페리(Blue Star Ferries)는 피레우스 항구를 출발해 시로스-파로스-낙소스-이오스 섬들을 경유해서 산토리니 아티니오스항에 닿았다. 8시간 만에 뭍에 닿으니 주위는 온통 붉은 암반이 바다를 막고 수직으로 서 있다. 신전 기둥만큼이나 굵은 동아줄이 철근 기둥에 걸리고 배와 코발트바닷물이 방향 갈피를 못 잡고 게거품을 물고 사방으로 흩어진다.

호텔에서 픽업 나온 작달막한 사내와 반갑게 인사하고 숙소로 가는 길에 입이 닫히고 만다. 바위절벽으로 고불고불 길을 한참 오른 차가 주춤하는 사이 내려다본 바다. 지구 역사상 가장 큰 화산 폭발이 있었던 산토리니섬, 그 사실을 유추해보는 조망이다.

오대양 육대주인이 사랑하는 산토리니는 화산폭발로 초승달 모양의 지형이 생성되었다. 천 길이나 되는 낭떠러지 항구에는 7층 페리가 성냥갑으로 보인다.

섬 같지 않은 도시, 섬 같지 않은 하양 신들이 살고 있는 섬, 산토리니에서는 하양을 함부로 쓰지 않는다. 흰 것들만이 살고 있는 섬에서 파랑은 모두 뭍으로 오르려한다.

파란색이 교회 지붕으로 오르든가 집마다 옥상에 올라 바다를 바라본다. 지금은 겨울, 회반죽을 만들어 바르는 인부들의 손이 하얀 벽에 멈춘다. 지금은 침묵의 시간, 간간이 받아들이지 않겠다는 의지의 빗살로, 자물통으로 계단으로 오르려는 길손을 막고 있다. 이글거리며 타오르는 여름을 기다리고 있다. 신들이 잠든 뜸한 시간이다.

# 피라(Fira)에서 이아(Oia)까지

잠겨있는 레스토랑, 사람들이 여름에 털어놓고 간 흔적들을 나는 더듬고 있다. 쓸쓸하게 가두어진 빗살의 창문과 바쁘게 들락거렸을 앙증맞은 하얀 횟가루를 뒤집어쓴 계단과 바람에 뒹구는 동키의 바짝 마른 분가루만 날리는 골목을 훑고 있다.

'그래도 좋다' 쪽빛바다가 반짝거리는 얼굴로 나를 보고 있다는 것이, 내리쬐는 한 바닥의 강렬한 태양과 내가 산토리니에 있다는 기적이 있어서다.

좁고도 구불거리는 미로의 골목길과 한 폭으로도 사람이 오르내리기 편한 작은 계단들이 거미줄처럼 엉켜있다. 한 번 갇히면 몇 번은 제 자리를 돌아야만 빠져나올 수 있는 골목길, 하얀 회반죽을 칠한 집들은 더 작고, 더 앙증스런 자세로 에게해의 태양 폭탄을 건디고 있다.

400m의 절벽, 푸른 지붕이 에게해의 아름다운 바다와 어우러져 정돈된 아기자기한 삶의 예찬가를 바다와 함께 부르고 있다.

이아(Oia) 역시 피라 마을과 정경은 다르지 않다. 그러나 면적이 더 넓다. 산토리니의 명소들이 이아마을에 숨어 있다.

하얀 미로 골목 끝에는 무엇이 기다릴까? 보물 상자를 찾아 떠나는 동화 속 아이처럼 들떠 있다. 바다와 완벽한 조화로 드문드문 풍차도 보인다. 사람들이 문을 걸고 떠난 자리를 고양이들이 골목에서 반긴다. 쓸쓸한 여행자를 고양이가 조우하잔다.

이아에서 맞는 일몰을 혼자서 독차지한다. 성수기라면 저녁노을을 고수하려고 오대양 육대주 여행자들과 명당자리 쟁탈전을 벌이겠지, 그러

산토리니 이아 마을

지 않고도 바다를 혼자 다 떠메고 마을을 다 끌어안은 여유를 마음껏 누린다.

피라에서 이아까지 11㎞를 걸었다. 나는 도보로 아름다운 풍경을 모두 떠안았다. 골목골목 색의 마술에 걸려 시간은 금세 달아나고 유년 시절 대차게 뛰어 놀다가 집으로 가는 시간에 이아에 도착했다.

길게 드리운 바다, 노을 속에 풍덩 빠진다. 이 의식이 내안으로 굳어진 지 오래다. 세상 모든 앙증맞고 예쁜 골목은 산토리니에 모아놓았다. 낭떠러지 언덕에는 하얀 회벽과 파란 지붕만이 바다에 딱 붙어 콩닥콩닥 살고 있다.

혼자서 한 편의 CF를 찍고 있다. 풍차아래 교회들이 바다를 보며 종을 울리고 있다. 어느 한 곳도 예쁘지 않은 구석이 없는 그리스 2월은 싸해도 누구도 방해받지 않는 산토리니 일몰을 독차지할 수 있다.

거친 파도, 거품을 문 물결이 없다. 끝이 보이지 않는 해안선만이 지평선에 걸려 있다. 하얀 점이었다가 파란 점이 되는 선 하나가 코끼리 귀처럼 나왔다 들어간 섬들이 움막을 치고 들락거린다. 이따금, 숨을 쉬려 바다는 하얀 혀를 물 밖으로 내놓으며 숨을 고른다. 평생에 더는 없을 에게해 일몰을 칼바람 맞으며 독차지한다. 산토리니에서.

# 섬 스케치

거대한 산들을 창조자가 한 주먹 떼어 들었다가 바다 주위로 놓아버린 것처럼 형성된 섬이 무려 220여 개가 넘는다. 키클라데스 모든 섬들은 잉크물을 풀어놓은 듯 파도 위로 노을이 가라앉은 그림자가 물결 따라 오그라졌다가 퍼진다.

섬 풍경은 아름다운 표현을 넘어 백색 위로 비현실감으로 마술이 내려앉는다. 강렬한 태양은 지중해의 생명이다. 그 태양과 매서운 바람을 견디고 경관을 보호하는 앙증맞은 집들을 지켜주는 회반죽의 배려이다.

무작정 풍경에 끌려 골목을 누비다 키 낮은 담벼락에 막혀 멈추고, 계단을 타고 내려가다 보면 요술처럼 언제든 바다에 닿는다. 정신을 차려야 한다. 자칫, 바다로 떨어지지 않으려면 하지만, 그런 걱정은 필요 없다. 바다를 방어해주는 하얀 미로들이 곁을 지켜주니까 마음 놓고 섬에서는 길을 잃어보는 것이다. 예배당이 많아 한 발짝 뗄 때마다 종이 앞을 막는다. 한 번은 바다를 보면서 울리고, 한 번은 마음의 종을 울린다.

하얀 회반죽을 덕지덕지 바른 징하게도 앙증맞은 교회들과 파란 물빛을 다 헤아리지 못한 아쉬움으로 몇 날은 더 몸부림칠 것이다.

마술에 걸려 골목을 누비고, 방향도 모르는 계단을 무단 침입해 주인 떠난 상점을 흘깃 훔쳐보기도 한다. 그래도 모자라면 계단을 타고 내려가다 보면 제 스스로 바다가 마중해준다. 바다를 방어하는 하얀 미로계단들이 밀쳐내지는 않을 테니까.

유독, 파란 돔 예배당이 많아 한 발짝 옮길 때마다 튀어나오는 돔으로 길 잃을 일 없다.

# 산토리니 투어

거주지를 떠나는 여행은 누구나 서툴다. 해외여행에다 섬 여행이라면 그 불편함은 두 배다. 여러모로 합리적이라 차를 대여했다.

7시간 사용료 25유로, 호텔로 차를 가져왔다. 직원은 계약서에 사인을 받고 나를 차로 안내한다. 앙증맞고 예쁜 은색 차에 앉아 대충 설명 해주고 직원은 가버린다.

엑셀을 밟으니 차가 끔쩍 않는다. 발끝으로 민다 싶었는데 차가 튀어 나갈 듯이 움직인다. 몇 번 반복해보고 거북이처럼 앞으로 나간다.

기름도 7유로, 7시간 다닐 만큼 바늘이 올라간다. 이제, 조심운전하면 목적지들을 돌아볼 수 있다. 기대감에 부풀어 첫 목적지 등대로 간다.

등대는 모든 선박의 길잡이다. 섬 끝에 있는 등대는 마음을 묘하게 흔든다. 아무도 없는 등대 앞에서 문득, 그리운 곳으로 눈길이 간다.

떠나온 지 두 달이 되어간다. 조금은 지치고 둥지가 그리운 시간이다. 내가 집을 비운 사이, 폭풍말문이 트였다는 Y, 미움을 먹기 시작될 때 본 D는 혼자만의 언어 속에 갇힐 만큼 시간이 흘렀다.

흔들린 마음을 다잡고 레드비치로 간다. 요새처럼 깎아지른 암갈색 붉은 빛을 혼합시킨 바위 아래 엽서에나 나옴직한 늙은 교회가 초연한 자태로 해안에 서 있다. 명소를 찾아다니는 길에는 포도주 시음장들이 많다. 나는 시음에는 관심 없어 색이 바래진 오래된 교회들만을 찾아다닌다.

고대 수도원을 찾아간다. 산토리니에서 제일 높은 산이다. 일부는 요

펑크난 차

새 지역으로 전망대가 있다. 덜커덩거리는 차, 한없이 오르는 언덕길, 덜컥 겁이 났다. 손에 익숙하지 않은 차로 전망대로 오르는 것이 불안해 차를 돌렸다. 차바퀴에서 돌들이 덜컹댔다. 갓길에 주차하고 언덕을 올라 전망대를 관람하고 차로 내려왔다.

천천히 내려가면 된다. 마음 안정을 찾고 출발했다. 거의 내려가나 싶었는데 느낌이 이상하다. 운전대 잡은 손이 자꾸 흔들렸다. 고무 타는 냄새도 나는 것 같아 차에서 내렸다.

어찌 이런 일이! 운전석 뒷바퀴 타이어가 걸레가 되어 땅바닥에 찰싹 붙었다. 바퀴는 다 해졌고, 그나마 휠이 떨어져 나가지 않은 게 다행이다.

앞으로도, 뒤로도 갈 수 없는 곤경, 악조건을 다 갖춘 타지에서 이 지경이 되었으니 혼자가 아니어서 눈물만은 흐르지 않는다. 남편은 마을 집 대문을 두드리고 다닌다. 쌀쌀한 겨울 산토리니는 적막에 들었다. 겨울 해가 뒤도 보지 않고 매몰차게 진다.

우리만이 집으로 들지 못한 시간이다. 20분을 추위에 떨다가 현지인 둘이서 보따리를 두 손에 들고 가는 발길을 세웠다. 나는 넙죽 절하고 "도와주세요." 이들은 대여회사로 연락해준다. 우리 위치를 자기들이 회사에 알렸으니 "기다리라" 했다. 비상등을 켜고 기다린다.

한 시간이 지났을 무렵, 깜빡깜빡 차가 우리 앞에 멈춘다. 두 사람이 차에서 내려 펑크난 차를 보더니 두 손으로 머리를 감싼다. 그들이 무슨 말을 하려는지 행동만으로 짐작된다.

"왜? 멈추지 않았느냐?" 나는 "잘 몰랐다." 대답한다.

둘이는 마주보며 자기들끼리 속닥거린다.

우리를 차에 태우고 가면서 그는 "펑크 차는 내일 건인한다."며 숙소로 가는 길. 올 것이 왔다. 그들은 새 타이어는 80유로인데 중고니까 60유로의 대금을 내라 한다.

내 입이 열 개라도 할 말은 없으나 극도로 닳아빠진 타이어를 분명 출발 전에 확인했는데 펑크 냈다고 60유로는 심하다 싶어 사정은 해보고 싶었다. 처음에는 "45유로만 받아라. 안 된다."는 말이 돌아왔고, 마지막이라며 요구한 50유로 낙찰가격. 인생수업 경비 50유로를 건네고 영수증을 받고나니 두 갈래 마음이 된다.

이럴 때, 나는 어떤 마음을 가져야 하나? 머리 위에서는 자동감시카메라가 찍는 줄도 모르고 잘 주차했다 싶은 장소에서 한동안 잊고 지내다 과태료 엽서가 날라 온 지출쯤으로 생각할까. 아니면, 더 큰 사고가 아닌 것을 다행으로 위로하는 자세를 가져야겠지.

화려한 일몰이 떨고 있는 저녁이다.


## 등대에서

살면서 가끔씩 삶이 먹먹해올 때, 더 이상 앞으로, 뒤로도 나아갈 수 없을 때, 그 현실을 잠시 잊어보러 찾아가는 곳이 바다이다. 바다는 우리 마음을 빠르게 환기시키는 마력을 지녔다. 더구나 바다를 찾으면 등대가 덤으로 따라온다. 선박도, 사람도 한 발 먼저 반기고 앞서 바다로 나아가 배웅해준다. 바다와 등대는 그 이미지로도 아련한 동심을 닮았다.

바다로 나간 식구들을 기다리며 내 아버지를 기다리듯 환하게 길을 밝히는 약속이다. 바다는 등대를 믿고 선박은 희망을 안고 더 멀리멀리 나아갈 수 있다. 등대는 바다에 약속 해준다. "나를 믿고 돌아오라고"

그 등대를 볼 때마다 나는 의구심이 들었다. 도대체 저 등대의 높이는 얼마나 될까 그리고 섬광처럼 물위를 더듬는 빛의 세기가 얼마나 될까 하는 의문은 꼬리를 물 때가 있다.

그 상상은 유년에 친구와 재미있게 놀다 해가 뉘엿뉘엿 질 때쯤 되면 집으로 돌아가야 하는 그 막연함 같은 알 수 없는 깊이다.

산토리니에서 등대를 만나니 그 때가 떠오른다. 소스라치게 빛을 모아 밝히는 등대는 어두운 밤길에서 집을 나가셨던 아버지가 일을 마치고 돌아올 때 길을 비춰주던 등대였다.

시간은 거침없이 자랐다. 이제 등대에서 뿜어내는 섬광의 오로라도 베일을 벗길 만큼 세월이 지났다. 우주로 로켓을 쏘아 올리는 야망의 빛이 바다를 뚫는다. 그 빛은 등대가 바다에 약속하는 여행 같은 여정이다.

내가 몇 해 전 제주 올레길을 완주하면서 마주했던 등대들은 아직도 잊지 못하는 내 삶의 한 페이지다. 지친 몸과 마음의 피로를 한 방에 날려주는 청량제 역할을 해준 것도 바다에서 만난 등대였다. 그 기운으로 걸음을 재촉했던 순간이었다.

이처럼 품격을 나누지 않는 등대는 우리의 접근을 원하지 않아 때로는 가파른 장소이거나 돌출해 나온 곳에 버티고 있다.

사람들이 등대를 보면 '외롭다'고 느끼는 이유다. 나는 전진하는 등대의 모습이 우리 개성처럼 생각된다. 바다를 향해 나가는 모습으로 긴 둑의 등대를 보면 자유와 탈출 충동을 느끼게 된다. 우리가 마음이 막막

할 때 등대를 찾아가 가슴이 뻥 뚫리는 느낌을 받는 이유일 게다.

등대는 바쁘다. 외롭지 않다. 뱃길을 잃거나 암초를 만나지 않게 선박에 불길을 내야하고 자신을 철저한 고독으로부터 분리해 등대를 바라보는 이들의 마음도 보듬는다.

꿀벌이 바쁘게 날갯짓을 하듯 쉼 없이 큰 눈을 부릅뜨고 바다를 바라보면서 지휘봉을 흔들어 바다를 연주해야 한다. 자신을 바라보고 있는 바다가 외롭지 않도록 그리고 안전하게 길을 갈 수 있도록 혼신의 지휘를 해야 등대는 기쁘다.

평생 잊을 수 없는 체험은 삶에 동력이 된다. 더구나 숱하게 보고 흘려보냈던 과거의 등대들이 산토리니에서 첫사랑 경험처럼 시공간의 충격을 넘나드는 것은 왜인가?

절벽 위에 외롭게 서 있는 늙은 등대 아래서 내 둥지를 떠올리는 후유증이 바늘 끝처럼 찌른다. 빨, 주, 노, 초, 파, 남, 보색의 등대가 연미복을 입고 바다를 향해 지휘한다.


## 낙소스의 신화

산토리니에서 아테네로 가는 뱃길 두 시간을 이동해 낙소스 섬에 내렸다. 긴 방파제에서 보는 하얀 신전 대리석 기둥에 시선이 꽂혔다. 평펴짐한 언덕 신전 대리석 기둥이 빛난다. 신전을 보려고 나는 자석처럼 낙소스에 내렸다. 백 미터나 걸었을까. 하얀 피켓을 들고 서 있는 인상 좋은 여인의 배웅을 받고 그녀의 차로 숙소에 들어왔다.

낙소스도 여행객이 뜸해서 주인은 집 전체를 사용해도 된다며 욕실과 주방으로 안내한다. 침대 옆에 작은 주방이 붙은 편리한 숙소다. 장기간 여행하다 보면 여러 형태의 숙소를 만난다. 우리 생활공간이 필요 이상으로 크지 않아도 무방한 이유를 낙소스에서 경험한다.

온수도 대차게 나온다. 성수기에는 그리스 섬들의 숙박료는 껑충 뛴다. 지금은 여행자가 호텔을 선택할 수 있는 절호의 기회다. 낙소스도 예외는 아니다. 바다가 찰싹 붙은 테라스를 갖춘 개인주택 독채 사용료가 삼만 원이다. 별장 같은 집을 삼 일간 소유하는 최고의 갑부가 된다.

낙소스에서 아리아드네를 느끼고 싶었다. 매년 일곱 명의 소년과 소녀들이 그리스 신화에 나오는 소의 몸뚱이와 인간의 머리를 가진 미노타우로스라는 괴물의 밥으로 바쳐졌다. 보다 못한 테세우스는 괴물을 죽일 각오로 소년, 소녀들과 함께 크레타 섬에 도착해 미노스 왕 앞으로 나갔다.

그 자리에는 왕녀 아리아드네도 있었다. 테세우스의 모습을 보자 첫눈에 반해버린다. 아리아드네는 테세우스에게 괴물을 찌를 칼과 실타래를 주었다. 그 실타래만 지니면 미궁에서 빠져나올 수 있다. 테세우스는 괴물을 참살하고 풀어놓은 실타래를 따라 미로를 나와 아리아드네를 동반하고 소녀, 소년을 데리고 아테네로 출발했다. 도중에 일행은 낙소스 섬에서 휴식차 머물렀다.

테세우스는 잠든 아리아드네를 버리고 떠나버렸다. 그가 배은망덕을 저지른 이유는 분분하다. 꿈에 아테나가 나타나 꼬드겼고, 또 아리아드네의 동생을 더 사랑했다는 이유도 있다. 신화나, 실화나 적극적인 구애는 매력이 반감되나 보다.

미로를 뚫고 적진으로 들어가 승리한 테세우스에게 그녀는 첫눈에 반했지만 버림받고 만다.

그 신화를 아는지, 모르는지 낙소스섬은 온통 올리브나무와 포도나무만이 무성하게 자라고 있다.


## 새벽 1시 53분

샤워기를 틀어놓은 물소리에 의식을 찾았다. 새벽이다. 분명, 어젯밤 내가 잠들 때 독채에는 둘뿐이었다. 옆방에 늦게 들어온 손님이라 생각했다. 그러고도 한참이 지났다. 물소리는 계속된다. 그때다. 하늘이 찢어지는 소리가 들린다.

비다. 아이들 장난감 주택 같은 대리석 계단에 떨어지는 빗소리가 샤워기를 열어놓은 소리처럼 들렸다. 새벽에 듣는 천둥과 번개 소리에 어제 페리에서 내리자마자 보았던 아폴론 신전의 우뚝 솟은 대리석 기둥이 생각났다. 신전에서 들려오는 소리는 구슬프다.

아침에 마주한 바다는 간밤에 그런 소란함은 없었다는 듯 시치미떼고 어제와 다름없다. 미로 속을 파고든 하양바다가 풀리지 않아 나도 반나절을 헤집고 다닌다.

바다의 신들은 미로 속에 갇혀 색이 되었다. 돌계단을 자분자분 걸어도 보고 미로 속에 앉아도 본다. 분가루를 뒤집어 쓴 하얀 일손, 그의 손을 보지 않고는 바다를, 에게해를 보았다 하지 말아야지. 계단 위로 흩어진 동키의 분과 미로를 감촉하는 하루는 바다를 잡아보는 것이다.

곡선으로 내려가는 바닷길을 맞잡고 늘어지다가 바다가 돔 위로 올라간 그날부터 지금까지의 일들을 파란 물로 종탑에 가두어 왔다.

여기, 골목 미로만큼은 대리석에 발 도장을 남기며 그 감촉을 느껴볼 일이다.


## 아폴론 신전

새벽에는 천둥이 쳤고, 파도가 방파제를 뜯어버릴 것 같았다. 섬에 비가 오고 난 후 하늘은 더 깨질 듯이 팽창한다. 발길을 신전으로 옮긴다. 젖무덤 같은 산으로 오르는 길은 방파제를 따라 백여 미터쯤 가야 한다.

이른 시간 신전을 찾는 사람도 없다. 섬의 섬이 떨어져 나갈 듯 파도는 방파제를 때려 거품을 뱉는다. 미친 듯이 날리는 물보라가 하늘로 오른다.

갑자기 겁이 났다. 내가 저 둑을 빠져나가는 동안 파도가 나를 덮친다면 어찌되나, 방정맞은 생각이 든다. 근래 들어 무턱대고 달려드는 것보다 만일의 경우를 생각해보는 것도 떠오르는 얼굴들이 많아서다.

아폴론 신전

파도가 둑을 때리고 물러가는 사이 죽어라 달렸다. 지나간 파도가 둑을 때린다. 부서진 물보라가 몸에 닿았다. 순간, 짠맛이 입으로 덮친다. 잘 건넜다는 안도감이 들었다.

주위를 돌아본다. 짙은 코발트 물빛과 에게해와 바람, 하얀 거품을 산에서 본다. 섬 전체가 몸 한 번 돌리니 다 들어온다. 신전을 통째로 점유했다. 건너온 방파제 둑에는 거품을 연신 내뱉는다.

어느 강태공은 방파제를 건너와 낚싯대를 바다에 넣었다. 산에서 신전 기둥과 하얀 대리석에 몰입한다. 상상을 초월한 대리석 둘레, 기둥 위용에 내 작은 신장이 자꾸 눌리는 기운이다. 신전 돌 무게쯤은 되어야 지금까지 섬 바람을 견디었을 것 같다. 어떤 의미의 상징인 듯 보이는 문자 형상들 그중에서도 'ㅈ' 문자 하나 딱, 내 방식 해석으로 알아볼 수 있다.

고대 언어들을 산산이 무너진 유적 아폴론신전에 집채만 한 대리석에 새겨 놓았다.

세월에 뭉개진 대리석의 빛만 눈이 부시다. 신전 터도 아름다운 형태로 흩어져 있다. 하얀 대리석위에서 잠들어 있는 낙소스의 여인, 아리아드네가 노곤한 잠을 자고 있는 듯하다. 대리석을 에게해가 달구어 놓았다. 만저보니 따듯하다.

나는 뭔가에 몰입하면 늘 누군가가 깨워줘야 정신 차리는 습관이 있다. 한참 정신 팔려 있는 사이 혼자라는 두려움에 더 머물지 못하고 산을 내려간다.

바람과 추위를 건디다 그제야 추웠다. 에게해의 태양이 없다면 그리스 섬, 여행은 상상 이상으로 바람, 파도추위를 건디는 고통일 것이다.

방파제 옆에서 수작업으로 낙소스 대리석에 아폴론신전을 새기는 석

공을 만나 작품을 에게해에 비추니 대리석 사이로 빛이 들어와 하얀 신전이 묘한 매력을 준다. 낙소스를 다녀가는 기억과 아리아드네를 손바닥만 한 대리석에 새긴다.


## '섬' 이야기

아폴론 신전에서 눈이 짓무르게 본 하얀색들이 황금 물에 젖는다. 아무리 가난해도 대리석을 깔고 있는 낙소스는 겨울이어도 어둡지 않겠다.

대문을 나와 하얀 골목 미로에 갇히어 담벼락을 등 뒤에 놓고도 숙소 주변을 뱅뱅 돌아 그 겉면만을 훑고 다닌다. 하얀 미로 골목. 마술에 걸리면 그대로 미아가 된다. 내가 헤맨 골목이 몇 군데였던가. 그 바람에 꼬아진 골목을 누빌 수 있었다.

겨우 두 사람이 만나면 누군가는 잠시, 자리를 내주고, 서로는 확실한 몸 인사를 나누고 어깨를 스치며 지나가는 골목, 한 번은 고개를 갸웃하고 계단을 올라야 하는 집들, 겨울이어도 골목 창가에 꽃 한 다발을 내놓은 낭만을 가슴에다 담고 살아가는 낙소스를 서성인다.

앙증맞은 교회의 하얗고 파란 것들이 독기 있는 눈을 닦아주고, 미로 속을 울리는 종소리와 저녁풍경이 마음을 정화시킨다. 일몰이 다 되었다. 미로 속을 뛰다시피 내려가다 막다른 골목에서 만나는 작은 창이 또, 발길을 잡는다. 반짝이는 아이디어로 낡은 자전거를 벽에 걸어 놓았다. 이런 여유는 어디서 튀어나오는가.

항구로 간다. 내가 내렸던 페리가 항구에 닿았다. 사람들이 봇물처럼 터져 나온다. 노을이 가라앉기 전에 후다닥 아폴론 신전으로 오르고 싶었다. 바람만큼이나 일몰에 미쳐있는 사람처럼 달리다가 신전으로 앞서 달리는 연인을 본다. 그들을 따라 나도 산으로 올라가다 멈춘다.

바람이 시한폭탄이다. 낙소스 저녁 바람은 상상을 뛰어넘는다. 방파제에 부딪는 파도를 맞으며 연인이 산으로 호기롭게 오른다. 그저 바라만 본다.

도저히 더는 용기가 살아나질 않는다. 저 파도를 맞으며 방파제를 건너갈 객기가 나오지 않는다. 뛰다, 멈추고 뛰어 산으로 오르는 연인의 젊은 광기를 보면서 나는 방파제에서 일몰을 본다. 내일은 바다에서 낙소스를 바라볼 것이다. 떠나갈 페리를 먹먹한 마음으로 바라본다.

밤이 깊어지는 시간이다. 가만히 서 있어도 파도 소리가 귀청을 찢는다. 섬에서 내내 들어야 했던 섬의 철썩 이야기다. 낙소스의 밤은 거친 파도를 자장가로 들으며 잠들어야 한다.

# 섬 일주

사무실에서 국제면허증과 서류작성 후, 직원은 나를 차로 안내했다. 일전 산토리니의 악몽으로 마음 부담이 컸지만 다행히도 국산차라서 자신감이 붙었다. 내비게이션 오류가 심해 웹 지도를 나침판 삼아 가는 길이 자꾸만 유턴으로 안내한다. 긴장에다 낯선 길, 반복되는 차선 변경잔 실수를 거듭하다 겨우 방향을 잡는다.

낙소스는 유적들을 섬 전체에 뿌려놓은 듯 흩어져 있다. 유적이 물속에 잠긴 곳도 있다. 물에서 건져낸 유물들을 복원해 놓은 박물관을 시작으로 돌아본다.

섬 어디를 가도 들꽃들이 지천으로 피었다. 산들이 온통 대리석이다. 파란 하늘 아래 하얀 산마다 대리석을 캐느라 섬을 돌아보는 동안 내 정수리에서 천둥치는 발파 소리에 운전대가 흔들리기도 한다.

산 아래 마을에는 대리석 가공 공장들이 많다. 기계음이 자주 들린다. 공장 주위에 지천으로 깔린 대리석들이 강한 빛을 발해 끌리듯 나는 차를 세웠다. 잘리거나 부서진 조각들을 보다가 홀리듯 두 개를 차에 실었다. 결국은 버려진다는 것을 알면서도 반사적인 대리석의 유혹이었다.

오전 8시부터 시작된 투어는 디오니소스 신전을 (Dionysus' sanctuary) 시작으로, 낙소스 섬의 해안과 내륙을 찾아다닌다. 신전은 남쪽으로 3㎞ 거리에 있다.

마을로 들어가는 동안, 네 바퀴가 물에 잠기는 불안함에 차를 안전한 곳에 두고 거침없이 종아리를 걷고 물로 들어간다. 그래야 신전으로 접근할 수 있다.

여행은 별별 일들이 많아서 언제나 호락호락한 면만을 보여주지는 않는다. 그 사실을 새삼 확인하는 신전이다. 그 의지에 감탄했는지 관리소 직원은 친절하게 신전을 안내해준다. 그는 "신전이 자주 물에 잠기고 유물 또한 물에 잠기어 관리가 힘들다"는 말도 해준다. 그런 이유로 말끔하게 다져놓은 터에 기둥만 몇 개 있는 박물관이 발품을 판 대가로는 아쉬움이 남는다. 여기저기 보관해둔 유물들이 어느 허물어진 절터 기와만큼이나 흔하다.

사그리 마을(Sagri viliage) 데메테르 신전(Demeter's Temple), 모니 마을에 있는 도로시아니 교회(the church of Drosiani Moni Village ), 멜라데스(melanes) 대리석마을에 있는 남성, 아피라도스(Apeiranthos), 남성 조각상인 쿠로스(Kouros), 아기아 타워(Agia tower) 섬의 아폴론나스(Apol-lonas )마을 등, 굵직한 유적을 보면서 해변과 마을까지 닿은 호수들을 초긴장으로 가슴 뛰는 운전을 마치고 차를 반납 후 페리에 올랐다.

운전하느라 온몸을 사렸다. 산토리니에 사고 부담을 안고 낙소스의 깎아지른 산길들을 오르내리느라 지중해의 찬란한 태양을 얼굴로 버티어내 곳곳이 화끈거린다. 낙소스 절경이 없었다면 나는 오늘 몹시 탈진했을 것이다.

앙증맞은 교회와 목가적인 마을, 호수, 댐, 바다, 중부의 산간까지, 낙소스에서 보낸 과거가 내 삶을 윤택하게해줄 보약이다. 페리에 세 번을 오르니 내 집 같다. 키클라데스는 이백여 개가 넘는 섬이다. 그리스 여행은 섬으로 시작해 섬으로 끝난다.

바다에서, 깊은 산간의 내륙까지 사람들은 풍요롭게 살고 있다. 남부 키클라데스 제도에서 낙소스는 면적이 가장 넓은 섬으로 파로스섬과 미코노스섬 사이에 있다.

섬사람들이 가장 숭배하는 디오니소스 신전이 남아 있다. 디오니소스는 테세우스에게 버림받고 실의에 빠진 아리아드네를 만나 혼인한 섬으로 유명하다. 고대부터 포도주 생산이 활발해 포도주를 많이 수출한 섬으로 주신인 디오니소스가 섬 깊은 곳에 살고 있다고 믿는다.

대부분 관광업에 종사하는 사람들로서, 내가 머물던 예쁜 장난감집 주인도 자신의 직업은 포도농장주이다. 섬을 빛나게 하는 것도 에게해, 따뜻한 온기의 대리석과 잡풀들이 낙소스섬을 포근하게 덮고 있어서다.


## 파란 물

자신만이 길들여 놓은 틀을 벗어나 보는 것이 여행이다. 늘 쓰던 물과 밤하늘 별, 감흥 없이 하던 행동들이 한 번쯤 멈추어질 때, 비로소 다른 세상의 의미를 느끼게 된다.

목욕탕에서 물을 받다가 뚝 끊길 때, 머리에는 잔뜩 거품을 이고 나오던 물이 멈추어 버릴 때, 포기할 수도 없어 마냥 서서 물이 나오기를 기다리면서 그때야 기계처럼 습관화된 모든 행동들이 뒤집어지는 소리를 듣게 된다.

떠나오기 전 거침없이 돌아가던 멈춰지지 않던 것들이 시퍼런 물이 들 만큼 바라본 에게해의 바다와 찰랑대는 은빛 섬을 지근거리로 대면하고야 멈춰진 순간을 알게 된다.

섬이라면, 바다라면, 이제는 마침표를 찍어도 될 만큼 바라본 바다. 내가 떠나오며 낙소스 대리석 위에서 배웅해주던 아리아드네 그 하얀 살빛이 또, 다시 일어나 옷깃을 잡는다. "이제는 가야한다고."

신전을 바라보던 노을마저 크게 슬퍼하며 방파제를 치던 날. 대리석에 앉아 흔드는 그녀의 손을 보았다.

# 포르투갈

# 리스본과 포르투갈

공항에서 택시를 이용해 시내로 들어오던 날, 눈에 익은 장소가 하나도 없다. 리스본은 두 번째이다. 첫 방문은 스페인을 경유해 관광버스로 들어왔었다.

성모 발현 성당과 코메르시우 광장, 거대하고 높은 벨렘 탑. 호카곶에 들러 노랗게 핀 인상적인 꽃을 본 기억만이 살아 있다.

느닷없이 선택한 그리스에서 몇 날 추위 말고는 대체로 여행하기 좋았다. 두 달 되도록 입었던 옷 몇 개는 낡아 버렸다. 양말도 두 켤레 다시 샀다. 양말이 해져 구멍 나 버렸다. 제대로 세탁이 안 된 의류는 삭아버린다.

예쁜 도시가 리스본이라면 귀여운 도시는 포르투갈이다. 교통편은 단연 열차다. 포르투갈에 오면 반드시 열차여행을 해야 한다. 포르투 해안으로 가는 길은 쌀쌀하다. 적당하게 뿌려준 겨울비가 한몫으로 도로를 덮고 있다.

역 창구에 털이 많은 중년 남자가 포르투갈행 승차권을 주며 "곧장 나가 좌측라인의 1번 열차를 타면 된다." 자세하게 안내해준다. 그는 남편 여권을 보고 "경로우대" 라고 말해준다. 내 운임의 반을 싹둑 잘라준다 (32유로와 16유로).

시외를 달리는 풍경이 눈에 들어왔다. 밭과 논에는 작물이 기지개 펴기 시작했다. 나무들은 옷을 입는다. 여행 동안 겨울이 가고 있다. 중동과 유럽을 거치는 사이 계절이 바뀌고 있다.

포르투갈은 봄이다. 지브랄타 해안을 접하고 있는 스페인에서 열차로

도 11시간이면 포르투갈에 도착된다.

나도 거친 사막에서부터 부드러운 포르투갈까지 이어 왔다. 두 달 여정이 사막에서 떠나올 때, 달궈진 불덩이가 바다 수평선으로 떨어지던 태양처럼 서서히 식어가는 시간이다. 붉게 오르는 태양이 있어, 살아갈 이유로 사람들도 나도, 새로운 길에 선다.


## 아베이루 베네치아

포르투로 가는 시골 풍경이 내 고향을 닮았다. 반듯한 마을과 붉은 지붕이 넓은 울안에는 갖은 나무들이 푸르다. 밭에는 올리브 나무들이 자라고 있다.

포르투 가는 열차는 아베이루역에 내렸다. 이탈리아 베네치아를 축소해 옮겨 놓은 아름다운 도시이다. 역 안내소에 배낭 보관을 부탁하니 2개에 10유로를 받는다.

골목골목 옛 멋이 묻어있다. 모자이크(아줄레주) 인도를 걷는 길이 반질반질하다. 타일의 감촉을 발끝으로 느끼며 해안가를 걷는다.

도시는 알록달록 동화 속에 들어온 느낌이다. 도심에는 조용한 운하도 흐르고 있다. 소박한 물가와 아담하지만 투박한 질그릇 같은 정감 있는 도시가 가슴으로 파고든다.

물 위로 떠다니는 장난감 같은 색색의 버선코 닮은 '몰리세이루'는 처음 보는 모양이다. 배 위로 길게 나온 앞 모양이 궁사의 활처럼 휘었다.

운하 주변으로 아르누보풍의 건물들이 강 주위로 몰려있다. 자주 보는 모자이크 장식은 포르투갈여행 어디서든 만나는 풍경이다.

소문난 맛집으로 왔다. 오십 일 넘도록 생선이 그리웠다. 주인은 "기다리라"며 주방으로 가 생선을 가져왔다. 한참 후 요리가 나왔다. 큰 접시에 생선 한마리가 그대로 올라 있다. 종업원이 빈 접시를 놓고 생선을 발라놓는다. 포크로 발라내는 커다란 생선뼈에 살이 붙어 있다.

살점을 발라주는 대로만 먹고 있을 여유가 없다. "스톱" 시킨 후, 한 점 생선살도 남기지 않고 접시를 비웠다. 생선을 먹는 동안, 종업원 시선이 내 얼굴에 꽂힌다. 개의치 않고 내 방식대로 다 해결한다. 내 여행 언저리마다 궁상은 배어 있다. 그럴지언정 마음이 궁상맞지 않은 건, 내 방식으로 채워지는 포만감이 그득해서다.

레스토랑에서 나오자 비가 내린다. 빗줄기가 세차다. 건물 처마 밑에서 빗속을 바라보다 카페로 들어왔다. 비는 마음을 깊게 훑고 가는 걸림돌이다. 카페에 앉아 청승맞게 시간 죽이는 사이 빗줄기가 작아진다. 그대로 맞으며 역으로 왔다.

충동으로 내렸던 아베이루역에서 열차에 올라 포르투로 가는 길. 해변을 옆에 끼고 바다를 본다. 도루강을 건너는 철교가 보인다. 선득한 봄비가 멈추고 난 저녁시간에 나는 빨간 지붕을 얹은 거품을 싹 걷어낸 29유로 호텔로 간다.

# 포르투(Porto)

여름이면 투어 차에 앉아 시내를 조망하며 해안 바람을 즐겼을 것이다. 나는 송곳 바람을 견디느라 오픈된 의자와 칸막이를 번갈아 오간다. 대여섯 명이 투어 차에 앉아 있다. 태양의 위력이 불붙을 무렵에야 머릿수가 조금씩 늘어났다. 명소에 정차할 때마다 내 선호 지역에서 시간을 보내고 다음 차에 오르는 행위를 반복한다.

시내 구석구석 좁은 길을 덩치 큰 투어 차가 미끄러지듯 운전하는 곡예를 본다. 포르투는 새침한 도시다. 시내가 온통 모자이크로 건물 외벽을 장식했다. 나도 색깔별 선호도를 따라가다 일면식 없는 주택가 문 앞에 이른다. 누구나 마음 한편에 그림 한 조각씩을 떼어 안고 걷다보면 어느 사이 거대한 중세풍의 성당과 뾰족 기둥들이 쏟아질 듯 길게 서 있는 그 앞에 닿고 만다.

대항해 시대만 해도 위대한 탐험가들이 모형 배와 비슷한 범선을 타고 닻을 올리며 번성했을 당시 흔적을 도루강변을 따라 걸어보면 물씬 묻어나온다.

걷다가 지루하면 잠시 유람선을 타 본다. 그도 지루하다면 와이너리로 가서 물처럼 싼 와인도 실컷 시음해보면 된다.

오래된 골목길에 그려진 '그라피티'를 감상하면서 상벤투역 아줄레주 장식을 향해 걷는다. 푸른 타일로 역 실내를 다양한 주제로 장식했다. 포르투갈 역사를 감상하는 재미가 있다.

리스본에서 기차로 2시간이면 상벤투역에 도착할 수 있어 세계인이 모두 사랑하는 도시이다. 강을 물들이는 보랏빛 석양이 좁은 골목길도 길게 물들이고, 언덕을 누비는 트램과 시공간을 초월한 유럽의 끝 도루강하구가 내려다보이는 언덕에 포르투가 있다.

몽환적인 강 주위로 붉은 지붕들이 모여 있는 2,000년이 넘는 포르투 갈에서 두 번째로 큰 도시이다. 불 켜는 시간, 붉은 하늘이 서서히 벗겨 지고 그 자리에는 더 크고 고운 빛들이 차지한다.

포르투 대표 관광명소 루이스 다리를 필수코스로 걷는다. 1,2층으로 된 다리는 모두 보행이 자유롭다. 지하철이 다니는 도로이지만 관광객에 게 열려있어서 다리를 걷다가 전철이 다가오면 화들짝 피했다가 다시 유 유자적 다리를 걸을 수 있다. 한국 정서로는 절대 불가능한 일로 이색체 험이다. 통일된 조명으로 밝히는 다리에서 도루강을 바라보는 여유는 설 명이 어려울 만큼 탄성을 쏟아낸다.

"포르투에서 지는 해를 보았다면 너는 노을을 제대로 본 것이다." 라고 도시가 말해줄 쯤, 터벅거리는 발길을 돌렸다. 포르투 깜빠냐(Campanha) 역을 출발한(오후 6시 45분) 열차는 9시 15분에 리스본 산타아폴로니아 역에 섰다.

밤바람이 몸으로 파고드는 해안, 열차에서 내려 작고 깔끔한 호텔에 여장을 풀었다.

## 신트라(Sintra)

리스본에 자목련이 출렁거리는 길을 걸어 전철역으로 간다. 무인기에서 작동법을 더듬거리다 버튼을 잘못 눌렀다. 기계에서 목소리가 들린다. "도와주세요." 사람이 나왔다. 신트라행 1일권을 샀다.

신트라는 리스본에서 당일로 다녀올 수 있는 거리다. 시내를 40분 벗어나 아파트들이 밀집된 외곽을 달린다. 포르투갈에 들어와 유독, 검은 피부의 사람들을 많이 본다. 세계를 여행하면서 아직도 흑, 백 갈등이 남아 있는 현장들을 나는 여러 번 목격했다. 포르투갈에서는 흑, 백 모두가 활기참을 엿볼 수 있다.

환경이 좋으면 여행도 하늘만큼 투명하고 드높다. 붉은 지붕들이 지금까지 언덕 위를 물들였다. 확 다른 새로운 신도시, 아파트 밀집 지역이다. 모자이크로 장식한 신트라역에 내려서 방향을 잡는다. 사방으로 둘러있는 요새성벽이 근거리에 보인다.

열대우림 속으로 마법을 따라 무어 성으로 오른다. 오르는 길, 화강암에 구멍이 숭숭 뚫려 바람만 드나든다. 구멍들은 무어인들이 전쟁 당시 사용한 식량저장고이다.

산으로 들어섰다. 그리 가쁘지 않게 시작되는 오르막이다. 잔뜩 끼어 미끈거리는 이끼 내음이 진하게 배어든다. 성에 오르니 사방이 트였다. 맑은 날은 대서양까지 모두 눈에 들어온다. 눈길이 멈춘 곳에 페나 성의 아름다운 뾰족 지붕이 하늘을 구멍 낼 태세로 서 있다.

여행이 활개 치는 시기로 접어드는 신트라는 사람들이 많아졌다. 버스를 타고 내려가야 하지만, 언제 올지 모르는 버스 시간을 마냥 기다릴 수 없어 성을 돌아 내친김에 넓은 공원을 구경삼아 걷는다.

지도를 몇 번이나 뒤적인다. 돌로 공원길을 조성해 발바닥에서 불이 날 지경이다. 곧게 뻗은 나무숲을 걸으며 청정한 공기를 곤죽이 되도록 마신다.

신트라에서 40분 거리에 있는 유럽대륙 최남단, 땅 끝 마을 '까보 다 로까(Cabo do roca)'로 왔다. 칼바람을 극복하며 우뚝 서있는 기념비에 포르투갈 서사시인 루이스 드 까몬에스 시 '여기 땅이 끝나고 바다가 시작되는 곳'에 두 번째 눈도장을 찍는다.

찬바람을 맞으며 절벽 아래를 바라보다 바위에 제 몸을 부딪는 아픈 파도를 본다. 퍽퍽 머리를 부딪고 제 살을 깎으며 고등어 등빛으로 속살을 파내고 있다.

지천으로 피어 있는 이름 모를 노란 꽃은 여전히 처음 방문 때와 같은 자태로 나를 맞아 준다. 곤두박질하는 파도 힘으로 바다의 아픔을 위로하는 언덕이 되어주기를 바라며 나는 미친 듯이 언덕을 내려가 바다 끝에 앉아본다. 땅끝이라는 마침표와 십자가의 상징만으로도 메시지는 강해서 땅끝에 서면 모두는 뜨악한 마음을 바다에 던진다. 아프도록 휘젓고 가라앉는 파도만큼이나 여행자들은 격한 마음을 호가곶에서 씻고 돌아선다.

# 노을에 빠지다가 그만

마음이 원하면 꼭 가야 하는 여행지가 있다. 그것도 한 번 다녀간 곳을 무모하게 찾을 때이다. 두 번을 찾아온 포르투갈에서 호카곶만은 몇 번을 본들 새롭지 않을까, 노을을 보느라 시간 가는 줄 몰랐다.

장대한 일몰을 맞고, 돌아가는 버스 정류장에 섰다. 줄 선 이들이 많지 않다. 날이 추워 사람들이 일몰을 포기하고 모두 떠났다 생각했다. 늦기는 했어도 앉아갈 수 있다는 기대도 했다. 버스가 들어왔다. 목적지를 물으니 "가지 않는다." 말한다. 이십 분을 그대로 기다리는 내 앞으로 한사람이 왔다. "버스가 끊겼는데 우버 택시를 불렀으니 함께 타고가자." 한다.

순간은 듣기만 했고, 그제야 상황 판단이 되었다. 한국인 둘이다. 철없는 아이처럼 집에 돌아갈 버스 시간도 알아보지 않고 놀이에 정신 쏟다가 그만 6시 막차를 못 탄 채, 무작정 기다리는 우리 모습을 무심코 지나칠 수 없던 대학생들이다.

여행자들은 서로 긴밀한 대화는 나누지 않아도 느낌으로 안다. 도시와 사람 간 문화 관계에서 공감하다 보면 같은 피를 나누지 않아도 인간만의 끈끈한 연민을 나누게 될 때가 많다. 크게는 국가와 국가 간도 같은 맥락이다. 늘 느끼는 것이 숱하게 보아온 많은 나라들의 공통점을 박물관에 가보면 알 수 있다.

의, 식, 주의 발전사를 보면 거의 일맥상통이다. 입고, 먹고, 생활하고 나라마다 자국만의 색깔은 있지만 궁극적 목표는 거의 같다. 먹기 위해 도구를 만들고, 입기 위해 바늘을 만들고, 생활도구들을 만들었던 발전

사는 세계 동일하다는 것을 나는 매번 느낀다.

오늘, 공통적인 연민으로 크게 실수한 사고에서도 이들의 배려로 불안 없이 귀가할 수 있었다. 물론, 택시비는 서로 분담했지만, 그들이 아니었다면, 나는 또, 얼마나 많은 고생을 했을지 모른다. 알게 모르게 여행자들은 서로 같은 입장 관계로 관심을 이어갈 때가 많다.

지는 해를 보았으니 노을을 제대로 본 것이다.


## 리스본

시내를 걷다가 트램에 오른다. 트램은 리스본의 랜드 마크다. 빨강, 노랑, 그리고 갈색 트램까지. 시내 골목골목과 언덕 구석구석을 달그락거리면서 종을 울리는 트램은 리스본에서 꼭 타봐야 하는 필수 코스다. 그간, 빠듯한 시간들을 건디느라 느림이 부족했다. 트램에 앉아 거북이가 되어본다.

시내를 핏줄처럼 연결하는 트램에 앉아 무심코 있다가 획 달려드는 바짝 붙은 건물에 머리라도 찧을까 염려된다. 그러나 그런 일은 없다. 정신줄만 놓지 않으면 트램이 알아서 다 해준다.

지금은 트램이 대세다. 친환경 탈탄소 교통수단으로 그 잠재력과 부가 가치를 갖고 있는 유일한 교통수단이다. 얼마나 많은 자동차가 주범이 되어 환경을 오염시키는지 시내 정류장에 잠깐 서서 차를 기다려 보면 안다. 언젠가는 유럽의 낭만 트램이 대한민국 곳곳을 누비는 그런 교통

전환 기대를 리스본에서 가상해본다.

대항해시대 풍경을 고스란히 담고 있는 리스본은 낭만적인 분위기가 유럽과는 사뭇 다르다. 화려하지 않은 도심이 감성으로 다가오는 특별함 때문에 포르투갈을 두 번이나 왔다. 노란색 바삭함을 잊을 수 없는 에그타르, 포트와인… 먹거리도 풍부하다. '리스본행 야간열차' 소설을 읽은 이라면 꼭 리스본에 한 번 오고 싶다는 충동을 느낀다.

그 감성이 자극해 포르투갈 여행을 결심했던 그 때는 패키지여행이었다. 그리고 다시, 리스본을 찾은 것은 큰 행운이다. 리스본과 트램, 이 두 단어자극으로도 설렘을 무한대로 충동질한다. 어느 여행에서도 느낄 수 없는 차별화된 7개의 언덕도시를 대면하는 포르투갈만의 뚜렷한 색깔이 있어서다.

언덕골목을 누비는 색색 트램을 보는 마음 동요는 충분하다. 근간의 거리에서 사람들을 만나고 생활을 훔쳐보는 재미에 빠지기도 한다. 어느 골목에서는 아련한 노래 소리를 들을 수 있다.

대항해시대 선원으로 떠난 남편을 기다리며 눈물과 탄식을 담아 부른 노래 '파두'이다. 파두는 우리 정서와 매우 닮은 노래로 나는 오래전부터 아말리아 로드리게스의 음반을 즐겨들었다. 오장을 자극하는 애절한 선율로 한을 담아 부르는 그녀의 음색은 깊은 울림이 있어 포르투갈어 뜻도 모르면서 꺾어지는 음만으로도 한을 넘는 충분한 울림을 무작정 느끼곤 했다.

호카곶 절벽 아래에도 파도가 부서졌다. 언덕을 내려가 파도를 보다가 '파두'를 읊조렸다. 암울한 시간들을 그들은 노래로 승화시켜 녹여낸 토하듯 절규하는 노래 '파두'이다.

리스본 언덕을 오르내리는 트램에 앉아 이어폰을 꽂는 여유에 빠져본다. 한곡의 노래와 맞는 여행지에서 듣는 음악은 여행 그 이상의 파급효과로 아드레날린을 샘솟게 한다.

포르투갈은 여행하기 좋은 나라임을 다시 한번 온몸으로 느낀다. 골라 먹는 재미, 풍성한 과일, 게다가 짧은 일정으로도 돌아볼 수 있는 도시간의 거리와 체계적인 교통 무엇 하나 흠 잡을 수 없는 완벽한 여행 감성을 톡톡 건드린다.


## 여행이 끝나고

거침없이 소화해낸 일정이었다. 배낭 무게가 어깨에서 느껴진다. 그래도 아쉬운 곳이 있다. 알제리와 튀니지가 중동여행 목적이었다. 알제리 비자불발로 이집트 여행 후 느닷없이 방문한 그리스에서 나는 파란물이 들도록 바다와 섬들을 보았다. 섬 이야기는 이쯤에서 끝내고 싶을 만큼 보았다.

내가 어디에서 강하고 어디에서 약한지를 들여다보는 여행이었다. 사진으로만 남기는 여행이 아닌 더 짜임새 있는 여행을 하고 싶었다. 삶과 정신에 강한 인상을 남기는 일이 될 것이란 긍정으로, 여행지에서 겪은 경험을 통해 느끼고 사유하는 것들을 소소한 내 언어로 풀고 싶었다. 타자와의 관계, 인생의 의미 이야기를 쓰고 싶었다.

여러 나라에서 머무르며 숱하게 체험한 크고 작은 경험들을 버릴 수 없어 붙들고 왔다. 처음부터 거창하게 무얼 써보겠다고 마음먹은 것은 아니다. 여행 횟수가 잦아지고, 그때마다 사건들이 쌓이고, 흔적들이 포개지며 먼지만 쌓여갔다. 그것들이 내게 던지는 추파를 어느 날 들었다.

백지 상태로 떠난 여행을 마무리해 돌아올 때는 잔뜩, 물먹은 스펀지처럼 숱한 이야기들을 흡수해 돌아오곤 했다. 짜내버릴 이야기를 하고 싶었다.

내가 처해 있는 현실을 떠나 있으면 오로지 여행에 몰입하게 되고 그 시점에서만 일어나는 나와, 내 주위와 여행지만이 피사체에 크게 보였다.

더 자세히 보게 되고, 더 깊게 체험하며 피사체에 담았다. 고생은 물론 시련은 당연한 일, 봉변도 끌어안으면 또 다른 성숙의 계기가 되었고, 누구를 원망하는 대상조차 없었다.

여행지에서는 언제나 내 주관 기준이 곧 사물과 간격을 좁게 만들었는데 그것도 좋은 태도만은 아니라는 사실을 알게 되었다. 이제는 내 주관 판단이나 체험만을 갖고 싶지는 않다. 나를 벗어나 타자를 바라보는 시야로 확장하는 여행을 해야 한다는 사실도 십 년을 뜀박질하고야 알았다.

추상적인 서술보다는 구체적인 팩트를 더 중요시하고 싶은 그런 여행을 그리고 싶다. 여행도 내 집 베란다에 반려식물처럼 관찰하듯이 들여다보고, 직접경험만이 아닌 간접으로도 들여다볼 수 있는 안목을 키우고 싶은 지극히 개인적 생각이다.

떠나보면 안다. 새로운 환경을 경험하는 것은 지금까지 부족함 없던 방식을 빠져나와 가보지 않은 길로 달리는 육상선수 허들만큼이나 어렵다.

주변 시선을 의식했을 때는 이미 여행 장애물은 내 앞에 바짝 붙어 있다. 결연히 떠나고, 열정이 식지 않는 한 여행은 진행형이다. 거울에 모습을 비추면 생이 바뀐 것을 안다.